아렌트와
논술하기

논술 캠프

아렌트와 논술하기

리강 지음

한티재

"논술을 잘 하려면 어떻게 해야 하지?" 이런 막막한 기분, 난감한 지경에 빠져 보지 않은 수험생은 아마 거의 없을 듯하다. 그런데 이러한 난감함이야말로 새로운 논술을 시작할 수 있는 좋은 계기가 된다고 말한 철학자가 있다. 그가 바로 한나 아렌트이다. 아렌트는 당혹감, 곤혹감에 빠져 봐야 경이로움에도 이를 수 있다고 우리를 설득한다.

한나 아렌트는 고대 그리스 사람들이 철학적 사유를 시작하게 된 계기가 '타우마제인'thaumazein에 있다고 말한다. 이 말은 '놀라움, 경이로움'이라는 의미와 '당혹스러움, 곤혹스러움'이라는 의미 둘 다를 지닌다. 그래서 '타우마제인'의 의미들을 종합해 보면, 당혹스러움, 곤혹스러움에 빠진 인간이 오히려 그것을 계기로 삼아 놀랍고도 경이로운 철학적 깨달음에 이른다는 것이다. 논술도 마찬가지이다. 도대체 어떻게 논술해야 할지 막막한 심정에 놓였다면 당신은 이미 경이로운 논술문을 작성하기 위해 출발한 것이라고 말해 주고 싶다.

올해로 꼬박 30년 동안 논술을 연구하고 가르쳐 왔다. 이 책은 30년 논술 강사 생활을 돌아보고 정리하는 결과물 중 하나이다. 그동안을 돌아보며 느끼는 것은 논술의 관건은 역시 철학이라는 것이다. 단순히 수사법을 익히거나 문장 연습을 한다고 되는 것이 아니다. 철학을 착실하게 공부해야 좋은 논술문을 쓸 수 있다. 논술은 궁극적으로 학생의 가치관, 인생관, 세계관 등을 묻는 것인데, 그것은 사실 철학이 해 온 일이기 때문이다. 아무쪼록 이 책이 계기가 되어 철학의 눈으로 논술에 접근하는 학생들이 더 많았으면 좋겠다. 그래서 논술 수험생들의 혜안이 더 넓어지고 깊어지기를 바란다.

당연한 말이지만, 이 책은 나 혼자의 힘으로는 도저히 쓸 수 없었을 것이다. 아직도 논술 교육계에 복무하며 외롭게 논술을 연구하고 가르치는 동료 논술 교사들의 보이지 않는 응원이 없었다면 이 작업을 할 수 없었을 것이다. 무엇보다 나와 함께 공부하여 논술 전형으로 대학에 합격한 여러 청년들이 이 책의 초고를 꼼꼼히 읽고 세심하게 조언해 준 것이 큰 도움이 되었다. 아울러 어려운 여건 속에서 한나 아렌트를 연구하고 원저들을 우리말로 번역해 주신 여러 학자들께도 감사드린다. 나는 한나 아렌트를 전공하지는 않았지만 그런 선배 학자들의 앞선 노고 덕분에 이나마 따라오며 공부를 할 수 있었다. 도서출판 한티재의 격려와 자극 덕분에 우리 논술 수험생과 교사들 앞에 이 정도라도 책을 내놓을 수 있게 되었다는 것은 길게 말할 필요도 없을 것이다. 모두에게 다시 한 번 감사드리며, 특히 수험생들께 행운이 함께하기를 진심으로 기원한다.

2022년 4월

새벽 구산 아래에서 저자

차례

머리말 005

프롤로그 _ 논술 여행을 함께 떠날 벗들에게 012

대한민국 '논술'의 역사 … 012
대학 입시를 넘어, 갈수록 중요해지는 논술 능력 … 016
왜 한나 아렌트인가? … 023

1장
아렌트가 나온 논술 문제들 … 029

숙명여대(2008) / 한국외대(2009) / 건국대(2010) / 홍익대(2011) / 중앙대(2011) / 이화여대(2012) / 연세대(2014) / 광운대(2015) / 서울시립대(2017) / 경희대(2017) / 단국대(2018) / 이화여대(2019) / 부산대(2020) / 중앙대(2020) / 숭실대(2022)

2장
도대체 아렌트와 논술은 무슨 상관일까?

2-1 의식적, 자발적 파리아 … 049
2-2 '난간 없는 사유'란 무엇인가? … 057
2-3 아렌트와 논술이 만나면 … 066

3장
전체주의는 어떻게 작동하나?

3-1 전체주의를 깨운 것은 대중이다 … 083
3-2 엘리트는 왜 전체주의를 지지했나? … 089
3-3 전체주의 선전은 얼마나 '오묘하게' 작동하는가? … 097
3-4 전체주의 운동은 어떻게 조직되고 움직이나? … 105
3-5 총체적 지배란 무엇인가? … 113
3-6 논술 속 아렌트 : 상상해 봐, 전체주의가 없는 세상을! … 118

4장

왜 인간의 '본질'이 아니라 '조건'인가?

4-1 왜 인간의 '조건'인가? … 131

4-2 아렌트는 노동을 부정하는가? … 145

4-3 작업 혹은 제작은 세계를 건설할 수 있나? … 154

4-4 행위하고 말하는 인간의 '아모르 문디' … 163

4-5 세계 소외, 그리고 지구 소외 … 175

4-6 논술 속 아렌트 : 인간은 노동에서 해방될 수 있을까? … 182

5장

아이히만이 보여 준 '악의 평범성'

5-1 정의를 실현할 듯한 집 … 201

5-2 아이히만은 악마인가? … 208

5-3 최종 해결책, 학살 … 215

5-4 조금의 '희망', 그리고 아이히만의 마지막 변명 … 224

5-5 아직도 해결되지 않은 세계시민적 문제들 … 234

5-6 논술 속 아렌트 : 우리는 서로 공감할 수 있을까? … 238

6장

과거와 미래의 틈새에서 끊임없이 혁명이 일어난다

6-1 혁명에 절대자는 있어야 하나? … 253

6-2 해방과 자유는 어떻게 다른가? … 267

6-3 행위의 재앙을 어떻게 극복할 것인가? … 275

6-4 진정한 정치 윤리를 찾아서 … 281

6-5 논술 속 아렌트 : 과연 혁명은 성공할 수 있을까? … 291

에필로그 _ 혁명적인 논술의 시작을 위하여 298

한나 아렌트, 짧은 연대기 … 303

이 책에서 다룬 아렌트의 책들 … 304

이 책을 쓰며 참고한 책들 … 304

프롤로그

논술 여행을 함께 떠날 벗들에게

대한민국 '논술'의 역사

한국 사회에서 '논술'은 이미 유효기간이 지난 상품이 아닐까? 그렇다고도, 그렇지 않다고도 할 수 있다. 이 질문에 대답하려면 30여 년 전으로 거슬러 올라가야 한다. 김영삼 정권 시절에 수능과 논술 시험이 조금의 시차를 두고 도입되었다. 수능은 학력고사의 문제점을 극복하겠다는 취지에서 도입한 평가 시스템이었다. 그러나 각 대학은 수능이 썩 미덥지 못했다. 과연 수능이 우수한 학생을 선발할 수 있는 제도일지 의심스러웠던 것이다. 그래서 서울대를 비롯한 전국의 대학에서 순차적으로 논술을 도입하였다. 이미 유럽에서는 바칼로레아(프랑스)나 아비투어(독일) 등이 있으므로 그것을 모방한 것이리라.

어쨌든 1990년대 후반까지만 하더라도 수능을 아무리 잘 쳐도 논술을 못 치면 원하는 대학에 들어갈 수 없었으니 바야흐로 논술의 전성시대가 열린다. 국가의 교육부가 수능이라는 제도로 대학의 학생 선발권을 뺏으려 하니, 대학 당국은 엉겁결에 논술이라는 제도를 도입해 대항마로 내세운 감이 없잖아 있다. 그래서 수능이 아니라 논술이 대입의 관건이 됨으로써 각 대학이 여전히 학생 선발의 주도권을 장악한 것이다.

이처럼 논술은 '볼품없는' 이유에서 탄생했다. 교육부와 각 대학이 학생 선발권을 놓고 서로 싸우는 와중에 논술이라는 제도도 나왔으니 말이다. 그러니까 논술의 탄생은 국가의 '백년지대계'인 교육의 발전을 염두에 둔 것이라고 보기 어렵다. 대학 입시를 둘러싼 '권력 쟁탈' 과정에서 논술 제도도 나왔다고 보는 것이 정확하다. 그렇다 보니 지금까지 역대 모든 정권은 논술을 '죽이고' 싶어 안달이다. 반면 몇몇 대학은 그에 저항하여 끝까지 '논술 사수'를 외친다. 아직도 36개 대학에서 논술 제도로 학생을 선발한다. 아니, 오히려 몇 년 전과 비교해 보면 논술 전형을 시행하는 대학의 수가 늘었다.

다시 과거로 돌아가 보자. 이제는 2000년대 초반이다. 2003년 노무현 정권이 들어서면서, 논술은 '지탄의 대상'이 되기 시작한다. 논술 족집게 과외 선생은 엄청난 고액 수강료를 받아서 사회적 물의를 일으킨다. 학생들은 과외 선생이 시키는 대로 글쓰기를 반복해서 암기할 뿐 자기 머릿속에서 생각을 끄집어내어 글을 쓰지는 않는다. '논술 폐지론'이 빗발친다. 급기야 논술의 대안으로 '입학사정관 제도'를 도입한다. 김대중 정권에서 교육부장관이던 이해찬은 이미 그때 입학사정관 제도의 씨앗으로 '특차'라는 것을 뿌려 놓고, 노무현 정권에서 국무총리가 되더니 그 특차를 확대해 입학사정관 제도를 도입한다.

2008년 이명박 정권이 들어서자마자 논술은 단두대에 목을 걸쳐 놓은 지경까지 이른다. 교육부에서는 입학사정관 제도로 학생을 선발하는 비율을 획기적으로 늘리라고 각 대학에 계속 압력을 넣는다. 그 대신 논술 전형으로 선발하는 비율을 줄이든지, 아예 폐지하라고까지 '권고'한다. 논술은 이제 대한민국 교육의 '공공의 적'이다. (언론까지 덩달아 불을 지핀다.) 학부모에게 사교육비 부담을 가장 크게 지우는 것이 논술 시험인 것으로 되어 버렸다. (사실은 전혀 그렇지 않다.)

2013년 박근혜 정권이나 2017년 문재인 정권도 별반 다르지 않다. (그래서 최소한 교육 부문만 놓고 보면 그들은 좌와 우, 진보와 보수로 나뉘지 않는다. 다만 기득권을 놓지 않으려는 닮은꼴의 두 집단일 뿐이다.) 입학사정관 전형은 이름을 바꾸어 학생부 종합 전형이 되었고, 마치 이 전형이 이상적인 학생 선발 방법인 것처럼, 사교육비 부담을 학부모에게 전혀 지우지 않는 것처럼 포장되어 연일 선전되고 있다. (학생부 종합 전형의 '자기소개서'와 소위 '세특'과 '창체' 때문에 학부모들이 쏟는 돈은 상상을 초월한다.) 논술 전형은 전국적인 대학 정원을 기준으로 불과 3% 정도만 뽑는다. 겨우 목숨만 부지하는 지경이다. (하지만 수도권 대학만 놓고 보면 여전히 정원의 10% 넘는 비율로 선발한다.)

그 사이 많은 논술 선생들이 더 이상 '돈'이 안 되는 논술을 포기하고, 다른 과목으로 전향한다. 그들은 이제 논술이 시장에서 금방 퇴출될 상품인 것으로 기정사실화한다. 그들의 눈에는 필자가 참 이상한 놈이다. 논술을 붙잡고 있으면 굶을 게 뻔한데 아직도 '죽은 자식 불알 만지기'를 하고 있으니 말이다. 심지어 "아직도 논술 붙들고 있느냐, 어찌 그리 미련하냐"며 얼굴을 찌푸리는 지인도 있다.

그러나 참 신기하게도 그들의 생각과는 달리, 아직도 논술은 충분히 '밥 벌어먹을 만'하다. 수도권 대학 중심으로, 특히 '인-서울 대학' 중심으로 논술은 여전히 아주 중요한 전형이다. 무려 서른 개가 넘는 대학에서, 정원의 10%가 넘는 비중으로 학생을 선발한다. 게다가 돈이 안 된다고 하니 소위 '사이비', '날림' 논술 강사들이 대거 사라졌다. 이제는 정말 논술 '찐' 강사와 학생들만 이 바닥에 남은 듯하다. 논술에 대한 확실한 의지가 있거나, 관심이 있는 학생들만 나를 찾아온다. 이 얼마나 큰 축복인가!

그렇다면 여기서 궁금한 점이 한 가지 있다. 그토록 집요하게 논술을 축소하거나 폐지하려고 교육부에서 압력을 넣는데도 왜 '인-서울' 대학들은 논술을 폐지하지 않는 것일까? 사실 나조차 자포자기 상태에서 그동안 논술을 가르쳐 왔는데, 희한하게 폐지되지 않고 내 '밥줄'은 다행히 이어오니 말이다. 참 신기한 일 아닌가? 게다가 최근에는 논술의 중요성이 점점 커지는 '느낌적인 느낌'을 받는다. ('학종'이 거듭 문제를 일으키는 바람에, 2025학년도 무렵에는 상당히 축소될 듯하다. 상대적으로 논술 전형의 비중은 커질 수밖에 없다.)

대학 입시를 넘어, 갈수록 중요해지는 논술 능력

논술은 대학 입학시험 제도에 그치지 않는다. 사회 곳곳에 중요한 시험으로 뿌리내렸다. 교사 임용 시험에 논술이 들어간 지는 오래다. 로스쿨에 들어갈 때에도 논술을 쳐야 한다. 대학 편입에 논술 시험을 치는 학교는 점점 늘어나는 추세다. 대학원에 입학하려면 논술 시험을 쳐야 하는 학교도 늘어난다. 상당수의 대기업이나 공기업도 논술을 도입해서 신입사

원을 뽑거나 승진 시험을 친다. 은행도 마찬가지이다. 심지어 국가정보원, 대통령 경호실 등에 들어갈 때에도 논술 시험을 쳐야 한다.

그러고 보면 논술은 전혀 죽지 않았다. 교육부에서 논술 전형을 축소하거나 폐지하려고 할 때 사회 곳곳에서는 논술 시험이야말로 좋은 선발 방법이라고 인정하고 있었던 것이다. 대학 선발 전형으로서의 논술만이 아니라, 한국 사회의 여러 분야에서, 그 사람이 어느 정도의 능력을 갖추었는지를 테스트하는 데에 논술이 유용한 시험 제도라고 받아들인 것이다.

그렇다면 왜 한국 사회는 언론과 교육부에서 그토록 '증오'하고 '말살'하려는 논술 전형을 선호하는 것일까? 아마도 21세기 인류 사회가 맞이한 새로운 기술문명 때문이리라. 인공지능이 등장해서 인간보다 월등히 뛰어난 능력을 발휘한다. 단순노동부터 좀 더 고도의 정신노동에 이르기까지 인공지능이 하지 못하는 일이 별로 없다. 가까운 미래에는 웬만한 일은 모두 로봇이나 컴퓨터가 할 것이다. 인간은 더 이상 노동할 필요가 없다. 인간은 무직이거나 실직인 일상을 '마음껏' 누리게 될 것이다. 어쩌면 가까운 미래에 인간과 로봇을 구별할 수 없는 때가 올지도 모른다. 바로 이런 점 때문에 논술은 사라지지 않는 게 아닐까?

논술을 하려면 먼저 주어진 자료를 능동적으로 분석할 수 있어야 한다. 분석한 자료를 비판적 관점에서 이모저모 따질 수 있어야 한다. 비판했다면 그 다음엔 그에 대한 창의적 대안을 내놓을 수 있어야 한다. 즉 논술 능력은 데이터를 분석하는 수동적 능력만 있어선 안 되고, 능동적이고 적극적으로 분석하고 비판하며 대안을 제시하는 능력까지 있어야 한다. 하지만 로봇이나 컴퓨터가 이렇게 하려면 먼저 자기정체성을 가져야 한다. 능동적 분석과 비판, 대안 제시는 자기정체성이 전제되지 않고선 불가능하다. 그런데 로봇이나 컴퓨터는 결정적으로 자기정체성을 가질 수 없다. 그런 면에서 인공지능이 아무리 발달하더라도 결코 좋은 논술문을 쓸 수는 없다.

분명히 한국의 주요 대학들이 논술을 폐지하지 못하는 이유가 여기에 있으리라. 교육부에서는 자꾸 논술을 줄이라고 하지만, 정권 잡은 자들은 언론이나 여론의 눈치만 보고 논술을 폐지하려 하지만, 대학 당국은 여전히 논술에다 미래를 건다. (논술 줄이지 않는다고, 아니 폐지하지 않는다고 대학 교부금까지 차별받고 있다.) 대학 당국은 논술 능력을 가진 인간이라야 미래 사회에서 인간다움을 빛내며 잘살 수 있으리라고 믿는 것이다.

미래 사회까지 갈 것도 없이, 논술 능력은 '여기, 지금'[라틴어로 hic et nunc]에서도 중요하다. 당장 대학에 입학해서 리포트 하나를 작성하려고 해도 논술 능력은 필수적이다. 인문과학은 물론이고, 사회과학, 심지어 자연과학에 이르기까지 대학생이 되어 늘 해야 하는 일이 논술이다. 그런데도 중·고등 학생 시절까지 우리가 열심히 갈고 닦은 것은 주어진 선택지에서 정답을 고르는 능력이다. 막상 대학에 들어가면 그런 오지선다식 문제는 없고, 무수한 문장과 문단을 엮어서 논리적인 글쓰기를 잘할 수 있어야 한다. 이런 요구 앞에서야 비로소 논술 능력을 키우지 못한 것을 후회하는 대학생은 얼마나 많은가?

그뿐만이 아니다. 논술은 단지 글쓰기 기술에만 그치지 않는다. 이미 말했듯, 논술을 잘한다는 것은 분석하고, 비판하고, 창의적 대안 제시를 잘한다는 것이다. (논술 문제 유형이 크게 이 세 가지이기 때문이다.) 따라서 논술을 잘하려면 먼저 분석적, 비판적, 대안 제시적 사고 능력을 갖추어야 한다. 논술은 결국 "얼마나 넓고 깊게 잘 사유할 수 있느냐?" 하는 것이 관건인 능력이다.

오지선다 시험은 그다지 깊고 넓은 사고 능력을 갖추지 않아도 된다. 학교 선생님이, 그리고 학원 강사가 일러 주는 대로 암기하거나 이해해서, 그리고 조금의 응용력을 발휘해서 시험을 치면 된다. 오로지 수동적인 성실성만이 관건이다. 이런 교육을 지금 한국에서는 몇 십 년째 계속하고 있다. 자극을 주면 그에 따라 수동적으로 반응하는 '인간 아메바'를 만드는 교육을 몇 십 년째 하는 셈이다. 이런 한국 교육의 폐단을 일소할 수 있는 유일한 대안이 논술이라고 나는 생각한다. '인간 아메바'의 수동적인 성실성만으로는 결코 논술을 잘할 수 없기 때문이다.

나는 한국 학생들이 머리를 '장식'으로 달고 다니는 일이 하루빨리 없어져야 한다고 믿는다. 능동적이고 적극적으로 생각하고 비판하며 자기 의견을 피력할 줄 알아서, 비로소 제 머리의 온전한 주인이 될 수 있어야 한다. 그러기 위해서는 논술이 반드시 한국 사회 안에 정착되어야 한다. 논술은 정치적인 패권 싸움의 와중에 시작되었지만, 그런 패권 싸움 하는 자들이 결코 알지 못하는 보물이 담겨 있기 때문이다.

많은 논술 반대론자들은 이렇게 주장한다. "논술 문제가 학교 교과서 범위를 벗어난다. 그래서 학교 선생님들이 가르칠 수 없다. 학교 선생님들이 가르칠 수 없으니 자연히 학생들은 사교육에 의존할 수밖에 없다. 그래서 논술은 사교육을 조장하는 주범이다. 학생들이 사교육에만 의존하니 자연히 공교육이 파행으로 치닫는다. 논술은 공교육 정상화를 가로막는 주범이다."

얼토당토않은 주장이다. 학교 교육 범위를 벗어나는 게 어디 논술뿐일까? 수능 국어는 '독서' 지문이 전체 문제의 3분의 1을 차지한다. 그 '독서' 영역에는 인문, 사회, 경제, 법, 과학, 기술, 예술 등의 분야 지문들이 나온다. 특히 인문 지문과

과학 지문, 기술 지문은 교과서 범위를 벗어나는 경우가 허다하다. 또한 학생부 종합 전형을 생각해 보자. 이 전형을 준비하는 데 학교 교사는 거의 도움을 줄 수 없다. 그 학생만의 독특한 관심 사항과 특기, 적성을 챙기려면 학교에서 하는 일반적인 교육을 넘어서야 한다.

사실 '교과서 범위'라는 말은 상당히 우스운 말이다. (학교 교사들은 왜 이 '범위'에 집착하는가?) 이렇게 지식이 홍수를 이루는 시대에 학교 선생님이 가르쳐 주는 것만 알라는 것인지, 학생을 가르치는 지식의 독점권은 학교 선생님에게만 주어져야 한다는 것인지, 아니면 전 세계가 앞서 나아가기 바쁘더라도 한국에서는 학교 선생님이 가르쳐 주는 한정된 양의 지식만 배워서 뒤처진 학생을 양산하자는 것인지 도대체 알 수 없는 말이다. 어쩌면 이런 뜻인지도 모르겠다. "학교 선생님이 가르쳐 줄 수 있는 한계 범위는 '요기까지'이니, 학생은 더 이상 배우려고 하지 말라. 더 이상 배우려고 하면 선생 입장에서 상당히 곤란하다."

'교과서 범위'를 운운하는 시대는 이미 지났다. 코로나가 닥치자 학교만이 교육의 장소라는 고정관념도 버리게 되었다. 학교 선생님이 그런 집착에서 벗어나지 못하는 사이 '서울, 강남, 대치동'과 다른 곳의 격차는 더욱 벌어진다. '서울, 강남, 대치동'은 교과서 범위를 잊은 지 오래인데, 다른 곳의 선생님들은 여전히 교과서 범위만을 고집하니 '순진한' 다른 곳의 학생들은 까마득히 뒤처진다. 심지어 논술은 교과서 범위를 벗어난다고 '다른 곳'의 학교 선생님들은 논술 전형으로 대학에 가려는 학생들을 만류하는 실정이다. 논술로 대학 간 학생을 본 적이 없으니 포기하라는 식이다. (지방에서 이러고 있을 때 '서울, 강남, 대치동'에서는 논술로 대학 가려고 기를 쓴다.)

생각해 보면, 논술이 축소되기 전이나 후나 대한민국 땅에서 사교육의 번성은 달라지지 않았다. (사교육 시장의 최고 강자는 수학이기 때문이다.) 논술이 아니라도 정말 많은 학생들은 학교 교육을 넘어 새로운 앎, 깨달음을 얻기 위해 백방으로 뛰어다닌다. 그래서 논술이 사교육을 부추기는 주범이라는 견해는 호랑이 담배 필 적 이야기에 지나지 않는다. 이제 "논술이 사교육을 부추기니까 폐지해야 해!"라는 발언을 하면, "공교육 교사로서의 기득권을 지켜야 해!"라는 의미로 읽어야 한다.

결론적으로, 논술 반대론은 특정 집단의 기득권을 지키기 위한 논리이지 대한민국의 교육 발전을 위한 논리가 아니다. 진정으로 대한민국 교육 발전을 생각한다면, 논술이 교과서 범위를 벗어나서 가르칠 수 없다고 변명할 것이 아니라 그것까지도 가르칠 수 있는 역량을 키우기 위해 노력해야 한다. 논술이 대한민국 교육 발전에 중요한 요소인지 아닌지를 따지지 않고, 학교 선생님이 가르칠 수 있는지 없는지를 소리치는 것은 얼마나 '아이히만'스럽나! 아이히만이 저지른 가장 큰 죄악인 '생각 없음'thinking-less-ness을 몸소 '시전'하지 않나 말이다. (학교 선생님조차 수동적 찍기 교육의 피해자이다.)

왜 한나 아렌트인가?

내가 한나 아렌트라는 철학자를 골라서 『아렌트와 논술하기』라는 책을 쓰게 된 가장 중요한 동기가 여기에 있다. 아렌트는 정말 어마어마한 빈도수로 한국 대학의 논술 문제에 출제되었고, 되고 있다. 그저 한 제시문으로만 나온 경우도 있지만, 아예 논술 문제의 주제로 한나 아렌트의 철학이 나오는 경우도 허다하다. 한나 아렌트 철학을 모르고 논술 시험을 친다는 것은 말이 안 된다고 해야 할 정도이다. 그러나 내가 『아렌트와 논술하기』를 쓰게 된 가장 결정적인 이유는 논술 문제 출제 빈도수에 있지 않다. 아렌트야말로 한국의 빈곤한 논술 지형에 커다란 경각심을 일깨우리라 믿기 때문이다. 이 무지막지한 '생각 없음'에서 벗어나서 한국 교육이 실낱같은 희망을 보여줄 수 있으리라 믿기 때문이다.

그래서 이 책은 이런 순서를 따라 진행된다. 첫째, 나는 왜 『아렌트와 논술하기』로 책 제목을 붙였는지부터 해명하겠다.

아렌트 철학의 핵심은 무엇인지, 그리고 그의 철학은 한국 논술과 어떤 깊은 연관을 지니는지를 알아야 이 책 전반을 이해하기도 쉽다. 앞서도 언급했지만, 나는 아렌트 철학이야말로 논술 정신에 부합한다고 본다. 그의 '파리아적 태도'와 '난간 없는 사유'야말로 논술하려는 학생이 가져야 할 가장 기본적인 자세이다.

둘째, 한국 사회에서 출제된, 한나 아렌트 관련 논술 문제 전체를 조감하겠다. 과거부터 최근에 이르기까지, 한나 아렌트의 철학은 어떻게 논술 문제로 가공되어 왔고, 논술 문제의 주제는 또 어떤 변화를 거쳤는지 알게 되면, 미래에 나올 논술 문제가 어떻게 출제될지도 충분히 예측할 수 있으리라.

셋째, 한나 아렌트의 철학이 전개된 과정을 따라가 보아야 한다. 그의 철학을 제대로 모르고서 그의 철학을 배경으로 출제된 논술 문제를 잘 이해할 수는 없다. 하지만 나는 그의 철학을 탐색하는 데에 있어 반드시 연대순을 따라갈 필요는 없다고 생각한다. (대체로 연대기 순이 되어 버렸지만.) 아렌트 철학의 전체를 조감하는 데에서 출발하여 그의 문제의식과 비판적 분석을 거쳐, 그가 제시하는 대안적 비전에 이르는 순서가 바람직하다고 본다. 그래서 나는 『전체주의의 기원』→『인간의 조건』→『예루살렘의 아이히만』→『혁명론』 순으로 이 책을 엮을 것이다.

한나 아렌트(Hannah Arendt, 1906~1975).

넷째, 한나 아렌트가 출제된 좋은 논술 문제를 골라서 심도 있게 살펴보고자 한다. 이것은 위 셋째 항목의 순서를 따라가며, 관련 논술 문제를 해설하는 방식을 취하겠다. 그 논술 문제의 출제 의도는 무엇인지, 아렌트 철학의 어떤 면이 부각되어 출제되었는지, 그 논술 문제가 아렌트 철학을 왜곡하지는 않았는지, 문제로서 아쉬운 점은 없는지 등을 면밀히 살펴볼 작정이다. 아울러 논술 초심자가 논술 문제를 어떻게 이해하고 접근해서 좋은 논술문을 쓸 수 있을지 힌트를 제공하고 싶다.

한국에서는 유달리 '논술'이라고 하면 띄어쓰기, 맞춤법, 표현법, 수사법 등을 머리에 떠올린다. 그런 것들이 논술 방법론에 들어가는 것은 맞지만, 내가 보기에 그것들은 논술 방법론에서 지극히 주변적이다. 한 달 정도만 연습하면 충분히 익힐 수 있다. 그런 것들 외에도 논술 방법론에서 정말 중요한 것이 많다. 그중에서도 나는 글 쓰는 관점과 태도가 아주 중요하다고 생각한다. 논술하는 사람이 자기만의 관점과 태도는 없으면서 띄어쓰기, 맞춤법, 표현과 수사법만 익힌다면 과연 좋은 글을 쓸 수 있나? 그러니 아렌트의 '파리아'pariah적인 태도와 관점, '난간 없는 사유'Denken ohne Geländer 방식을 터득하는 것은 논술문을 쓰려는 학생에게 얼마나 좋은 본보기가 될 것인가?

다섯째, 이 책을 준비하면서 참고한 책들을 소개하겠다. 한나 아렌트의 저서(국내 번역된 것 위주로)는 물론이고 아렌트의 연구서 중 참고할 만한 책들을 소개하고 싶다. 아렌트의 문체는 정말 특이하다. 그래서 번역된 것만 읽어선 잘 이해되지 않는다. (결국 나도 원서를 찾아볼 수밖에 없었다.) 그래서 아렌트 연구서의 도움을 받을 필요가 있다. 아렌트 철학에 대해 좀 더 깊이 알고자 하는 독자를 위해 내 나름대로 소개해 보겠다.

자, 이제 우리의 동반자 한나 아렌트와 함께 철학과 논술 여행을 씩씩하게 떠나 보자.

1장

아렌트가 나온 논술 문제들

아렌트를 논술에 출제한 대학과 주제

학년도	대학	출전	주제
2008	숙명여대	『예루살렘의 아이히만』	악의 평범성 : 평범한 일상인의 도덕적 성찰 부재
2009	한국외대	『혁명론』	두 가지 다른 양상의 '변화' 비교 : 혁명과 언어
2010	건국대	『인간의 조건』	소통 : 칸트의 '공통감'과 아렌트의 '불편부당성'
2011	홍익대	『예루살렘의 아이히만』	법정 : 아이히만의 법정과 카프카 소설 「심판」의 법정 비교
	중앙대	『전체주의의 기원』	다양한 공동체 비교 : 아나키즘, 자유주의, 공동체주의, 전체주의
2012	이화여대	『예루살렘의 아이히만』	아이히만 변명의 부당성 : 윤리적 성찰의 부재
2014	연세대	『예루살렘의 아이히만』	공감의 다양한 양상 : 아이히만, 포스터 속 비둘기, 아킬레우스
2015	광운대	『예루살렘의 아이히만』	국가는 명목인가, 실체인가? : 아이히만은 국가를 실체로 본다.

학년도	대학	출전	주제
2017	서울 시립대	『인간의 조건』	노동은 고역인가, 자아성취인가? : 아렌트와 두완샹의 입장 비교
	경희대	『예루살렘의 아이히만』	인간으로서의 존엄성 지키기 : 아이히만과 넬슨 만델라 비교
2018	단국대	『예루살렘의 아이히만』	토머스 홉스와 아리스토텔레스의 관점에서 본 아이히만 평가 차이
2019	이화여대	『인간의 조건』	작업과 노동의 차이 : 노동은 인간다움을 실현할 수 있나?
2020	부산대	『인간의 조건』	표상 공간과 현상 공간 : 어떻게 해야 인간은 현상 공간에서 살 수 있나?
	중앙대	『인간의 조건』	타율적 노동과 자율적 노동 : 노동하면서도 고통이지 않을 수 있나?
2022	숭실대	『예루살렘의 아이히만』	칸트와 소로와 밀그램의 관점에서 아이히만 비판하기

한나 아렌트가 대학 논술 문제에 처음 나온 것은 2008학년도 **숙명여대**이다. 아우슈비츠의 비극은 왜 발생했을까? 그런 일이 재발하지 않으려면 어떻게 해야 할까? 이것이 숙명여대가 묻는 바이다. 평범한 독일인들은 유대인 대량 학살을 자행하면서도, 자신이 악행을 저지르고 있다고 의식하지 못했다. 오히려 그들은 '정직', '예절' 등 일상적 윤리 규범을 존중하는 예의 바른 사람으로 자기 자신을 인식했다. 유대인 학살 최고 책임자 힘러도 늘 예의 바르게 행동하려고 노력했다. 그들은 이렇게 '예의 바르게' 유대인들을 학살한 것이다. 아렌트가 본 아이히만도 마찬가지이다. 유대인 대량 학살을 저지른 아이히만은 '끔찍하게도 또 전율스럽게도 정상적인' 인간이다. 그는 자상한 아빠이고, 다정다감한 남편이다. 태만하게 근무한 적이 없는 훌륭한 독일의 공무원이다. '악의 평범성'banality of evil은 사실 '평범한 사람이 저지르는 극악'이다. 왜 이런 일이 생길까? 평범한 일상에 젖어 자신의 삶에 대해 윤리적·도덕적 성찰을 하지 않기 때문이다. 생각하기를 귀찮아하기 때문이다.

그 다음해인 2009학년도에는 **한국외대**에서 아렌트가 출제된다. 아렌트의 『혁명론』과 소쉬르Ferdinand de Saussure(1857~1913)의 『일반언어학 강의』에서 공통점과 차이점을 찾기를 요구한다. 『혁명론』은 정치철학에 속하고, 『일반언어학 강의』는 언어학에 속하는데, 서로 다른 학문 분야에 속하는 두 글에서 공통점과 차이점을 찾기를 요구하는 것이다. 이처럼 한국외대는 학생들의 비교·대조 분석력을 테스트하는 데에 많은 공을 들인다. '변화'는 특정한 변곡점을 기준으로 급격하게 달라진다. 변곡점 이전에는 변화의 요소를 시스템 전체가 흡수하지만, 변곡점을 지나면 더 이상 시스템이 감당하지 못해서 급격하게 변화한다. 아렌트가 보기에 '혁명' revolution도 마찬가지이다. 코페르니쿠스가 처음 이 말을 쓸 때에는 별들의 회전 운동처럼 인간으로선 어쩔 수 없는 순환과 반복을 의미했다. 하지만 프랑스혁명이 일어날 당시 도저히 막을 수 없고 돌이킬 수 없는 '혁명'이라는 의미로 바뀐다. '혁명'의 의미에 '혁명'적 변화가 일어난다. 소쉬르의 『일반언어학 강의』에도 이와 공통된 내용이 나온다. 언어 체계는 유추를 통해 자신의 체계 속에 발생한 불규칙적인 요소들을 처리한다. 이 과정에서 언어 체계에 적응하지 못한 낡은 요소가 새로운 요소로 대체되는 '변화'를 통해 언어 체계는 자기 체계를 유지하거나 조정한다. 하지만 차이점도 있다. 혁명은 체제 전체를 바꾸지만, 언어의 변화는 시스템은 둔 채 부분적 요소만 바뀐다.

2008학년도 숙명여대에서 시작해서 2022학년도 숭실대에 이르기까지
한나 아렌트는 한국 논술계에서 엄청난 사랑을 받는 철학자이다.
아렌트는 앞으로도 더욱 다양한 주제 차원에서 한국 논술 문제에 출제되리라.

2010학년도 **건국대** 논술 문제에서도 아렌트가 나온다. '소통'이라는 주제어를 중심으로 아렌트의 불편부당성impartiality 개념이 소개된다. 칸트가 말한 공통감sensus communis은 아렌트의 불편부당성이다. 자기 주관에만 매몰되지 않고 상대방의 입장에서도 생각할 수 있는 상상력과 지성이 발휘되면 인간은 타인과 소통할 수 있다. 여기에다 사회학자 가핀켈이 말한 '배경 공유의 기대'까지 더해지면 더욱 소통이 촉진된다. 문화적 배경을 공유하고 있다는 전제가 깔려야만 의사소통이 원활해진다. 이러한 점을 이론으로 삼아 입센의 「인형의 집」에 나오는 노라와 헬메르가 왜 소통하지 못하는지, 신경숙의 「엄마를 부탁해」에서 엄마와 나는 왜 서로를 이해하지 못하는지 분석해야 한다. 가부장적 사고방식을 당연시하는 헬메르는 도대체 노라의 저항을 이해할 수 없다. 엄마와 나의 학력 차이, 문화 차이도 의사소통을 방해하기는 마찬가지이다.

2011학년도 **홍익대**에서도 아렌트가 출제된다. 이 문제는 흥미롭게도 아렌트의 『예루살렘의 아이히만』과 카프카의 『심판』을 비교 분석하라고 요구한다. 아이히만 재판 법정과 K의 심판 법정이 어떤 공통점과 차이점이 있는지 비교하라는 것이다. 아이히만 재판 법정은 '정의의 집'이라 명명된다. 그리고 세 명의 판사가 입장하면 모든 방청객이 엄숙한 자세로 일어선다. 재판 정리도 있고, 속기사도 있으며, 통역사도 있다. 그래서 객관적이고 공정하게 판결을 내리리라는 기대를 갖게 한다. 아렌트는 그들의 판결이 공정해서 공정한 것이 아니라, 재판이 열리는 공간의 외적 형식이 그러하므로 객관적이고 공정한 판결을 하리라는 착각을 불러일으킨다고 날카롭게 간파한다. 카프카의 소설 『심판』에 나오는 주인공 요제프 K는 은행의 업무 주임이다. 서른 번째 생일 아침 정체불명의 두 사람에게 체포되어 무죄 입증을 강요받는다. K가 재판을 받기 위해 찾은 법정은 어둡고 답답한 미로 같다. 잡동사니를 보관하는 창고 같기도 하고, 다락방 같기도 하다. K의 사무실의 넓고 쾌적한 환경과는 딴판이다. 그래서 K는 그곳에서 재판정의 위압감을 전혀 느끼지 않는다. 법관조차 피고를 다락방으로 소환하는 것을 부끄럽게 여긴다. K를 심문하지만 법정으로서의 권위는 전혀 찾을 수 없다.

같은 해인 2011학년도에 **중앙대**에서도 아렌트가 나온다. 중앙대는 네 개의 사례에서 '자유'의 정도를 비교하기를 요구한다. 첫째 제시문은 존 레논John Lenon의 노래 〈상상해 봐〉Imagine의 노랫말이다. 인간 머리 위에 정치권력도, 종교권력도 없으며, 개개인이 모두 자유롭게 사는 세상을 상상해 보라고 권유한다. 한마디로 존 레논은 아나키즘anarchism[무정부주의] 공동체를 소망한다. 둘째는 자유주의가 소개된다. 자유주의는 개인의 자율성과 독립성에 기초한다. 국가조직은 있으되, 그것은 개인의 자유를 보장하기 위해 있을 뿐이다. 셋째는 공동체주의를 소개한다. 개인의 자유와 권리는 타인과의 관계와 공동체의 규범을 고려하여 일정하게 제약될 수 있다. 사회질서와 공공선을 위해 개인의 자유는 제한되어야 한다. 드디어 한나 아렌트의 『전체주의의 기원』이 넷째 사례로 나온다. 전체주의totalitarianism는 인간의 개성이나 자유를 결코 용납하지 않는다. 나치의 강제수용소가 이러한 점을 잘 보여준다. 수용소는 인간의 자발성을 제거하고 인격을 단순한 사물로 만들어 버린다. 인간은 더 이상 존엄한 인격체가 아니라 하나의 물건으로 전락한다.

2012학년도 **이화여대** 논술 시험에서도 아렌트가 나온다. 아이히만의 유대인 학살이라는 폭력은 정당화될 수 있는지를 묻는다. 아이히만은 유대인을 대량 학살한 장본인인데도, 자신에게 죄가 없다고 반론한다. 자신은 유대인을 학살하고자 하는 의도가 전혀 없었으며, 당시의 총통 히틀러의 명령을 충실히 따랐을 뿐이라는 것이다. 게다가 누구라도 그 자리에 있었다면 자신과 같은 일을 했을 것이기 때문에 자신만 처벌받는 것은 억울하다고까지 말한다. 이에 대해 재판부는 조목조

목 반박한다. 아이히만이 아무 의도 없이 대량 학살을 저질렀다고 하더라도 그것은 죄가 된다. 자신이 하는 일에 대해 적극적이고 능동적으로 윤리적 성찰을 하지 않았기 때문이다. 그리고 독일 국민 전체가 그 자리에 있었다면 그런 대량 학살을 저질렀을 것이라는 것은 무죄의 이유가 되지 못한다. 독일 국민은 잠재 상태이고, 아이히만은 이미 범죄 행위를 실행한 상태이기 때문이다.

한 해 거르고 2014학년도 **연세대**에서 다시 아렌트가 나온다. 이번에는 '공감'sympatheia이라는 개념을 중심으로 『예루살렘의 아이히만』과 신동집의 시 「포스터 속의 비둘기」, 호메로스의 『일리아스』가 제시문으로 등장한다. 아이히만은 유대인을 훈육과 규율의 대상으로만 보지, 자신과 동등한 인격체로 여기지 않는다. 그래서 아이히만은 유대인의 입장에서 그들이 겪을 고통과 참혹함을 전혀 공감하지 못한다. 국가와 민족이라는 가짜 이데올로기에만 공감한다. 신동집 시의 시적 화자는 '포스터 속의 비둘기'와 자신을 동일시한다. 포스터 속의 비둘기나 시적 화자 자신이나 무기력하고 답답하기는 마찬가지이기 때문이다. 하지만 이것을 진정한 공감이라고 볼 수는 없다. 시적 화자가 자신의 활기 잃은 삶에 대해 하소연하기 위해 일방적으로 '포스터 속의 비둘기'에 감정이입한 것

뿐이다. 아킬레우스가 살려 달라고 애원하는 뤼카온을 죽이는 장면 또한 '공감'과 연관된다. 아킬레우스가 뤼카온을 죽일 수 있는 것은 둘 다 전쟁터에서는 적의 생명을 빼앗을 수 있다는 묵계에 공감했기 때문이다. 그리고 인간 존재는 언젠가는 죽을 운명을 타고났다는 점에도 공감했기 때문에 뤼카온은 아킬레우스에게 목을 내민다.

2015학년도 **광운대**에서도 아이히만에 관한 문제가 출제된다. 아이히만은 사회 실재론자라고 볼 수 있다. 그는 국가와 민족에 강한 소속감을 느낀다. 그리고 히틀러의 명령은 철저히 수행해야 한다고 생각한다. 그런 아이히만이 속한 집단이 충동을 견제하고 극복할 만한 이성이나 다른 사람의 입장을 헤아릴 능력이 적어서 극단적인 이기심을 드러낸다는 점이 문제이다. 이 문제를 해결하기 위해서는 개인 윤리와 사회 윤리를 길러야 한다. 양심이나 윤리의식 등 개인의 도덕적 의사결정 능력과 실천 의지, 습관이 결여되지 않았는지를 따질 수 있어야 한다. 또한 사회의 제도, 구조, 정책을 도덕성에 중점을 두고 시행할 수 있어야 한다.

한 해 건너 2017학년도 **서울시립대**에서도 아렌트가 나온다. 아렌트가 1958년에 발표한 『인간의 조건』에서 '노동'과 관련된 부분이 인용된다. 고대 사회에서는 노동labor, zoe으로부터 벗어나야만 인간다움을 실현할 수 있다고 생각했다. 그래서 노예에게 모든 노동을 맡기고, 시민이면 누구나 광장에 나가서 정치적 토론을 즐겼다. 인간의 인간다움 실현은 자유롭고 능동적인 실천bios praktikos에 있는 것이다. 다음 제시문은 중국의 혁명 작가 띵링丁玲(1904~1986)의 「두완상」이다. 두완상은 아렌트와 달리 노동이야말로 인간다움을 실현할 수 있는 길이라고 생각한다. 노동하지 않으면 무기력하고 우울해서 삶의 의미를 찾지 못한다. 고대 그리스 서사시인인 헤시오도스가 쓴 「일과 날」도 나온다. 동물과 달리 인간에게는 정의가 있다. 그리고 정의로우려면 일하고 땀 흘린 만큼 대가가 주어져야 한다. 이런 제시문들을 염두에 둘 때 인공지능이 발달하는 미래 사회에는 인간의 노동 환경이 어떻게 변할 것인지에 대해서도 묻는다.

같은 해(2017학년도) **경희대**에서도 나온다. 아이히만은 나치 정권의 유대인 추방 및 학살 계획에 참여한다. 그는 조직을 구성하고 철도를 효율적으로 배정하여 유대인들을 이송하는 등 나치 정권의 부속품처럼 행동한다. 그의 노력으로 오스트리아의 유대인 60%를 아우슈비츠로 옮겨서 학살하는 데에 성공한다. 아이히만은 자신의 범죄 행위에 대한 윤리적 성찰을 전혀 하지 않는다. 이와 달리 넬슨 만델라는 교도소에 갇혀서도 인간으로서의 존엄성을 잃지 않으려고 피나는 노력을 한다. 교도소는 재소자들의 존엄성을 박탈하기 위해 온갖 음모를 꾸민다. 만델라와 재소자들은 그에 맞서 정보를 공유하고 서로에 대한 지원을 아끼지 않는다.

2018학년도 **단국대**도 아렌트 관련 논술 문제를 출제한다. 아이히만을 토머스 홉스의 눈으로 볼 때와 아리스토텔레스의 눈으로 볼 때, 각각 어떻게 다르게 평가할 수 있는지 묻는다. 토머스 홉스는 형식적 법치주의와 연관된다. 근대 법은 사회 질서를 확보하기만 하면 된다. 그 법이 정의로운지 여부는 둘째 문제이다. 그래서 사람들은 무조건 법과 권력에 복종해야 한다. 하지만 고대 아리스토텔레스는 법의 목적이 선한 인간을 만드는 것이라고 설명한다. 선한 인간을 만들어야 좋은 사회도 만들 수 있기 때문이다. 정의로운 인간과 정의로운 사회는 법률 제정의 궁극적 목적이다. 그런 면에서 토머스 홉스는 아이히만을 긍정적으로 평가하고, 아리스토텔레스는 부정적으로 평가할 것이다.

2019학년도 **이화여대**도 아렌트를 출제한다. 인간의 노동에 대한 서로 다른 인식을 비교하라는 문제이다. 여기에 N. 앤지어의 『벌처럼 부지런하다?』와 한국의 철학자 박이문 교수가 소개하는 한나 아렌트가 비교된다. 앤지어는 일벌과 일개미가 부지런한 동물로 알려진 바와 달리 실제로는 낮 시간의 20%만 일하고 나머지 시간은 휴식시간이라는 점을 지적한다. 그래서 인간만큼 부지런한 동물도 없는데다 부지런히 노동해야 한다는 것은 인간의 편견이고, 인간만이 게으름을 죄악으로 규정한다고 강조한다. 이에 비해 한나 아렌트는 창조적 작업work과 고된 노역labor을 구분하고, 창조적 작업을 할 수 있어야만 인간다움을 실현할 수 있다는 점을 강조한다.

2020학년도 **부산대**에서는 아렌트의 '표상 공간'space of representation과 '현상 공간'space of appearance 개념을 가져와서 논술 문제로 출제한다. 표상 공간에 사는 사람은 '무엇'에 의해 규정된다. 현상 공간에 사는 사람은 '누구'인지 물어진다. 그래서 표상 공간은 인간을 우열의 관계로 나눈다. 그 사람이 무슨 직업을 가졌는지, 사회적 계급은 무엇인지 등을 따져 차별한다. 그러나 현상 공간에서는 그 사람이 지닌 독특성에 주목한다. 서로 다른 사람들이 모여서 평등한 눈높이로 대화하고 토론하며 서로의 독특성을 뽐낼 줄 아는 공간이 현상 공간이다. 아렌트는 당연히 표상 공간이 아니라 현상 공간을 지향한다. 현실은 표상 공간에 머물러 있지만 말이다.

같은 해(2020학년도) **중앙대**에서도 아렌트가 출제된다. 『인간의 조건』에서 다루는 세 개념 중 '노동'과 '작업'을 '고역'과 '작업'으로 번역하여, 일하는 바람직한 태도를 논한다. 타의적·기계적으로 일하는 것은 고역이지만, 자의적·창조적으로 일하는 것은 작업이다. 그래서 고역과 작업은 일의 자율성 여부, 일하는 사람의 존엄성 여부로 갈린다. 그런 면에서 헨리 데이비드 소로가 월든 숲에 들어가 자신의 집을 짓는 것은 작업이지 고역이 아니다. 그 일 자체가 소로의 자존감을 더욱 높여 주기 때문이다. 정약용의 「보리 타작」에 나오는 농부는 어떨까? 출제자는 고역이 아니라 작업이라고 생각하고 문제를 출제한 듯하다.

한 해 걸러 2022학년도 **숭실대**에서도 아렌트의 『예루살렘의 아이히만』이 나온다. 아이히만은 자신이 칸트의 철학에 따라 행동했을 뿐이라고 변명한다. 칸트의 『실천이성비판』에서 강조한 바와 같이 실천이성의 정언명령은 무조건 따라야 한다. 그래서 자신은 국가의 명령에 무조건 따른 것이라고 항변한다. 아이히만의 이러한 항변은 칸트 철학을 왜곡했기 때문에 가능하다. 칸트가 도덕적 이성의 명령에 무조건 복종하라고 말한 것과 히틀러의 명령에 무조건 복종하는 것은 다르다. 그런데 아이히만은 그 두 가지를 동일시해 놓고, 칸트의 말대로 했으니, 혹은 히틀러의 명령대로 했으니 자신에게는 죄가 없다는 변명을 한다. 스탠리 밀그램이 실험으로 보여 준 "권위자의 명령에 복종함으로써 자기책임회피"하는 경우이다. 그리고 헨리 데이비드 소로가 강조한 바, "정의에 어긋난다면 시민으로서 기꺼이 국가의 명령에 저항하라"는 원칙에 위배된다.

2008학년도 숙명여대에서 시작해서 2022학년도 숭실대에 이르기까지 한나 아렌트는 한국 논술계에서 엄청난 사랑을 받는 철학자이다. 게다가 주제도 참으로 다양하다. '악의 평범성', '혁명', '불편부당성', '재판 공간의 의미', '전체주의', '윤리적 성찰의 부재', '공감', '사회 실재론', '노동의 의미', '생각 없음', '법의 목적', '창조적 작업', '현상적 공간', '시민적 저항' 등 실로 다양한 주제를 아렌트에게서 뽑아낸다. 그만큼 아렌트가 광범위한 주제를 다룬 철학자라고 할 수도 있고, 한국 논술 문제에 출제하기에 적합한 문제를 다룬 철학자라고 할 수도 있다.

확실히 그는 기존 철학자와는 다른 어법과 시각을 가졌다. 굳이 철학이라는 특정 영역에 자신의 작업을 한정하지 않는다. 자신의 작업이 철학이라고 평가되든지, 정치학이라고 평가되든지, 또는 시사평론으로 평가되든지 전혀 신경 쓰지 않는다. 어떤 때는 그의 문체가 지나치게 시적이라고 느껴지기도 한다. 중요한 것은 문제의 본질을 들여다볼 수 있느냐이다. 아렌트는 온통 문제의 본질을 들여다보는 데에만 집중한다. 문체와 장르는 나중 문제이다. 이런 점이 한국 논술 문제 출제자들을 열광시키는 것으로 보인다. 그래서 한나 아렌트는 앞으로도 더욱 다양한 주제 차원에서 한국 논술 문제에 출제되리라.

다만 아쉬운 점이 있다면 아렌트 철학의 깊은 속살을 느낄 수 있는 논술 문제가 몇 안 된다는 점이다. 교과서에서 가장 많이 인용되는 것이 『예루살렘의 아이히만』이다 보니 주로 '악의 평범성' 문제에 집중되어 있다. 아이히만조차 매우 다양한 측면에서 다룰 수 있는데, 오직 '악의 평범성' 문제에만 집중해서 다루니 마치 이것만이 전부인 듯하다. 특히 『인간의 조건』이야말로 아렌트 철학의 진면목을 보여 주는데도, 아직 한국 논술에서 그다지 비중 있게 출제하지는 않는다. 어떤 면에서는 『인간의 조건』이 말하고자 하는 바를 왜곡하기도 한다. 아마도 아렌트의 책 중에서도 『예루살렘의 아이히만』이 가장 많이 학교 교과서에 인용되다 보니 그런 편중이 일어났을 것이다. 앞으로는 아렌트 철학의 진면목이 제대로 드러나는 논술 문제를 기대해 본다.

2장

도대체 아렌트와 논술은 무슨 상관일까?

2-1 의식적, 자발적 파리아

아렌트는 유대인 파브뉴parvenu가 되기를 거부했다. 파브뉴는 졸부, 혹은 벼락부자를 뜻한다. 유럽에서, 그리고 미국에서 유대인이 졸부가 되기 위해서는 어떤 식으로든지 그들 주류와 타협해야 한다. 그리고 그들과 같은 생각, 행동 양식을 가지며 그들과 같이 친하게 지내야 한다. 파브뉴는 이미 유대인으로서의 정체성은 잊고 산다. 자신은 유럽인이지 유대인이 아니다. 반대로 파리아pariah는 원래 불가촉천민을 뜻한다. 버림받은 자, 유럽이나 미국의 주류 사회에 편입되지 못한 자를 말한다. 유대인 중에는 유럽 주류 사회에 편입될 정도로 부유한 자도 있지만, 그러지 못해서 가난과 비천함에 시달리는 자도 있다. 아렌트는 유럽의 유대인 중 충분히 주류에 포함될 수 있을 만큼의 집안 배경을 지녔음에도 의식적이고 자발적으로 파리아conscious pariah가 된다. 그는 왜 이리 험한 길을 자청한 것일까?

이런 파리아로서의 길은 아렌트에게는 운명인지도 모른다. 1906년 독일 하노버에서 태어난 유대인 아렌트는 외할아버지 고향인 쾨니히스베르크에서 주로 어린 시절을 보낸다. 그때의 아렌트는 한 번도 자신을 '유대인'이라고 생각지 않는다. 좀 더 커서 자신이 유대인이라는 것을 알았을 때에도 특별히 열등감이나 소외감을 느끼지 않는다. 그렇다고 어머니가 아렌트에게 기독교 세례를 받게 한 것도 아니다. 독일인으로 사는 것과 유대인으로 사는 것을 특별히 구분해서 살아야 할 필요성을 느끼지 않는다.

그런데도 아렌트는 유대인 문제로 고등학교에서 퇴학당한다. 1923년 고등학교를 다닐 무렵이다. 독일인 젊은 교사는 틈만 나면 유대인 차별 발언을 한다. 아렌트는 수업 거부 운동을 벌인다. 이 사건으로 학교 당국은 젊은 교사 편을 들며 아렌트를 퇴학시킨다. 어머니를 비롯한 가족들은 아렌트를 응원한다. 곧바로 마르부르크 대학 철학과에 입학할 준비를 하고 동년의 학생들보다 1년 먼저 대학에 합격한다. 특별히 유대인으로서의 자신을 의식하지도 않고 살았지만, 유대인이라는 이유만으로 차별하는 교사에 대해서는 단호히 저항한 것이 아렌트이다.

심지어 아렌트는 유대교를 믿지 않을뿐더러 시온주의zionism에 대해서 별로 관심이 없다.[시온주의는 유대주의라고도 한다. 팔레스타인 지역에 유대인 국가 건설을 목적으로 한 민족주의 운동이다. 1897년 테오도어 헤르츨에 의해 시작되었다.] 그 곁에는 한스 요나스, 발터 베냐민, 게르숌 숄렘 등 유대인 친구들이 다수 있다. 게다가 그들은 하나같이 유대교와 시온주의에 상당한 관심을 지닌 인물들이다. 그런데도 아렌트는 시온주의를 멀리한다. 한술 더 떠, 그의 친할아버지인 막스 아렌트는 아예 시온주의에 대해 적대적이기까지 하다. 어린 시절부터 아렌트를 매료시킨 것은 독일 철학 전통이다. 1933년 그의 친구이자 스승인 칼 야스퍼스에게 쓴 편지에는 이런 구절이 나온다. "나에게 독일이란 모국어이고 철학이고 문학입니다." 아렌트는 유대인이면서 유대인 바깥에 있다. 유대인으로서 홀대받아서 파리아가 되었는데, 유대인 집단 바깥에 있음으로써 또 한 번 파리아가 된다.

그런데도 아렌트는 오랫동안 파리아 유대인과 함께 활동한다. 1933년 시온주의자 동료를 위해 독일 안에 퍼져 있는 반反유대주의 자료를 도서관에서 수집하다가 끝내 경찰에 체포되어 심문까지 받는다. 우여곡절 끝에 탈출하여 프랑스로 도망간다. 이때 그는 이렇게 쓴다. "내가 그 문장 안에서 여러

1933년의 한나 아렌트. 아렌트는 오랫동안 파리아 유대인과 함께 활동한다. 1933년 시온주의자 동료를 위해 독일 안에 퍼져 있는 반유대주의 자료를 도서관에서 수집하다가 끝내 경찰에 체포되어 심문까지 받는다.

번 반복하며 강조한 것이 무엇인지 깨달았다. 만약 누가 유대인이라는 이유만으로 공격받는다면, 그는 독일인으로서도 아니고, 세계시민으로서도 아니고, 인권 옹호자로서도 아니며, 오로지 유대인으로서 자기 자신을 지켜야 한다는 것을 나는 깨달았다." 파리와 미국에서 그는 무려 20년 동안 시온주의자와 유대인 조직을 위해 일한다. 시온주의에 동의하지 않으면서도 그들을 돕기 위해 일한 것은 당시의 그들이 파리아였기 때문이다. 물론 그조차 1941년 미국 뉴욕에 갔을 때부터 10년 동안 무국적자로 지낸다. '의식적 파리아'이기 이전에 이미 그도 파리아가 되어 있었다.

아렌트는 독일계 유대인 부잣집 아들이면서 언론인, 철학자, 비평가인 귄터 슈테른과 결혼한다. 물론 하이데거와의 내연 관계가 끝나지도 않은 채이다. (유부남인 하이데거의 감춰진 연인, 독일인 철학자의 유대인 연인으로서의 아렌트 역시 파리아이다.) 그래서인지 결혼 생활이 원만하지 않다. 그 두 가지 문제가 복합적으로 작용했을 가능성이 높다. 그러던 차 1936년 파리, 발터 베냐민의 살롱에서 하인리히 블뤼허라는 남자를 만난다. 그는 유대인도 아닌 독일인이다. 게다가 그는 대학에도 가지 않고 혼자 공부해서 공산주의자가 된다. 이른바 스파르타쿠스단[1914년 로자 룩셈부르크 등이 결성한 극좌파 공산주의 정당] 핵심

단원이다. 아렌트는 첫눈에 반한다. 미국으로 망명 갈 때에는 슈테른과 신속히 이혼하고 블뤼허와 떠난다. 그러니까 그의 두 번째 남편 블뤼허는 독일인이면서 독일 주류 사회에서 벗어난 파리아인 셈이다. '의식적인' 두 파리아는 평생을 함께 한다.

아렌트가 처음 쓴 책 『전체주의의 기원』(1951)이 비판하는 대상은 단지 히틀러나 스탈린일까? 전혀 그렇지 않다. 그 책에는 전체주의의 발호에 대해 유대인도 책임이 있다는 점을 분명히 언급한다. 19세기 유럽의 국민국가 체제가 되면서 유대인들은 점차 정치에서 멀어진다. 정당 정치에 참여하지 않고 심지어 사회 계층의 바깥에 머문다. 그들은 오직 국제적인 유대인 네트워크를 통해 돈 버는 일에만 몰두한다. 그때 자본주의적 제국주의가 한참 발전하는데도 수수방관한다. 프랑스 제3공화국이 들어설 즈음에는 유대인의 정치적 영향력은 거의 사라진다. 나치가 반유대주의를 선전·선동할 때에도 유대인들은 그에 저항할 수 있는 정치조직을 전혀 꾸리지 않는다. 강제수용소에 갇히는 과정이나 가스실에 들어가 죽는 과정에도 유대인들은 어쩌면 그리 고분고분한가! 이런 말을 하는 아렌트는 이제 유대인들로부터도 버림받으려고 작정한 것 같다. 아니, 그러든지 말든지 신경 쓰지 않고 제 할 말만 계속하기로 작정한 것 같다.

실제로 아렌트가 쓴 책들을 두고 사방에서 비난이 쏟아진다. 옛 나치뿐만 아니라 공산주의자, 자유주의자, 심지어 유대인 단체까지 험악한 욕을 한다. 『예루살렘의 아이히만』(1963)이 나왔을 때 미국의 유대인 단체는 그에게 선전포고까지 한다. 그는 도저히 미국에 있을 수 없어 독일로 도망간다. 1964년에는 『예루살렘의 아이히만』 독일어 판이 출간되지도 않은 때이다. 그런데 어찌 알고 독일 소설가 토마스 만의 아들이자 역사가인 골로 만은 주간지 『디 차이트』에 분노로 가득 찬 글을 싣는다. "이제까지 이 운동에 대해 유포되었던 중상모략 가운데 가장 사람을 분노하게 만드는 성격을 띠고 있다." 드디어 아렌트는 완벽한 파리아가 된다.

아렌트는 혹시 '관종'일까? 아시다시피 관종은 '관심 받고 싶어서 무리수를 두는 종자'를 말한다. 하지만 관종이라고 보기엔 지나치게 극단적이다. 그리고 지나치게 자기 학대가 심하다. 적당한 무리수로 뭇사람들의 관심만 끌면 되는 관종과는 비교할 수 없을 만큼 일관되게 자기 철학을 밀고 나간다. 아렌트는 머리로만, 그리고 말로만 철학을 나불댈 수 없는 사람이다. '철학하기'라는 것은 근본적으로 '파리아'여야만 한다는 점을 분명히 깨달았기 때문에 그렇게 살 수밖에 없었다. 무리들 속에 휩쓸려 있어서는 사태를 제대로 파악할 수 없다. 다른 사람들이 있기를 꺼려하는 가장 낮은 지점에 머물며 보아야 사태 전체를 볼 수 있다. 아렌트는 사태 전체와 본질을 보기 위해 스스로 파리아가 된 것이다.

논술하기도 그러하다. 주류적인 무리 속에 섞여서 그들과 시선을 공유하고 있으면 절대 그들의 문제점을 볼 수 없다. 문제점이 안 보이는데 비판은 어떻게 하겠나? 거기에다 비판을 못 하는데 대책이나 대안은 어떻게 내놓나? 논술하기가 분석하기, 비판하기, 대안 제시하기라면 주류에서 벗어난 시선이나 관점부터 가져야 한다. 그것은 당연히 '파리아'적 관점일 수밖에 없다. 한국 사회의 문제점을 분석하고 비판하려면, 그래서 대안을 내놓으려면 한국 사회의 가장 낮은 자의 관점에서 볼 수 있어야 한다. 이것은 필연적이다. 논술하려는 자여, 아렌트와 함께 파리아가 되라!

2-2 '난간 없는 사유'란 무엇인가?

아렌트는 '난간 없는 사유'Denken ohne Geländer를 하는 철학자다. 여기서 '난간'이라는 비유의 원관념은 "인간이 사유하거나 판단하는 데에 깊이 의존하는 개념이나 범주"를 말한다. 인간은 저마다 자신의 정신 속에 깊이 각인된 개념이나 범주를 지닌다. 플라톤 이래 서양 철학은 얼마나 오랫동안 이성 중심적이었나? 이성, 로고스는 너무나 당연히 인간 존재의 본질인 것으로 여겨지다 보니 이성에 반대되는 항들은 하나같이 불온한 것으로 처리해 버린다. 그래서 보편적 진리나 본질이 분명히 존재하는 것으로 믿고 그에 부합하지 않는 것을 억압한다. 아렌트는 바로 그 이성 중심주의에 의해 형성된 서양 철학의 전통을 깨뜨리고자 한다. 사유하는 데에 있어 미리 닦아 놓은 기초를 걷어치우려 한다. 반反정초주의[대전제가 되는 기초를 다지지 않고 자유롭게 철학을 전개하는 주의]라고도 할 수 있는 '난간 없는 사유'를 펼치고자 한다.

『예루살렘의 아이히만』에 나오는 개념인 '악의 평범성' banality of evil은 "무관심함, 생각 없음, 천편일률적이고 피상적인 생각에만 젖어 있음"이라는 말과 동의어이다. 자기 자신에만 관심 있고 주변 사람들에 대해서는 관심을 전혀 두지 않는 사람, 아예 생각하기를 거부하고 기계적으로 일상을 살아가는 사람, 세상에 떠도는 그렇고 그런 이야기들을 머릿속에 가득 담아 둔 사람, 이런 사람들이 상황 조건만 조금 달라지면 어마어마한 악행을 저지르게 된다고 아렌트는 경고한다. 전체주의는 히틀러나 스탈린이 자기들의 힘만으로 만든 것이 아니다. 이런 무관심하고 생각 없는 다수 대중이 있었기 때문에 만들 수 있었다. 고정된 관념의 틀에 자신을 가둔 후 전혀 다르게 생각할 줄 모르는 다수 대중이 있었기 때문에 전체주의가 가능했다.

그 표준화된 생각의 반대편에 '난간 없는 사유'가 있다. 그래서 '난간 없는 사유'는 단지 아렌트의 연구 방법론에만 그치지 않는다. 이것은 인류가 직면한 가장 심각한 문제점을 해결하는 데에 있어서도 반드시 필요한 바이다. 정신의 고향을 잃은 현대인은 모든 것에 무관심하거나 반대로 맹목적으로 무언가에 열광한다. 자신의 정신을 열광에 빠뜨리게 하는 무언가가 나타나기만 하면 그들은 한순간에 불길을 향해 날아가는 불나방이 된다. 히틀러나 스탈린이 정치권력을 휘두를 수 있었던 것도 바로 다수 대중의 무관심과 맹목적 열광 때문이다. 한국 사회에 만연한 '일베'니 온갖 '~빠' 문화를 보면 너무도 생생히 알 수 있다. 그들은 천편일률적이면서도 표준화된 생각에 열광한다. 스스로 '난간 없는 사유'를 하진 못한다.

1940년 아렌트는 파리에서 또 다시 붙잡힌다. 1만 명이 넘는 유대인 여성들이 함께 붙잡혀 귀르의 강제수용소에 갇힌다. 그러던 어느 날 나치 돌격대가 파리 시내를 통과하고 난 후 귀르에 상당한 혼란이 생긴다. 아렌트는 이것이 강제수용소를 탈출할 수 있는 마지막 기회라는 것을 직감한다. 그래서 그곳에 갇힌 사람들을 향해 설득한다. "함께 도망치자!" 그런데 그곳에 갇혀 있던 대부분의 사람들은 그의 제의를 거절한다. "그러다 잡히면 큰일 난다", "수용소에서 나가지 말라고 아까 방송이 나오지 않았느냐", "수용소를 나가는 누구든 즉시 사살되고 말 거다", "나가 봤자 파리는 여기서 너무 멀어서 못 간다", "괜히 나가려다 범법자가 되고 말 거다" … 안타깝게도 아렌트와 몇몇 사람만 그곳을 탈출하고, 나머지는 모두 영원히 나오지 못한다.

그들은 자유 프랑스가 자신들을 풀어 줄 것이라고 믿었다.

아렌트는 "당신들이 믿는 자유 프랑스가 자유롭게 당신들을 나치에게 넘길 것"이라고 말하며 설득한다. 그런데도 그들은 아렌트의 말을 믿지 않는다. 아렌트가 탈출할 때에도 오히려 그를 만류한다. 상황이 잠잠해질 때까지 기다려 보자는 것이다. 아무 짓도 하지 않고 가만히 기다리면 모든 게 좋아질 것이라고 아렌트를 붙잡는다. 그들은 왜 그랬을까? 그들은 과거부터 내려오는 타성적 생각, 고정관념에 싸여서 새로운 생각을 할 줄 몰랐던 것이다. 자신의 생각을 틀 지우는 '난간'을 걷어치울 줄 몰랐던 것이다. 그래서 '난간 없는 사유'는 '새롭게 사유할 줄 아는 능력'이다.

『전체주의의 기원』을 쓰고 난 후 방송에 출연했을 때 프로그램의 진행자는 이런 질문을 쏟아낸다. "아렌트, 당신의 책은 어떤 틀에도 속하지 않는 것 같은데요? 너무 길지 않나요? 너무 시적이지 않나요? 너무 즉흥적이지 않나요? 너무 사실적이지 않나요? 철학인지 희곡인지 다큐멘터리인지 알 수 없네요." 이런 질문에 아렌트는 아주 간단하게 답한다. "네, 제대로 보셨군요." 그리고 아무 말도 하지 않았다. 아마 그 진행자는 난간 없는 허공에 그가 서 있는 것을 느끼지 않았을까? 책을 쓸 때에는 어느 정도의 길이로 써야 한다든가, 철학책은 시적 문체로 써선 안 된다든가, 사실적이어서도 안 된다든가 등등, 모든 질문 뒤에는 진행자가 지닌 고정관념이 전제되어 있다. '난간 없는 사유'는 글쓰기에 있어 특정의 장르나 문체에 구속되는 것조차 거부한다.

1958년 『인간의 조건』을 출간한 후 아렌트는 또 한 번 세상을 놀라게 한다. 기존의 철학서는 인간의 본질이나 본성에 대해 논하는데, 그는 '인간이 인간으로서 살아갈 수 있는 조건'에 대해 논한다. 이것은 기존 모든 철학에 대한 도전과도 같다. 실제로 그는 인간의 본성이나 자연권과 같은 문제는 전혀 다루지 않는다. 그 대신 광막한 우주 한가운데 지구라는 행성에 사는 인간이 어떠한 절망적 곤경에 놓여 있는지를 다룬다. 인간에게 선천적이고 고정 불변하는 본성이나 목적은 없다. 인간을 둘러싼 후천적 환경 조건은 무섭게, 어둡게 변해 왔다. 그리고 앞으로 또 어떻게 변할지 모른다. 그렇다고 희망이 없는 건 아니다. 아렌트는 이 책에서 '난간 없는 미래'를 제시한다. 미래를 절망의 눈으로도, 희망의 눈으로도 보지 않기를 권한다. 그 두 가능성 모두를 전제로 '난간 없는 미래'를 볼 수 있어야 '있는 그대로의 미래'가 드러나니까 말이다.

책이 나온 후 독일 텔레비전에 출연했을 때 기자가 묻는다. "아렌트, 본인이 여성으로서 철학계에서 특별한 임무를 맡고 있다고 생각하지 않으시나요?" 아렌트는 단호히 거부한다. "유감이지만 그런 임무 따위는 거부하겠어요. 저는 철학계에 속한 사람이 아니에요. 제 전문 분야는 굳이 하나만 말하자면 정치 이론이에요." 그러니까 그는 전통적인 철학 분야에 굳이 속하고 싶지 않다. '신랄하게 진실을 말할' 수 있다면 자신이 무슨 직업인으로 불린다 하더라도 상관없다는 것이다. 그리고 위험한 사유가 따로 있는 것이 아니라 사유 자체가 원래 위험한 것이라는 것이다. 다르게 말하면 위험하지 않은 사유는 사유로서의 자격이 없다는 것이다. 난간 없이 사유하니 얼마나 위험할 것인가! 그리고 철학자라는 안전지대는 난간 없는 사유에 얼마나 어울리지 않는 것인가!

1961년 아르헨티나에서 아이히만이 체포된다. 아렌트는 재판이 열리는 예루살렘으로 가서 그의 언어와 얼굴 표정을 세밀하게 관찰한다. 유리 상자 안에 있는 아이히만은 전혀 괴물이 아니다. 그저 출세 지향적인 전직 청소기 판매원이다. 따분하며 알맹이 없는 말을 늘어놓는 것이 그의 말투이다. 저렇게 평범한 사람이 그토록 끔찍한 악행을 저지르다니! 아렌트는 남편 블뤼허에게 전화한다. "아이히만을 사악한 괴물이라고 규정하면 오히려 그의 범죄를 용서하게 돼. 왜냐하면 인간 아이히만이 그런 짓을 한 게 아니라 사악한 괴물 아이히만이 그런 짓을 한 것이라고 변명할 수 있으니까. 그렇게 되면 미래의 인간 아이히만에게도 면죄부를 주게 되지. 이건 정말 철저한 사유 부족 문제야." 아렌트는 날카롭게 간파한다. 유대인 대량 학살을 저지른 사람을 악마라고 규정해 버리는 것은, 고정관념에 싸여 실체를 똑바로 보지 못하는 일이라는 것을.

『예루살렘의 아이히만』이 『뉴요커』에 연재되자, 온 미국 사회에 난리가 난다. 특히 미국 내 유대인 사회가 아렌트를 무자비하게 조롱하기 시작한다. 그도 그럴 것이 이 연재물에는 아이히만에 대한 비판보다 유대인 지도자에 대한 비판이 더 많았기 때문이다. 유대인이 강제수용소에 수감되었다가 가스실로 가서 무수히 죽어 갈 때 유대인 지도자는 그들을 구하기 위한 노력을 별반 기울이지 않았다. 오히려 아이히만과 친교 관계를 유지한 사람도 있다. 이 모두가 철저한 사유의 부족 탓이다. 아우슈비츠의 비극은 히틀러, 힘러, 아이히만에 의해서만 저질러졌다고 볼 수 없다. 『예루살렘의 아이히만』 연재 후, 급기야 유대인 친구 게르숌 숄렘은 절교를 선언한다. 아렌트의 난간 없는 사유를 따라가지 못한 것이다.

그러니까 아렌트의 '난간 없는 사유'는 '사유의 철저함'이

『예루살렘의 아이히만』을 쓸 무렵의 아렌트.
『예루살렘의 아이히만』이 『뉴요커』에 연재되자, 온 미국 사회에 난리가 난다.
특히 미국 내 유대인 사회가 아렌트를 무자비하게 조롱하기 시작한다.

다. 어설프게, 대충대충 생각하는 것이 아니라, 밑바닥이 드러날 때까지 철저하게, 크게 눈을 뜨고 하나도 놓치지 않으며 사유하는 것이다. 인류사의 비극은 이런 사유의 철저함이 부족해서 발생한다. 미미한 징후라고 해서 간과했는데 나중에 그것이 큰 문제로 불거지는 식이다. 논술도 마찬가지이다. 논술 문제 출제자가 인식하고 있는 수준의 문제의식에 도달해야만 응시자가 좋은 답안을 쓸 수 있지 않나? 그렇다면 그런 수준의 문제의식에 도달할 만큼 '사유의 철저함'을 발휘할 필요가 있다. 고정관념, 천편일률적 생각, 상식을 진리처럼 떠받드는 사고방식, 기미를 읽지 못하는 둔함, 이런 것에서 벗어나야만 좋은 논술문을 쓸 수 있으리라.

2-3 아렌트와 논술이 만나면

아렌트의 '난간 없는 사유'는 니체에게서 영감을 받았을 가능성이 높다. '난간 없는 사유'는 거대 담론을 생산하고 주입하는 지배 권력의 반대편에 서는 일인데, 이것은 니체가 서양 문화 속의 거대 담론을 비판하며 자신의 철학을 펼친 것과 닮아 있기 때문이다. 이러한 니체 철학은 흔히 '관점주의'perspektivismus로 이해된다. 니체가 보기에, 이 관점에서 진리인 것은 저 관점에서는 진리가 아니다. 이 관점에서의 진리는 오직 이 관점에서만의 진리이고, 저 관점에서의 진리는 오직 저 관점에서만의 진리이다. 그런데도 특정 문화를 공유하는 집단 내에서는 자기들끼리 믿는 진리를 보편적이고 절대적인 진리로 인식한다. 그리고 자신들의 '보편 진리'를 거부하는 자들을 엄격하게 단죄한다. 모두가 자신들이 믿는 평균적인 진리에 포섭되도록 강요한다. 니체는 이것을 '허무주의적 평준화'라고 부른다.

니체의 이런 관점주의에서 보자면 진리는 무수히 많다. 이 집단, 저 집단, 온갖 집단마다 진리가 있을 테니 무한히 많은 진리가 있을 수 있다. 진리는 무한히 많다고도 할 수 있고, 없다고도 할 수 있다. 이런 상황에서 하나의 진리에 집착하는 짓은 어리석다. 현재 내가 믿고 있는 진리가 있다면 그것을 의심할 수 있어야 한다. 집착 따위는 버려야 한다. 그 대신 새로운 진리를 찾아 나설 필요가 있다. 아니, 새로운 진리를 창조할 필요가 있다. 그럴수록 '나'는 좀 더 편협함에서 벗어날 테니까. 그럴수록 이 세계의 진실을 더 잘 볼 수 있을 테니까. 그래야만 내가 내 삶을 더 잘 살 수 있을 테니까.

아렌트도 니체의 관점주의를 받아들여 거듭 세계를 새로운 관점으로 보고자 한다. 그가 '사유의 철저함'을 추구하는 것은 주류의 고정된 시선으로 이 세계를 보는 잘못을 범하지 않겠다는 것이다. 주류적 시선에서 보면 니체가 말한 '허무주의적 평준화'에 빠질 수밖에 없다. 평균적인 진리, 단단하게 굳은 맹신의 눈에 비친 진리는 진실을 보여 주지 않는다. 주류에서 가장 먼 관점에서 볼 수 있어야 대상의 실체를 똑바로 볼 수 있다. 그래서 '난간 없는 사유'는 '파리아 되기'와 다르지 않다. "유대인 시인, 작가, 예술가들이 자신의 경험을 통해 파리아라는 인간 유형을 만들었다는 것은 놀라운 일이 아니다. 파리아의 관점이야말로 우리 시대 인류를 바로 보는 가장 중요한 관점이다."(『파리아로서의 유대인』, 1944)

논술도 마찬가지이다. 대상을 분석하는 데에 있어 기존의 관습화된 눈으로 접근하면 제대로 분석할 수 없다. 교과서가 가르쳐 주는 지식, 기성세대가 늘 취하는 관점, 기성 사회가 당연한 상식이라고 여기는 생각, 이런 것들에 젖어 있어서는 논술 문제에 나오는 자료들을 제대로 분석할 수 없다. 그래서 내 머릿속에 들어와 있는 잡동사니들을 의심할 필요가 있다. "내 머릿속에 들어와 있는 것이 내 스스로 생각해서 형성된 것이라고 착각하는 것은 아닐까? 알게 모르게 학교나 기성세대로부터 주입받은 생각이 아닐까?" 그래서 아렌트가 한 것처럼 파브뉴에서 벗어나 의식적으로 파리아가 되어야 한다. 언제나 사회의 지배 세력, 주류 세력은 쉽게 자신들의 이데올로기를 우리들 머릿속에 집어넣는다. 반대로 파리아, 버림받은 자는 근본적으로 자신들의 이데올로기를 만들 줄도 모르며 우리들 머릿속에 집어넣을 줄도 모른다. 그들의 관점에서 본 세상은 언제나 감춰져 있다. '숨기는 자가 범인'이듯이 "감춰진 바가 진실이다". 파리아의 관점으로 논술 문제를 봐야만 비로소 새롭고도 진지한 논술을 할 수 있다.

프리드리히 니체(1844~1900). 아렌트의 '난간 없는 사유'는 니체에게서 영감을 받았을 가능성이 높다. '난간 없는 사유'는 거대 담론을 생산하고 주입하는 지배 권력의 반대편에 서는 일인데, 이것은 니체가 서양 문화 속의 거대 담론을 비판하며 자신의 철학을 펼친 것과 닮아 있기 때문이다.

헬라어에서 '불멸하게 하다'라는 뜻을 지닌 말은 '아타나티제인'athanatizein이다. 아타나티제인은 불멸하지 않는 인간이 마침내 불멸성을 획득했을 때 쓰는 말이다. 그래서 아렌트는 아타나티제인이 '테오레인'theôrein이라고 번역되어도 상관없다고 생각한다. 테오레인은 '관조하다'라는 뜻을 지니는데, 인간이 테오레인, 즉 신적인 사유를 함으로써 마침내 신들이 머무는 올림포스 산 위에 올라갈 수 있다. 이것은 두 가지 상반된 의미로 해석할 수 있다. 첫째, 인간이 신적 사유를 할 수 있고, 그래서 불멸성을 획득할 수 있다는 점. 둘째, 불멸하는 인간은 파브뉴가 아니라 파리아라는 점. 왜냐하면 신적 불멸성은 인간세계에서 감춰진 자, 즉 파리아에게 있으니까.

아렌트의 철학 개념 중 가장 핵심적 개념이라 할 수 있는 '탄생성'natality은 '의식적 파리아 되기'와 상통한다. 인간은 생물학적으로만 탄생하는 것이 아니라 사는 동안 거듭 새롭게 탄생하는 존재이다. 논술 글쓰기를 하면서도 인간은 새롭게 탄생한다. 의식적 재탄생의 흔적이 논술 글로 표현된다. 기성의 이데올로기에 젖어 있다가 깨어 나옴으로써 새로운, 싱싱한 관점의 글을 쓸 수 있다. 이제까지 한 번도 쓰이지 않은, 새로 탄생한 글을 쓸 수 있다. 기성의 모든 주류적 발상을 물리치고 '제로-베이스'에서 다시 새로 출발하는 글을 쓸 수 있다.

하지만 '의식적 파리아 되기'만으로는 부족하다. 파리아의 관점을 획득했다면 이제 자신의 사유를 난간 없는 곳까지 밀고 나가야 한다. 사유의 철저성, 사유의 위험성, 그 끝에까지 도달해야 비로소 새로운 글을 탄생시킬 수 있다. 아렌트는 이 점을 발터 베냐민에게서 배웠으리라. 베냐민은 아렌트의 첫 남편의 사촌형이다. 파리에서 두 번째 남편 블뤼허를 만나게 된 것도 베냐민 때문이다. 베냐민이 매일 저녁에 여는 살롱에서 블뤼허와 아렌트가 만나 첫눈에 반한다. 마르세유에서 은신할 때에도 아렌트와 베냐민은 함께 있었다. 베냐민이 스페인 국경을 넘으려 피레네 산맥으로 가기 전 「역사 테제」 원고를 맡긴 사람도 다름 아닌 아렌트이다. (심지어 원고 겉장에는 이렇게 씌어 있다. "이 원고는 한나 아렌트만 볼 것.") 베냐민은 아렌트에게 친구이자 스승이다.

발터 베냐민은 어떤 사람인가? (이 대목에서 독자들이 베냐민에 관한 내 이야기에 당황할 필요는 없다. 어차피 한두 문단으로 그를 설명하거나 이해하는 것은 불가능하니까. 여기서는 아렌트와의 연관성에만 주목해 주길 바란다.) 그는 유대교 신비주의와 공산주의를 하나로 묶으려 한 철학자이다. 그에게는 세속적인 면과 신비적인 면이 공존한다. 또한 그는 불가지론자이면서도 독실한 유대교인이다. 게다가 그는 예술을 숭배하기도 하고 파괴하기도 하

발터 베냐민(1892~1940). 베냐민은 아렌트에게 친구이자 스승이다.
히틀러를 피해 베를린에서 파리로 망명한 베냐민은 파리 구석구석을 정처 없이 걸으면서,
무심한 듯한 관심으로 관찰하며 글을 쓴다. 그 결과물이 유명한 『파사젠-베르크』이다.

며, 시인이기도 하고 선동가이기도 하다. 그의 친구 베르톨트 브레히트는 그를 일러 '역사상 가장 기이한 공산주의자'라고 부른다. 또 다른 그의 평생 친구이자 유대 신비주의 연구자인 게르숌 숄렘은 그를 '불가지론적 예언가'라고 부른다. 히틀러를 피해 베를린에서 파리로 망명한 베냐민은 파리 구석구석을 정처 없이 걸으면서, 무심한 듯한 관심으로 관찰하며 글을 쓴다. 그 결과물이 유명한 『파사젠-베르크』Passagen-Werk이다.

베냐민은 마르크스가 말한 상부구조(관념)에 관심을 갖는다. 마르크스의 말대로 모든 관념은 물질적 토대 위에서 성립한다. 그런데 베냐민은 마르크스의 이러한 설명에 멈추지 않는다. 베냐민이 보기에 마르크스의 이 말은 "물질, 현상과 관념이 얽혀 있다"라는 의미로 해석될 수 있다. 구체적 사물의 작은 현상은 근원 현상urphänomen으로서, 그것은 역사의 집약된 의미bedeutung 혹은 관념을 담고 있다. 그래서 베냐민은 조그마한 것, 미세한 것에 몰두한다. 근대 유럽 자본주의의 수도와 같은 파리에서 매일 밤 어슬렁거리며 미소한 물질, 현상들을 관찰해서 그 속에 묻어 있는 관념을 찾아낸다.

아렌트가 '시적 사유'라고 이름 붙인 베냐민의 사유 방식은 너무나 모호하고 오묘하며 이상야릇하다. 공산주의자이면서 아닌 것같이, 그리고 유대교 신비주의자이면서 아닌 것같이 사유한다는 것은 어떤 것일까? 아렌트의 '난간 없는 사유'가 아니고서 그런 경지에 이르지 못하리라. 사유를 가장 위험한 곳으로까지 몰고 가는 일, 철저한 사유를 하는 일이 없고서는 성취될 수 없으리라. 논술 또한 이러한 사유에서 나와야 한다. 제시문에 나오는 내용이나 견해를 반복하는 글쓰기, 교과서적 상식을 자기 의견인 듯 제시하는 글쓰기, 편협한 관념에 사로잡힌 글쓰기 등은 좋은 논술이라 할 수 없다. 사유의 경계를 넘어 사유할 수 있어야 좋은 논술도 나온다.

아렌트가 『전체주의의 기원』을 쓰려 할 무렵에는 '전체주의'totalitarianism란 용어가 없었다. 그런데 그 입장에서는 도대체 기존의 개념으로는 히틀러와 나치를 설명할 수 없다. 제국주의라든가 반反유대주의라는 용어만으로는 포괄되지 않는 것이 히틀러와 나치이다. 히틀러만이 문제가 아니라 독일의 고립된 다수 대중, 지식인, 엘리트 계층 등 전반이 모두 문제가 있었기 때문이다. 제국주의와 반유대주의가 작동하는 메커니즘과 전혀 다른 방식으로 작동하는 이것을 설명할 수 있는 개념 용어를 새롭게 만들 필요가 있었다. 그래서 탄생한 것이 '전체주의'라는 용어이다. 만약 아렌트의 사유가 기존의 개념 용어에 머물렀다면 이런 용어를 만들지 못했을 뿐만 아니라 전체주의 현상 속에 있는 이 어마어마한 것들도 들춰 내지 못했을 것이다.

1964년, 아렌트가 독일 TV에서 대담하며 한 말 "나는 이해하고 싶다"Ich will verstehen는 그의 '난간 없는 사유'를 잘 보여준다. 아렌트는 책을 쓸 때 전형적인 순서를 따르지 않는다. 책 제목은 『전체주의의 기원』이지만 이 책에서 전체주의의 역사를 알 수 있는 것은 아니다. 도대체 전체주의가 무엇인지 모른 채 관습적인 논문의 목차 순서만 지켜서 책을 쓴들 무슨 소용이 있나? 전체주의 속으로 들어가 그것이 어떤 조건 속에서 태동하며 어떻게 발전하여 결국 어떤 끔찍한 짓을 저지르는가를 이해할 수 있는 데에 초점을 맞추어야 한다. 그래야만 두 번 다시 인류 사회에 전체주의가 발흥하지 않도록 대책을 세울 수도 있다.

아렌트는 그 대상을 이해할 수 있다면, 그 현상의 속살까지 다 파악할 수 있다면, 방법이나 경로는 무시해도 상관없다고 생각한다. 아니, 오히려 그 현상을 가장 잘 이해할 수 있는 방법과 경로를 아렌트가 새롭게 만든다고 하는 편이 더 적절하다. 기존 학자들이 하던 관습적인 글쓰기를 뒤따르지 않고 자신의 글쓰기를 언제나 새로운 방법론으로 시작하는 것이 아렌트이다. 그래야만 "우리의 세기가 우리 어깨에 지운 짐을 검토하고 의식적으로 떠맡"을 수 있다. 그리고 이것이야말로 진정한 이해이다. "간단히 말해 이해란, 그것이 무엇이든, 미리 계획하지는 않았지만 주의 깊게 현실에 맞서는 것이며, 현실을 견뎌 내는 것이다."(『전체주의의 기원』 서문)

논술 강의 시간에 나는 이런 수수께끼 같은 말을 자주 한다. "대학에서 제시하는 모범 답안대로 쓰면 떨어진다." 학생들은 나의 이 말에 경악한다. 그런데 사실이다. (물론 일반화할 수는 없다. 아무래도 경쟁률이 높을수록 이런 현상은 더 분명하게 나타난다.) 전국의 논술을 가르치는 선생님과 공부하는 학생들이 눈에 불을 켜고 그 모범 답안만큼 쓰려고 애를 쓴다. 그렇게만 쓰면 합격할 것이라고 믿기 때문이다. 그러다 보니 모범 답안 수준의 논술 답안은 너무나 평범하다. 오히려 질 떨어지는 답안이다. 응시자 대부분이 쓰는 답안이니까 말이다. 그들을 합격시키면 합격자가 너무 많다. 상대적으로 모범 답안보다 우수한 소수의 답안이 합격할 수밖에 없다. 그런 답안을 쓰려면 어떻게 해야 할까? 모범 답안이 합격 답안이라는 고정관념을 뛰어넘어야 하지 않을까? 아렌트처럼 '난간 없이' 생각하고 글을 쓸 수 있어야 하지 않을까?

아렌트는 '난간 없는 사유'를 하는 이상적인 인물로 소크라테스를 꼽는다. 소크라테스는 스스로를 등에, 산파, 전기가오리에 비유한다. 그중에서도 전기가오리와 관련된 소크라테스의 해설이 걸작이다. "전기가오리는 스스로 마비됨으로써만 다른 것들을 마비시킨다. … 나 자신이 대답을 이해하게 되면 다른 사람을 당혹하게 하지 못한다. 진리는 오히려 내가 느꼈던 당혹감을 다른 사람에게 감염시키는 것이다."(『메논』) 스스로 전율하지 않으면서 다른 사람을 전율시킬 수 없다. '나'의 글을 읽고 다른 사람이 전율하게 하려면 먼저 '나'부터 전율하며 글을 써야 한다. 그리고 당연히 내가 스스로 전율하는 글쓰기가 되려면 문제적 현상을 깊이 파고들어 이해할 수 있고, 이해한 후 그에 걸맞은 방법론으로 글쓰기를 할 수 있어야 한다. 전기가오리같이 소크라테스는 늘 당혹감에 빠져 있다. 그래서 끊임없이 자신과 타인에게 질문을 퍼붓는다.

진심을 밝히자면, 아렌트가 소크라테스를 두고 '난간 없는 사유'의 이상적 인물로 제시할 때 나는 매우 당혹스러웠다. 나는 소크라테스가 한낱 국가주의자에 지나지 않는다고 책을 쓴 적이 있기 때문이다.(졸저 『악법도 법이다, 소크라테스는 말하지 않았다』) 한동안 이 당혹스러움을 해결할 길이 없어 『아렌트와 논술하기』를 포기해야 하는 것 아닌지 고민스러웠다. 하지만

이 당혹스러움은 나에게 새로운 깨달음을 줬다. 사실 모든 소크라테스와 관련된 에피소드는 그의 제자 플라톤이 쓴 책을 통해서 알 뿐이다. 그것이 소크라테스의 진짜 목소리인지, 아니면 플라톤이 자신의 생각을 소크라테스 이름을 빌려 표현한 것인지 알 수 없다. 그렇다면 소크라테스라는 인물을 단일한 의미로 규정하는 것 자체가 매우 성급하다. 내가 소크라테스의 이 면을 봤다면, 아렌트는 내가 보지 못한 소크라테스의 저 면을 본 것이다.

아렌트는 나로 하여금 심한 당혹감에 빠지게 했다가 다시 그 당혹감에서 벗어나게도 한다. 당혹감에서 벗어났을 때 나는 이미 달라져 있다. 당혹감 이전에는 소크라테스에 대한 틀 잡힌 생각을 굳혀 가고 있었다면, 당혹감 이후에는 소크라테스에 대한 새로운 아이디어가 폭발하고 있다. 결국 아렌트는 나로 하여금 '난간 없는 사유'가 무엇인지 확연히 깨닫게 한다. '난간 없는 사유'는 끊임없이 새롭게 사유를 시작할 줄 아는 것이다. 생각하기에 게으르지 말아야 한다는 것이다. 생각의 안전지대에 정착하지 말고 가장 위험한 곳을 향해 기꺼이 생각의 여행을 떠나는 것이다. 이것이야말로 논술하는 사람이 갖추어야 할 가장 중요한 미덕이 아닐까!

소크라테스(BC 469?~BC 399).
아렌트는 '난간 없는 사유'를 하는 이상적인 인물로 소크라테스를 꼽는다.
소크라테스는 스스로를 등에, 산파, 전기가오리에 비유한다.

3장

전체주의는 어떻게 작동하나?

여기서 나는 아렌트의 『전체주의의 기원』을 소개하고자 한다. 이 책은 아렌트가 미국으로 건너가 무국적자로 생활하면서 집필해, 1951년에 10년 동안의 무국적 망명자 생활을 끝내며 출간하였다. 아렌트 본인은 이 책의 제목이 썩 마음에 들지는 않았다. 『전체주의의 기원』이라는 제목은 '전체주의의 태동에서부터 진화·발전해 오기까지의 역사'를 연상시키기 때문이다. 하지만 이 책은 그러한 연대기적 기술로 구성된 책이 아니다. 전체주의는 제국주의나 반유대주의와 깊은 관련이 있으면서도 서로 별개이며 대립적이기도 하다. 그래서 아렌트는 그것들을 대충 연대기 순으로 나열하는 방식으로 서술하는 데 만족할 수 없었다. 차라리 전체주의 운동 내부로 들어가 그 운동이 어떻게 작동하는지, 동력은 무엇인지, 어떤 효과를 노리는지 등을 살펴보는 것이 더 낫다고 판단했다.

3-1 전체주의를 깨운 것은 대중이다

아렌트는 히틀러나 스탈린 같은 전체주의 지도자가 죽자 대중들people이 너무도 쉽게 그들을 잊어버리는 점에 경악한다. 그토록 '매력적인' 지도자를 이토록 쉽게 빨리 잊어버리다니! 히틀러나 스탈린에게 열광하던 대중은 왜 쉽게 그들을 잊어버리는 걸까? 대중은 왜 이리 변덕스러운 걸까? 설마 대중이 전체주의의 환상에서 깨어났기 때문에, 그래서 전체주의의 병이 치유되었기 때문에 그들을 잊어버린 것일까? 아렌트가 보기에, 이 점을 해명하는 것이 곧 전체주의의 메커니즘을 이해하는 것이다.

사실 히틀러나 스탈린이 대중의 지지를 얻지 못했다면 전체주의를 일으키지도, 유지할 수도 없었다. 히틀러나 스탈린 둘 다 대중의 전폭적인 지지를 등에 업고 정권을 쟁취했다. 정권 쟁취 후 조금씩 전체주의의 발톱을 드러낼 수 있었던 것도 대중의 열광적인 지지가 있었기 때문이다. 그런 면에서 전체주의를 발흥시킨 것은 히틀러나 스탈린보다 오히려 대중이다. 아렌트는 대중 중에서도 특히 폭민mob에 주목한다.[폭민은 조직되지 않았지만 언제든지 폭력적으로 변할 수 있는 대규모 군중을 말한다.] 폭민은 '미쳤다'는 표현으로도 부족하다. 그들은 전체주의 운동이 자신의 자식들을 죽인다고 하더라도, 심지어 자기 자신이 죽임을 당하더라도 '의연하게' 전체주의 운동을 지지하려 한다.

아렌트는 대중이 왜 그토록 전체주의 운동을 지지하는지 알고 싶다. 그런데 특별한 이유가 없다. 대중은 사실 전체주의 운동을 지지할 만한 경험이나 논리적인 이유 때문에 지지하는 게 아니다. 전체주의가 나타나기 훨씬 전에 이미 대중은 맹목적으로 전체주의 운동을 지지할 준비가 되어 있었다. 아예 대중은 전체주의와 하나가 되어 순응하고 복종할 모든 준비를 마쳤다. 아렌트는 대중의 이러한 속성이 근본적으로 인간 존재에 잠재되어 있다고 본다.

아렌트가 진단한 바, 대중이 이렇게 된 것은 근대부터이다. 도시화, 산업화, 과학기술 문명화는 인간의 수를 혁명적으로 늘렸다. 인구의 과잉 증가는 대중이라는 존재를 만들어 냈다. 대중은 자기 자신이 이 세계에서 남아도는 존재, 즉 잉여적 존재라고 여긴다. 잉여적 존재는 살든지 죽든지 별 의미가 없다. 그러니까 대중은 막 사는 수밖에 없다. 정교하고 설득력 있는 논리로 삶의 의미를 이야기해 봤자 전혀 귀에 들어오지 않는다. 바짝 마른 장작에 작은 불만 당겨 줘도 마구 타오른다. 히틀러와 스탈린은 대중이라는 마른 장작의 작은 불쏘시개일 뿐이다.

19세기 말, 그리고 20세기 초 유럽은 대중, 그리고 폭민으로 넘쳐 난다. 그들은 수적인 면에서 절대 다수인데도 국가나 사회 공동체의 중요한 문제에는 전혀 무관심하다. 정당이나 자치 정부 문제, 경제문제, 환경문제, 노동문제 할 것 없이 그들의 관심을 끄는 것은 없다. 투표 날에는 방에 틀어박혀 있거나 놀러 가기 일쑤이다. 어차피 이 세계에서 자신들은 배제되거나 추방되었으니 이 세계의 문제에 관심을 기울일 이유가 없다. (이런 대중은 21세기에도 넘쳐 난다.) 아렌트는 히틀러나 스탈린의 전체주의를 이해하기 위해 대중, 그리고 폭민부터 알아야 한다고 간곡히 조언한다.

아렌트는 대중의 출현을 계급사회의 붕괴에서 찾는다. 중세 유럽의 계급사회는 그나마 사람들에게 자기 존재의 가치가 무엇인지를 분명하게 인식시켜 주었다. 영주는 영주대로,

아돌프 히틀러(1889~1945)와 이오시프 스탈린(1879~1953).
히틀러나 스탈린이 대중의 지지를 얻지 못했다면 전체주의를 일으키지도, 유지할 수도 없었다. 히틀러나 스탈린 둘 다 대중의 전폭적인 지지를 등에 업고 정권을 쟁취했다.

기사는 기사대로, 그리고 농노는 농노대로 제가 해야 할 역할을 분명히 가지고 있었다. 게다가 사람들은 신이 늘 지켜보고 있다고 믿었기 때문에 이 세계에서 소외감을 느낄 겨를은 전혀 없었다. 그러나 근대에 접어들면서 계급사회는 붕괴하고 대중은 자신이 어디에 머물러야 하는지 모르게 된다. 이 세계는 더 이상 대중을 감싸고 있는 따뜻한 곳이 아니다.

대중은 고립된 채 자기만의 슬픔에 빠진다. 거듭 그런 상태가 지속되다 보면 대중은 자기보존 본능조차 약화된다. 즉, 자기 자신이 더 살아남아야 할지 죽어야 할지 판단이 서지 않는다. 굳이 열심히 살아야 할 이유를 찾지 못한다. 아렌트는 이런 대중을 보고 '모든 일에 무심하고 무욕한 경지'에 이르렀다고 표현한다. (나는 한국의 'N포 세대', 일본의 '달관 세대'가 떠오른다.) 꿈도 이상도 없다. 지금 당장 죽으라면 기꺼이 죽을 수도 있다. 자본주의 고도 경쟁 체제에서 낙오한 그들은 정상적인 인간관계조차 지속할 수 없다. 아렌트는 이런 대중이 있었기에 전체주의도 나타날 수 있었다고 본다. 허무주의의 깊은 수렁에 빠진 대중은 자신들에게 열정을 불러일으킬 수 있는 것이라면 그것이 전체주의이든 뭐든 무제한적이고 무조건적인 충성을 바치려 한다. (이미 니체가 유럽 대중을 일러 '가축 떼'라고 표현한다.)

그래서 아렌트가 보기에, 전체주의 운동의 지도자는 단지 대중의 대표자에 지나지 않는다. 대중은 언제든지 지도자를 교체할 수 있다. 과거에 열광했던 지도자가 사라지면 금세 잊어버리고 자신들의 광기를 일깨워 줄 새로운 지도자를 기다리거나 찾는다. (서두에서 물은 '대중이 히틀러나 스탈린을 그토록 쉽게 빨리 잊어버리는 이유'가 여기에 있다.) 지도자가 없으면 대중은 자신의 '의지'(?)를 대신 드러내 줄 대리인이 없으므로 아무것도 아닌 존재로 묻힌다. 원자화된 개인은 고립된 채 다시 '우울 모드'로 돌아간다. 반대로 '적절한' 지도자를 만나면 대중의 광기는 다시 폭발한다. 대중의 폭력적 허무주의는 죽을 때까지 끝나지 않기 때문에 전체주의 운동도 멈출 수 없다.

이 대목이 소름 끼치는 지점이다. 아렌트는 말한다. 전체주의는 대중이 일으킨 것이라고. 히틀러나 스탈린은 그저 허수아비에 지나지 않는다고. 대중은, 그리고 폭민은 허무하게, 우울하게 몸을 감추다가 언제든지 새로운 허수아비를 만나면 다시 전체주의를 부흥시킬 것이라고. 이런 대중과 폭민이 없어지지 않는 이상 현재에도, 그리고 미래에도 얼마든지 전체주의는 나타날 것이라고. 아렌트의 인류 사회 미래에 대한 절망적인 예언은, 그러나 결코 부인할 수 없다. 어쩌면 우리는 이미 전체주의 운동 속에 살고 있는지도 모르니까 말이다.

3-2 엘리트는 왜 전체주의를 지지했나?

아렌트의 근대 대중에 대한 비판을 보고 대중만이 전체주의를 발흥하게 했다고 단정 지어선 안 된다. 안타깝게도 지성을 갖췄다고 여겨지는 엘리트들도 전체주의의 행동주의와 테러리즘에 열광한 것은 마찬가지이다. 20세기 초의 엘리트와 폭민들은 공통적으로 전체주의의 행동주의와 테러리즘에 매료된다. 그들은 공통적으로 자신들이 느낀 좌절과 원한과 맹목적 증오를 표현할 수 있는 적절한 수단을 찾고 있었는데, 전체주의야말로 안성맞춤이라고 생각한다. 20세기 초, 엘리트나 폭민은 둘 다 공중公衆으로부터 별로 관심 받지 못한다. (여기서 '공중'은 건전한 시민 의식과 공동체 의식을 가진 사람들을 말한다.) 그들은 둘 다 '관종'인데도 공중의 관심을 끌지 못하니 어떡해서든지 '깜짝쇼'를 하고 싶다. 그래야 관심을 끄니 말이다. (아렌트는 20세기 초의 엘리트나 폭민이나 관종 병자인 것은 마찬가지라고 본다. 특히 엘리트가 더 심하다.)

이때 엘리트가 '깜짝쇼'를 할 수 있는 좋은 소스가 등장한다. 바로 마르크스이다. 마르크스는 세계사를 계급투쟁의 관점에서 새롭게 쓰려 한다. 인류사는 아래로, 아래로의 계급투쟁의 역사이다. 이제 마지막 계급인 프롤레타리아가 계급투쟁을 벌여 공산주의 사회를 건설할 때가 왔다. "만국의 프롤레타리아여, 단결하라!" 이것은 얼마나 폭민과 엘리트를 열광시키는가! 과거의 공식적 역사에서 배제되었던 프롤레타리아가 현재와 미래에는 역사의 주인공이 된다니, 그들은 흥분한다. 엘리트와 폭민은 그 배제된 자가 바로 자기 자신이라고 생각한 것이다. (아렌트는 이 대목에서 엘리트와 폭민이 가진 무의식의 메커니즘을 읽으려 한다. 그의 '난간 없는 사유'는 경계가 없다.)

아렌트가 보기에 19세기 말, 20세기 초의 유럽은 이중적 도덕 기준이 판을 치는 위선적인 황혼기이다. 당시의 유럽인들은 극단적으로 자기 자신을 뽐내다가도, 금세 매몰찬 짓을 했다가 언제 그랬냐는 듯 예의바른 척하는 위선을 떤다. 위선의 시대 속에서 엘리트나 폭민은 공공연하게 잔인한 척하는 가면을 쓰다가도 금세 비열함을 과장하는 가면으로 교체한다. 이렇게 해야 공중의 관심을 끌 수 있기 때문이다. 1920년대 엘리트는 과장되고 역설적인 행동을 해서 사회에 충격을 주고 싶어 했고, 그 충격요법으로 부르주아나 자본주의를 무너뜨려 마르크스의 꿈을 대신 이룰 수 있다고 착각한다. 아렌트는 20세기 초의 엘리트 지식인이 얼마나 위선적이며 '유치찬란'했는지 신랄하게 비꼰다. 그리고 그런 엘리트의 유치찬란함이 아이러니하게도 전체주의를 발흥시키게 된다고 차분한 목소리로 지적한다.

아렌트는 20세기 초 엘리트의 전형적인 사례로 가장 먼저 브레히트Bertolt Brecht(1898~1956)[베르톨트 브레히트는 독일의 극작가, 시인, 연출가이다. 주로 사회주의적인 작품을 연출한다. '낯설게 하기'라는 개념을 연극 연출에 처음 사용한다. 발터 베냐민, 한나 아렌트와도 친하다.]를 든다. 브레히트의 『동전 세 닢의 오페라』에는 악한이 존경받는 사업가로, 존경받는 사업가는 악한으로 뒤바뀌어 등장한다. 그는 이런 식으로 자본가, 자본주의를 비판한다. 이 드라마의 가장 인상 깊은 한마디는 이것이다. "게걸스럽게 먹는 게 우선이고, 그 다음이 도덕이다." 존경받는 사업가가 알고 보면 게걸스럽게 처먹는 악당, 탐욕스러운 자본가일 뿐이다. 그에게 도덕을 기대할 순 없다. 당시의 엘리트와 폭민은 너무나 오랫동안 부르주아의 위선에 기만당해 왔기 때문에 이 드라마를 보고 크게 열광한다. (그 바람에 브레히트는 엄청난 부자가 된다. 이 또한 아이러니이다.) 그래서 엘리트들은 부르주아의 위선보다 차라리 폭민의 솔직한 폭력이 더 낫다고 생각한다.

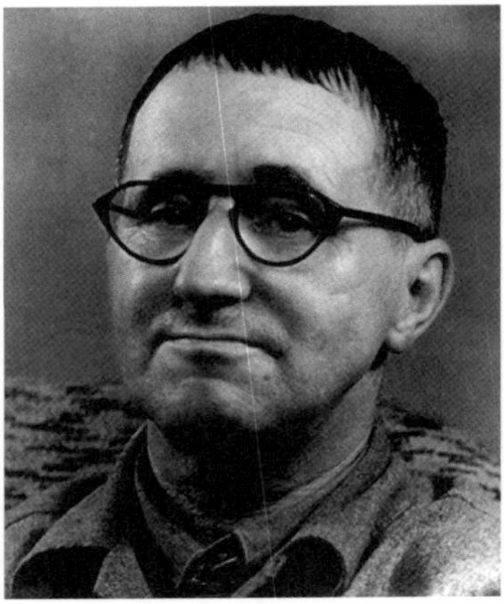

베르톨트 브레히트(1898~1956).
아렌트는 20세기 초 엘리트의 전형적인 사례로 가장 먼저 브레히트를 든다.
브레히트가 부르주아를 풍자함으로써 부지불식간에
전체주의 발흥에 일조했다고 지적한다.

아렌트는, 자신과도 친했던 브레히트가 부르주아를 풍자함으로써 부지불식간에 전체주의 발흥에 일조했다고 지적한다.

아렌트의 엘리트 비판은 여기에 그치지 않는다. 셀린Louis-Ferdinand Céline(1894~1961)[루이-페르디낭 셀린은 프랑스 작가이자 의사이다. 『학살해 마땅한 것들』을 출판한 1937년부터 유대인에 대한 악의에 찬 비방 글을 많이 쓴다. 제2차 대전 중 독일이 프랑스를 점령할 동안 독일 보안국과 친독파와 가까이 지냈다.]의 『학살해 마땅한 것들』에서는 모든 유대인을 학살할 것을 제안한다. 앙드레 지드Andre Gide(1869~1951)[프랑스의 소설가·비평가. 주요 작품은 1909년에 발표한 『좁은 문』, 『이자벨』, 『교황청의 지하도』 등이 있다. 기독교의 영향을 많이 받았으며, 1947년 노벨 문학상을 탔다.]는 『누벨 레뷰 프랑세즈』를 통해 셀린의 그런 솔직함을 기뻐한다. 유럽 부르주아의 품위 있는 위선과 셀린의 저질 천박한 솔직함을 비교하며 마음껏 비웃는다. 그런 비웃음이 반유대주의를 기치로 내건 전체주의를 태동시킬지도 모른다는 우려는 전혀 하지 않은 채 말이다. 이쯤 되면 아렌트의 비판은 대상을 전혀 가리지 않는 수준이다. 노벨상까지 받은 프랑스의 지성 앙드레 지드에게조차 아렌트의 비판은 가차 없다.

엘리트의 부르주아에 대한 적대감, 그리고 맹목적인 전체주의 찬양은 결국 유대인 대량 학살로 정점을 찍는다. 이

점이 가장 잘 드러나는 인물로 아렌트는 힘러Heinrich Luitpold Himmler(1900~1945)[하인리히 루이트폴트 힘러는 SS로 불리는 친위대와 게슈타포로 불리는 비밀경찰을 지휘한다. 그는 유대인 대학살을 주도한 최고 책임자이다. 나치 강제수용소와 학살대인 특수작전집단을 이끌며 600만에서 1200만에 이르는 사람들을 학살한다. 연합군에 의해 주요 전범으로 체포되자 자살한다.]를 꼽는다. 힘러는 지극히 정상적이다. 게다가 나치 운동의 어떤 지도자보다 더 속물적인 엘리트이다. 괴벨스처럼 보헤미안도 아니고 슈트라이허처럼 성 범죄자도 아니며 로젠베르크처럼 미친놈도 아니다. 히틀러 같은 광신자, 모험가, 섹스 애호가, 낙오자는 더더욱 아니다. 그는 너무도 착실한 직업인이며 훌륭한 가장이다.

하지만 바로 그의 손에 의해 전체주의 운동이 작동하며 유대인 대량 학살이 이루어진다. 사실 힘러와 같은 속물은 부르주아 계급으로부터 고립된 부르주아 엘리트이다. 이 속물 엘리트는 어떤 면에서 폭민인 히틀러보다 더 무섭다. 한때 부르주아 계급이다가 몰락한 후에는 원자화된 개인, 속물 엘리트가 되고, 그것을 계기로 부르주아에 대한 매우 강한 반감을 품게 된다. 이 반감은 (마르크스의 영향을 받아) 부르주아를 타도한 미래 사회에 대한 맹목적 확신으로 바뀌었다가, 히틀러를 만나 반유대주의로 폭주한다. 그러니까 아렌트는 전체주의에

『학살해 마땅한 것들』을 출판한 루이-페르디낭 셀린(왼쪽).
유대인 대학살을 주도한 최고 책임자인 하인리히 루이트폴트 힘러(오른쪽).

맹목적으로 순종한 힘러를 키운 것이 마르크스에서부터 비롯되었다고 지적한다. (이토록 과격하게 비판의 칼날을 휘두르고도 아렌트가 제 명에 죽었다는 것이 오히려 신기할 지경이다.)

3-3 전체주의 선전은 얼마나 '오묘하게' 작동하는가?

아렌트가 보기에 오직 폭민과 엘리트만이 전체주의 자체에 끌릴 뿐이다. 대중은 사실 전체주의가 뭔지도 잘 모른다. 그들은 전체주의에 거의 무의식적으로 현혹되는 것이지 전체주의의 실체를 알고서 동조하는 것이 아니다. 그런 대중을 포섭하기 위해 전체주의 운동은 선전과 테러를 적절히 섞는다. 이데올로기 선전을 한 후 그것이 거짓말이 아니라는 것을 증명할 필요가 있어서 테러를 자행해야 한다. 그래야만 대중이 속아 넘어가기 때문이다. 폴란드인은 지성이 없어서 인간이 아니라는 이데올로기 선전을 한 후, 오직 그 거짓말을 믿도록 하기 위해 실제로 폴란드 지식인을 제거하는 테러를 저지른다. "게르만의 피"를 구원해야 한다는 이데올로기 선전을 한 후, 오직 그 거짓말을 믿도록 만들기 위해 1942년 전 유럽의 '파란 눈의 금발 아이들'을 유괴한다. (전 유럽에 걸쳐 게르만의 순수 혈통을 가지고 있다고 여겨지는 '파란 눈의 금발 아이들'을 구원하기 위해 히틀러는 2차 대전을 '장엄하고 당당하게' 일으킨다.)

하지만 선전은 자국 내에서 일시적 전술 조치에 지나지 않는다. 대중이 세뇌되어 더 이상 선전이 필요 없게 되면 테러와 주입식 교화만 하면 된다. 이제 대중은 주입하는 대로 이데올로기를 받아들인다. 그리고 간간이 일어나는 테러를 보고 그 이데올로기의 '진실성'을 더욱 굳게 믿는다. 그래서 테러는 전체주의 운동에서 선전보다 더 본질적인 요소이다. 나치는 가끔 사회주의 정당의 하급 간부들이나 반대당의 영향력 있는 구성원을 살해하는 테러를 저지른다. (이 무렵 치안은 엉망이다. 나치의 테러에 대해 일일이 경찰이 대응할 수 없는 지경이다.) 그런데 경찰은 이들 테러의 피해자가 극좌 또는 극우의 소소한 존재들이기 때문에 수수방관한다. 이것을 본 대중은 나치 권력이 국가권력보다 훨씬 크다고 느낀다. 그리고 나치의 준군사 조직의 일원이 되는 것이 충실한 공화주의자가 되는 것보다 더 안전하다고 느낀다. 나치가 대중을 포섭하는 방법은 바로 이런 어설픈 심리적 메커니즘을 작동시키는 것이라고, 아렌트는 헛웃음을 터뜨린다.

아렌트는 전체주의 운동의 더 깊은 속까지 파고든다. 전체주의 정부는 반反공리주의적으로 행동한다.[공리주의는 효율성을 추구하는 주의이다.] 다시 말해서 자신들이 비효율적으로 무모한 짓을 감행할 만큼 이데올로기적으로 순수하다는 것을 보여줌으로써 자신들이 하는 말은 결코 거짓말이 아니라는 것을 증명하고자 한다. 그런 전체주의의 반反공리주의에 대해 대중은 전혀 의심하지 않는다. 아예 무감각하다. 1939년 9월 1일 히틀러는 광인, 불치병 환자 등을 죽이라고 명령한다. 이 명령은 이들이 독일 사회에 비효율적인 존재였기 때문에 내려진 것이 아니다. 순도 100%의 '천년왕국'을 건설하기 위해서는 그들이 없어져야 하기 때문이다. 이처럼 전체주의가 이해득실을 초월하여 정치 행위를 하는 것은, 도무지 어느 방향으로 움직일지 대중이 예측할 수 없도록 만든다. 아렌트는 이 점 때문에 대중이 전체주의에 대해 더욱 강한 공포감을 갖고 순종하게 된다고 지적한다.

1939년 1월 히틀러는 독일 제국의회에서 성명을 발표한다. "나는 오늘 다시 한 번 예언하고자 합니다. 유대인 금융업자들이 … 사람들을 세계대전으로 내모는 데 성공할 경우, 그 결과는 유럽에서 유대인 인종의 전멸일 것입니다." 이것을 아렌트는 이렇게 해석한다. "나는 세계대전을 일으킬 것이다. 그래서 유럽의 유대인종을 전멸시키고 말겠다." 히틀러는 이런 예언 아닌 예언을 해 놓고 그것이 진실이라는 것을 증명하기 위해 실제로 2차 대전을 일으킨다. 당시 제국의회에 모인 대중들이 열광적으로 박수갈채를 보내는 바람에 히틀러의 연설을 세세히 들은 사람이 아무도 없었다고 한다.

아렌트가 보기에, 전체주의 선전이야말로 대중을 향한 가장 완성된 형태의 선전이다. 왜냐하면 히틀러 같은 대중 선전·선동가는 대중이 무엇에 열광할지 정확히 간파하고 그 점을 연설에 반영하기 때문이다. 대중은 논리적 설득에 넘어가지 않는다. 그들은 신비롭다고 느껴야 끔뻑 넘어간다. 숨겨진 모든 것, 침묵 속에 간과된 모든 것이 대중이 신비롭다고 느낄 만한 중요한 것이다. 대중에게는 당장 눈앞에 뻔히 보이는 것이 너무 식상하고 따분하다. 대중은 직접 경험할 수 있는 것보다 신비로운 상상력에 더 자극받는 존재이니까 말이다. 히틀러는 대중이 지닌 이런 현실도피 성향, 마음의 안식처를 잃고 떠도는 성향을 잘 알고 있다. 그들을 위로할 수 있는 건 비현실적·초현실적 신비주의뿐이다. 아렌트는 마치 히틀러와 대중의 정신세계 속에 들어가 본 듯이 서술하고 있다.

유대인이 세계대전을 일으키고 전 세계를 지배하는 천년왕국을 건설하려 한다는 거짓말은 드레퓌스 사건 Dreyfus Affair[드레퓌스 사건은 19세기 후반 국가권력에 의해 자행된 인권유린, 간첩 조작 사건이다. 1894년에 참모본부에서 근무하던 드레퓌스 대위의 필체가, 프랑스 정보요원이 파리 주재 독일 대사관에서 빼돌린 문서의 필체와

알프레드 드레퓌스(1859-1935).
드레퓌스 사건은 19세기 후반 국가권력에 의해 자행된
인권유린, 간첩 조작 사건이다.

비슷하다는 이유만으로 체포되어 종신형을 선고받는다. 증거, 범행 동기, 범행 방법과 시기 등이 명확지 않은 상태에서 무리하게 기소된다. 유대인이라는 이유로 드레퓌스를 진범으로 몰아간 것이다.] 이후 전 유럽에 퍼진다. 이것을 나치가 가져와서 자신들의 정당성을 선전하는 좋은 빌미로 삼는다. 1920년대 독일, 오스트리아에 있던 모든 정당과 여론 기관들은 드레퓌스 사건의 상처 때문에 유대인 문제에 대한 직접적 논의를 회피한다. 그럴수록 나치는 유대인이 천년왕국을 건설하려 한다는 자신들의 선전이 진실이 아니냐고 더욱 목소리를 높인다. 대중은 점점 '정상적인' 정당이나 언론의 말을 믿지 않고 나치의 말만 믿게 된다. "유대인의 세계 지배가 있기 전에 우리가 먼저 그들을 제지하자." 아렌트는 여기서도 유럽의 대중이 얼마나 어리석었는지를 적나라하게 드러낸다.

그렇다고 아렌트가 비유대인 유럽인만을 비판하는 것은 아니다. 유대인도 이러한 일련의 진행에 책임이 있다고 본다. 당시 유대인은 전 세계에 흩어져 있는 유대인 네트워크를 이용해서 돈벌이에만 열중한다. 18세기 말 국민국가가 성립한 이후 유대인이 정치적 박해에서 비교적 자유로워지자 그들은 아예 유럽 사회의 바깥에 머문다. 정당이나 정치에 무관심해서, 제국주의 성향의 부르주아 계급이 국가기관에 대해 더 막

강한 영향력을 행사하든지 말든지 전혀 신경 쓰지 않는다. 아렌트는 유대인 스스로 유럽의 정치에 무관심함으로써 미래에 나타날 전체주의의 싹을 키웠다고 통렬히 비판한다.

여기서 다시 아렌트는 유럽의 대중으로 눈길을 돌린다. 히틀러의 거짓말은 오래가지 못한다. 금세 탄로 난다. 그 순간 대중은 나치에서 깨어났을까? 어처구니없는 일이 여기서 벌어진다. 히틀러의 선전·선동이 거짓말이라는 것을 금세 알게 되었는데도 대중은 더욱 전체주의에 열광한다. 대중은 자발적으로 히틀러의 거짓말을 변명하고 옹호한다. 대중의 그런 믿고 싶은 마음을 충족시키기 위해 나치는 간간히 테러를 저질러서 '소소한' 증명을 해 주면 된다. 이미 대중은 애써 포섭하려고 노력하지 않아도 다 넘어와 버렸다. 더 이상 선전도 토론도 필요 없다. 전체주의에 매료된 대중은 어느새 괴물이 되어 있다. 그런 대중의 모습을 아렌트는 하나도 놓치지 않고 다 보고 있다.

그렇다면 전체주의 선전이 허구라는 사실은 언제쯤 대중에게 발각될까? 아렌트는 전혀 절망하지 않고 대답한다. 그것이 드러나는 경우는 오직 전체주의가 패배한 순간뿐이라고. 그 순간 대중은 일시에 전체주의 교리에 대한 믿음을 철회하고 고립된 개인으로 돌아간다. 전체주의 운동이 지속되는 동안 신비로운 환상에 젖어 행복하던 대중은 이제 과거의 우울하고 무의미한 현실로 되돌아갈 수밖에 없다. 원래의 남아돌던 인간으로 다시 깨어나야 한다. 전체주의 운동 중에는 종교적 순교까지 기꺼이 감행할 것 같던 대중은, 그 운동이 실패했다는 조금의 낌새만 보여도 언제 그랬냐는 듯 잊어버리고 '우울 모드'로 돌입한다. (그러나 한편에서는 새로운 열광거리를 암중모색 중이다.) 아렌트가 보기에 독일 국민의 90% 이상이 이런 '진지하고도 찌질한' 동조자이다. 아니, 인류의 대부분이 그렇다는 표현이 더 적절하겠다.

3-4 전체주의 운동은 어떻게 조직되고 움직이나?

아렌트는 전체주의 조직이야말로 전례 없는 독창성을 지녔다고 본다. 하나의 핵심적인 이데올로기적 허구를 중심으로 서로 얼기설기 엮여 있는 선전용 거짓말들이 배치된다. 그리고 아직 전체주의화되지 않은 사회 속에서도 구성원들이 허구적 규칙에 따라서만 행동할 수 있도록 조직을 구성한다. 이것이 실현되려면 일선 조직을 창설한 후 당원과 지지자를 철저히 구분해서 서로 모르는 익명적 관계가 되도록 만들어야 한다. 서로 말문을 트고 친해져서 지연·학연을 따지거나 서열을 따지게 되면 공동체적 안정성을 띠게 되고, 그런 공동체적 안정성은, 권위주의 조직이나 군사독재 정권에서 볼 수 있듯이, 역동성을 상실하게 만들기 때문이다. 전체주의 조직은 구성원끼리 서로 낯설어야 하고, 조직이 어디에서 시작해서 어떤 경로를 거쳐 어느 방향으로 움직일지 전혀 예측할 수 없어야 된다. 그래야만 조직의 구성원은 긴장을 늦추지 않고 지속적인 역동성을 유지한다.

히틀러가 일선 조직의 동조자는 꾸준히 확대하면서도 당원 수는 엄격히 제한한 이유가 여기에 있다. 선전과 테러를 통해 대중들을 최대한 많이 포섭하지만 그들을 당원으로 받아들이지는 않는다. 그들이 쉽게 당원이 되면 전체주의 조직의 내부가 너무 쉽게 공개되어 버린다. 그들은 단지 소수의 당원들을 에워싸서 보호하는 장벽 역할만 하면 된다. 반대로 소수의 당원은 결코 일선 동조자와 섞여선 안 된다. 그들과 함께 술 마시고 밥 먹으며 대화하다 보면 정상적인 상태로 되돌아가 버리기 때문이다. 조직의 신비는 엄격히 지켜져야 한다. 이런 관계는 중첩되고 반복된다. '비동조자와 동조자'의 관계는 '동조자와 당원'의 관계로, 다시 '당원과 운동 내 엘리트 집단'의 관계로 중첩·반복된다. 그래서 전체주의 엘리트 집단은 아예 사생활이 없다. 그들은 전체주의 운동과 하나이다. 아렌트는 전체주의 조직을 분석하는 데에 탁월한 능력을 발휘한다. 그가 이렇게 탁월하게 분석할 수 있는 이유는 '난간 없는 사유'를 하기 때문이다.

이런 조직 구조는 전체주의 조직이 고정되지 않고 항상 유동적이게 한다. 조직의 유동성 덕분에 끊임없이 새로운 조직 요소를 추가할 수 있다. 그리고 기존의 위계질서로 고정되는 것을 막을 수 있다. 그래야만 전체주의 운동의 역동성이 지속적으로 생명력을 가지게 된다. 나치는 1922년에 당원보다 더 전투적인 조직인 나치 돌격대SA를 만든다. 1926년에는 힘러가 나치 친위대SS를 만들어 돌격대보다 더 강력한 엘리트 조직이 되게 한다. 다시 3년 후에는 돌격대조차 힘러 아래에 있도록 조직을 변화시키고, 똑같은 일을 나치 친위대에도 한다. 그래서 해골부대를 만든 후 해체하고 무장 친위대를 만든 후 그 위에다 공안부를 만든다.

새로운 층이 끝없이 더해지면서 권력의 중심은 항상 이동한다. (카프카는 이런 전체주의 조직의 특성을 "아무리 들어가려고 애를 써도 들어갈 수 없는 '성'城"으로 표현한다.) 그런 와중에도 비밀경찰, 첩보 기관은 서로 중첩된 역할을 한다. 비밀경찰을 첩보 기관이 감시하고 첩보 기관을 비밀경찰이 감시한다. 오래된 기관일수록 자동적으로 일선 조직으로 밀려나고 운동의 중심에서 멀어진다. 나치가 이렇게 하는 이유는 급진적인 전체주의 운동이 결코 멈추어서는 안 되기 때문이다. 나치는 제복 입은 정규군보다 이들 가짜 군대를 더 선호한다. 정규군은 안정된 조직을 통해 합리적이고 효율적으로 움직이는데, 이런 성격은 전체주의 운동의 신비주의적이고 초현실주의적인 폭력성에 전혀 맞지 않기 때문이다.

당연히 전체주의 운동의 중심에는 그 운동을 작동시키는 지도자가 있다. 그는 내막을 아는 몇몇 엘리트들에 둘러싸여 있다. 그래서 그 엘리트 바깥층과 철저히 분리된다. 그래야만 지도자를 둘러싼 불가해한 신비의 '아우라'를 더 많은 대중들에게 널리 확산시킬 수 있으니까. 지도자는 엘리트 측근들과 함께 음모를 꾸미고 전체주의 운동의 구성원들을 수시로 바꾸어야 한다. 그래서 전체주의 운동 조직의 복잡한 전체 구조는 지도자의 명령이 없으면 존재 이유를 상실한다. 드디어 지도자는 대체 불가능한 존재가 된다. 그리고 마침내 전체주의 운동 조직은 '너무도 밝은 대낮에 버젓이 설립된 비밀결사'가 된다. 아렌트가 이런 비유적 표현을 자주 쓸 수밖에 없는 이유를 알 만하다. 전체주의 조직을 속속들이 설명하려면 기존의 개념 용어로는 부족하다. 전체주의 조직이 '대낮의 비밀결사'인 것을 도대체 어떤 개념 용어로 설명할 수 있나?

이렇게 대중의 광기와 지도자의 아우라를 바탕으로 전체주의 조직이 결성되다 보니, 그 운동은 결코 멈출 수 없다. 아니, 멈추어선 안 된다. 전체주의 운동은 운동의 외부를 모두 소멸시키는 것을 동력으로 삼기 때문에 멈출 수 없는 것이다. 광기와 아우라는 광기와 아우라에 들어오지 않는 자들을 모두 소멸시키는 것을 목표로 하지만, 그들을 모두 소멸시키고 나면 광기와 아우라는 더 이상 존재할 이유가 없기 때문에 사라질 수밖에 없다. 그러므로 광기와 아우라에 들어오지 않는 자들, 소멸시켜야 할 대상을 끊임없이 새롭게 만들어 내어야 한다. 암세포는 정상 세포를 파괴하면서 생존을 지속할 수 있기 때문에, 정상 세포가 다 파괴되고 나면 암세포도 더 이상 생존하지 못하고 소멸하는 것과 같다. 아렌트만큼 전체주의 운동의 저 깊은 곳에 자리한 광기와 아우라를 잘 아는 사람이 있을까?

방향감각을 잃어버린 대중은 전체주의로부터 '마음의 고향'을 제공받는다. 비록 허구이기는 하지만 대중은 전체주의에서 신비로운 도피처를 발견한 후부터 다 타 버릴 때까지, 그래서 모든 것이 재가 될 때까지 끝없이 장작을 집어넣어야 한다. (아우슈비츠에서 끝없이 많은 유대인이 불태워진 것처럼.) 지도자와 엘리트들은 언제든지 새로운 이데올로기 상투어를 만들어서 전체주의 조직을 움직일 수 있다. 중요한 것은 오직 전체주의 운동의 불길이 꺼지지 않는 것이다. 그래서 나치는 처음에 유대인을, 그 다음에는 폴란드인, 체코인, 집시, 러시아인 등을 태워 버릴 장작으로 집어넣다가, 나중에는 독일인까지 장작으로 삼을 계획이었다. 전체주의의 불길은 계속 타올라야 하는데 장작이 다 떨어졌으니 장작 대신 장작을 집어넣던 사람을 장작으로 쓰겠다는 것이다. (아렌트도 이 지점쯤 와선 소름이 돋지 않았을까?)

전체주의의 이런 본질 때문에 전체주의 조직은 결코 정상적인 정권을 잡으려 하지 않는다. 정상적인 정치권력을 쥔다는 것은 전체주의 운동이 안정화된다는 것을 의미하고, 안정화되고 나면 더 이상 광기도 '아우라'도 없기 때문이다. 일상적인 행정 조직, 경찰, 군대는 너무나 정상적이어서 전체주의 운동을 죽게 만들 것이다. 조직원들은 더 이상 전체주의가 유포한 거짓말을 믿지 않을 것이고, 과거의 일상으로 되돌아가 버릴 것이다. 그러니 기존의 정부 조직을 그대로 둔 채 당이 주도하는 새로운 조직을 정부 조직에 겹쳐 놓아야 한다. 대외적으로는 기존의 정부 조직을 그대로 두니 정상적인 국가인 듯 보이게 하고, 대내적으로는 전체주의 운동의 불길을 활활 타오르게 해야 한다. 심지어 헌법도 그대로 둔 채 헌법과는 무관하게 정부를 운영하여 무법 상태로 만들어야 한다. 정부 기관을 그대로 두니 전체주의 운동은 더 안전하게 광기와 '아우라'의 불꽃을 피울 수 있다.

전체주의 정권의 통치 기간이 길면 길수록 관청은 이중, 삼중으로 중복되면서 점점 그 수가 늘어난다. 그래서 오로지 운동에만 의존하는 일자리도 많아진다. 과거의 통치 기구일수록 사람들에게 더 명확하게 드러나지만, 명확하게 드러날수록 실질적인 권력은 적다. 그래서 객관적으로 드러난 정부의 공무원은 허수아비에 지나지 않는다. 그들이 공무원으로서 자율적으로 할 수 있는 일은 아무것도 없다. 전체주의 자체가 모든 인간의 자율성, 자발성을 제거한다. 그래야만 지도자의 의지가 모든 곳에서, 언제든지 구현될 수 있기 때문이다. 전체주의 운동은 가장 비효율적이고 비실용적으로 국가조직을 운영함으로써 드디어 '무심무욕'(?)의 경지에 도달한다. (이 점이 더욱 그들 나라의 국민을 열광케 한다.)

스탈린은 경찰 간부 조직의 꾸준한 성장과 발전을 보고 무척 기뻐한다. 그것은 바쿠의 석유, 우랄의 석탄과 광물, 우크라이나의 곡물, 시베리아의 보물들보다 훨씬 더 중요하다. 마찬가지로 히틀러는 나치 친위대 간부를 위해 독일 전체를 희생시켜도 된다고 생각한다. 독일의 도시들이 잿더미로 변하고 산업시설들이 파괴되는데도 그는 전쟁에서 졌다는 말을 절대 하지 않는다. 하지만 나치 친위대가 배신할 수 있다는 첩보를 듣자 히틀러는 그때서야 자살한다. 이런 예를 들면서 아렌트는 말한다. 전체주의가 예측 불가능한 것이 된 데에는 확실한 구조가 없는 국가조직, 물질적인 이해관계를 무시하는 태도, 경제적 이윤 동기로부터 해방된 모습, 비효율적이고 불합리한 방법 등이 작용했다고.

아렌트는 묻는다. 이런 전체주의 조직의 운영 원리는 어디에서 나오는 것일까? 인간은 스스로 이성적이고 합리적인 동물이라고 칭하면서, 어떻게 이런 불합리와 비효율에 열광하는 것일까? 인간이 이성적이고 합리적인 존재인지는 잘 모르겠지만, 설사 이성적이고 합리적인 존재라고 하더라도 언제든지 광기 어린 악마로 돌변할 수 있는 게 인간이 아닐까? 히틀러와 스탈린만의 문제가 아니라 근본적으로 인간 존재가 이런 광기를 잠재하고 있는 것이 아닐까? 아렌트의 눈에는 인간 존재 그 자체가 매우 의심스럽다.

3-5 총체적 지배란 무엇인가?

아렌트가 보기에 전체주의 운동의 클라이막스는 강제수용소, 집단 학살 수용소이다. 강제수용소나 집단 학살 수용소는 전체주의가 원하는 것이면 무엇이든 가능하다는 것을 실현할 수 있는 곳이기 때문이다. 이곳에서 이루어지는 총체적 지배는 전체주의를 궁극적으로 완성시킬 것이라고 믿어진다. 총체적 지배란 무한히 많고 다양한 인간들을 마치 하나의 인간인 것처럼 만들어 버리는 일이다. 모든 개인이 하나같이 동일한 자극에 대해 동일한 반응을 보이도록 만드는 일이다. 그래서 한 개인이 있던 자리에 다른 개인을 대신 두더라도 동일한 작용과 반작용이 일어난다. 마침내 인간은 새끼를 낳아서 그 새끼가 자신이 해 왔던 일을 똑같이 하도록 하는 기계이다. (영화 〈매트릭스〉에는 기계에게 배양되는 인간이 나온다.)

이런 총체적 지배를 실현하려면, 그래서 전체주의를 완성하려면 어떻게 해야 할까? 아렌트는 대답한다. 그것은 매우 간단한 일이라고. 엘리트 집단에게 전체주의 이데올로기를 주입한 후 수용소에 갇힌 사람들을 절대적 공포로 짓눌러 주면 된다. 육체는 파괴하지 않은 채 영혼이 다 파괴되도록 해 버리면 총체적 지배는 간단히 완성된다. 그렇다면 인간의 영혼은 어떻게 파괴할 수 있나? 아렌트는 '영업 비밀'을 말하듯 또 대답한다. 인간의 자발성, 자유를 제거해 버리면 영혼은 쉽게 파괴된다. 자발성, 자유가 없는 인간은 한낱 물건이 되어 버리고 너무나 당연히 물건에는 영혼이나 성격, 개성이 없기 때문이다. '물건 인간'은 이제 살아 있어도 '진정한 산 자들의 세계'와 완벽히 단절된다. 이 단절은 죽은 인간이 산 자의 세계와 단절되는 것보다 더 강하다. 실제로 수용소에서 살아 돌아온 자들은 산 자들의 세계에 편입되지 못한다. (2011 중앙대 : 다양한 공동체 구조의 비교)

아렌트는 이제 단계를 나누어 인간의 영혼, 자발성, 자유를 파괴하는 과정에 대해 말한다. 총체적 지배the total domination가 이루어지는 첫째 단계는 인간의 법적 인격juridical person in man을 죽이는 것이다. 그 인간을 국가가 전혀 법으로 보호하지 않고 국적을 박탈해서 추방하면, 비전체주의 국가조차 그 인간에게 위법을 저지르더라도 전혀 부당하지 않다. 또 다른 방법은 강제수용소를 정상적인 형벌 체계 밖에 두고 피수용자를 법률 체계와 상관없이 예측 불가능한 방법으로 처벌하는 것이다. 수용소에서, 범죄를 저지르고 들어온 자가 범죄 없이 수용된 유대인보다 더 귀족 대우를 받도록 하는 것도 법적 인격을 살해하는 방법이다. 그런데 더욱 소름끼치는 일은 유대인 스스로 이런 규정을 수용하고 수용소의 가장 비천한 존재가 된다는 것이다.

총체적 지배의 둘째 단계는 인간 내면의 도덕적 인격the moral person in man을 살해하는 것이다. 도덕적인 인간이 개인주의적 도피의 길을 택할 수 있는 기회를 아예 차단해 버리고, 양심의 결정을 의심스럽고 애매모호한 것으로 만들어 버리면 도덕적 인격을 죽이는 일이 가능하다. 한 남자에게 아내와 아이들을 죽일 것인지, 아니면 친구를 죽일 것인지 양자택일하게 한다. 그러지 않고 자살하면 아내와 아이들도 죽게 될 것이라고 말한다. 그 남자는 도대체 어떤 도덕적 선택을 할 수 있나? 양자택일이 선과 악 사이에서 이루어지지 않고 살인과 살인 사이에서만 이루어지도록 한다면 인간의 도덕이 남아날 수 있을까?

셋째 단계, 인간의 '개성'을 파괴한다. 도덕적 인격이 살해된 지경에서도 인간이 아직 인간일 수 있는 마지막 보루는 개성individuality, 유일무이한 정체성이다. 이것을 죽이면 드디어 인간은 더 이상 인간일 수 없다. 산송장이 되고 만다. 유대인을 수송하면서 나치는 최초로 인간으로서의 개성을 파괴한다. 수백 명의 사람들을 발가벗겨서 좁은 찻간에 가축처럼 구겨 넣고 밤낮으로 달린다. 수용소에 도착하면 삭발을 시키고 이상한 죄수복을 입힌다. 그리고 죽지 않을 만큼 아무 이유 없이 고문한다. (아렌트 역시 수용소에 끌려갔다가 탈출했다.) 이렇게 개성을 말살하면 법적·정치적 인간의 분노라든가 도덕적 인간의 절망과는 비교할 수 없는, 강력한 전율과 공포가 엄습한다. 이렇게 파괴된 인간은 결코 저항하지 않고 너무나 고분고분하다. 가스실에 들어간 어떤 유대인도 사형 집행인을 함께 끌고 들어간 적이 없으며, 수용소에서 나온 후 어떤 유대인도 나치 친위대에게 복수하지 않는다.

아렌트는 말한다. 공리주의에 길들여진, 그래서 세상이 상식적으로 돌아간다고 믿는 사람들은 전체주의 앞에서 무기력할 수밖에 없다. 전체주의는 언제나 합리성, 효율성, 상식을 파괴하며 작동하기 때문이다. 전체주의가 무지막지한 공포를 동원하여 인간의 영혼을 부술 것이라고 감히 누가 상상이나 했겠나? 이러한 전체주의의 초감각성, 초월성이 이상하게도 전체주의로 하여금 '논리적으로 일관'된 것으로 보이도록 한다. 전체주의는 '순수하고 일관되게' 한 가지 목표만을 추구한다. 전체주의의 목표는 인류 사회의 지배도 아니고 혁명적 변화도 아니다. 전체주의는 인간의 본성 자체를 바꾸는 데에 목표를 둔다. 강제수용소를 통해 모든 인간으로 하여금 영혼이 없는 물건이 되게 하고 싶다. 아렌트가 보기에, 정말 끔찍하게도 인간은 다른 인간을 이렇게 전체주의적으로 지배하고 싶어 하는 욕구와 충동을 가지고 있는 존재이다. (그는 인간 존재 자체에 대해 '난간 없이' 회의한다.)

3-6 논술 속 아렌트 : 상상해 봐, 전체주의가 없는 세상을!

2011학년도 중앙대는 예상치 못한 참신한 문제를 출제한다. 존 레논의 노래 〈이매진〉Imagine의 가사와 자유주의와 공동체주의, 그리고 한나 아렌트의 『전체주의의 기원』을 제시문으로 주어 놓고 비교하라고 요구한다. (여기서는 존 레논의 〈이매진〉과 한나 아렌트의 『전체주의의 기원』만 논하겠다.) 존 레논의 노래 〈이매진〉은 철저히 무정부주의anarchism를 지향한다. 이와 달리 자유주의는 개인의 자유와 행복을 보장하기 위해 국가가 존재한다는 주의이다. 또 공동체주의는 공동체 전체의 이익을 위해서는 때로 개인의 자유가 제한될 수도 있다는 주의이다. 하지만 아렌트가 소개하는 전체주의는 개인의 인격이나 개성조차 말살해서 국가가 총체적 지배를 실현코자 하는 주의이다.

존 레논은 노래한다. '천국도, 지옥도 없는 세상을 상상해 보라'고. '모든 사람들이 단지 오늘의 기쁨만을 위해 살고 미

존 레논(1940~1980). 영국의 세계적인 4인조 록 밴드인
비틀스의 멤버였으며 싱어송라이터이자 평화운동가로 활동했다.
1971년에 발표한 앨범 '이매진'은 미국 빌보드 앨범 차트 1위를 기록했다.

래에 대한 걱정은 전혀 하지 않는 세상을 상상해 봐.' '그 어떤 국가 형태도 없어서 인간을 구속하거나 억압하지 않는 것을 상상해 봐.' '국가가 시켜서 다른 사람을 죽이고 전쟁을 일으키는 일이 국가가 없어지면서 함께 사라지고 오직 평화만 넘쳐 나는 세상을 상상해 봐.'

존 레논은 '아나키' 세상을 노래했지만, 어쩌면 아렌트의 '이소노미아'isonomia와 자유의 세계를 꿈꾸었는지도 모른다. 이소노미아는 '이소이'isoi와 '노미아'nomia가 결합된 말이다. 이소이는 '평등한, 동등한'이라는 의미이다. 노미아는 '법, 제도, 규범'을 뜻한다. 그래서 이소노미아는 '평등'한 인간들끼리 공동체를 이룬 상태를 뜻한다. 고대 아테네인들은 '이소노미아'했기 때문에 자유로울 수도 있었다. 평등하고 동등한 관계에 있지 않은데 자유로울 수는 없다는 말이다.

따라서 고대 아테네를 '데모크라시'democracy로 불러선 안 된다. 데모크라시는 '데모스'demos와 '크라티아'kratia가 결합한 말 '데모크라티아'demokratia에서 나온 말이다. 데모스는 특정 집단을 지칭하는 말이고, 크라티아는 권력을 의미한다. 그러므로 데모크라티아는 데모스 집단이 정치권력을 쥐고 다른 인간들을 지배하는 것을 말한다. 고대 아테네 폴리스는 시민중에 그 누구도 다른 누구를 지배하는 것을 용납하지 않는다. 고대 아테네를 데모크라시라고 지칭하는 것은 그들 입장에서는 모욕이다. 오직 평등한 인간끼리 공동체를 이루어 그 공동체 발전을 위해 자유롭게 정치에 참여하고자 한다.

고대 아테네는 까마득한 과거에 있었던 인류의 미래이다. 존 레논과 아렌트는 까마득한 과거의 아테네 세계로 돌아가고자 하면서도 동시에 인류가 도달해야 할 미래를 꿈꾼다고 할 수 있다. 거대 국가 시스템이 없어서 지배하는 자도 지배받는 자도 없으며 오직 자기가 자기 자신만을 지배하는 세상이 오기를 간절히 바라는 마음으로 존 레논은 노래한 것이다.

그런 세상에서는 굳이 사유재산을 가질 필요가 없다. 이 세계를 모두 공유하니 사유재산이 쓸모없기 때문이다. 사유재산이 없으니 빈부격차가 없고, 빈부격차가 없으니 차별과 불평등도 사라진다. 차별과 불평등이 없으니 서로 싸울 일이 없는 건 당연하다. (이 점은 일찍이 루소가 『인간 불평등 기원론』에서 밝힌 바 있다.) 심지어 모든 인간 위에 군림하는 신도 없어서, 인간은 더 이상 천국과 지옥으로 심판받지 않는다. 신이 없다면 종교의 권위조차 사라져서 교회나 절에 갈 필요도 없고, 헌금이나 시주를 하지 않아도 된다. 존 레논이 보기에 정치권력만

큼이나 종교 권력도 사라져야 할 몹쓸 것이다.

사유재산이 있게 되자, 그 사유재산을 지켜야 한다는 강박관념이 생기고, 사유재산을 잃어버린 미래의 비참함을 예상하게 되고, 그래서 미래를 향한 걱정과 불안을 떨칠 수 없어서 더욱 많은 사유재산을 축적하게 되고 보험도 든다. 악순환은 끝없이 이어지며 멈출 줄 모른다. 따라서 공포는 공포를 낳고 또 공포를 낳는다. (토머스 홉스가 어떤 기분으로 『리바이어던』을 썼는지 이해할 수 있다.) 인간의 이러한 불행은 어디에서 시작된 걸까? 사유재산 제도에서 시작된다. 사유재산 제도를 누가 왜 만든 걸까? 거대 자본주의 국가 시스템을 돌리려면 반드시 사유재산 제도가 필요하다. 그래서 존 레논은 국가와 같이 인간을 억압하고 구속하는 것이 없는 세상을 꿈꾼 것이다.

아렌트가 그토록 통렬히 전체주의를 비판한 것은 바로 이런 이소노미아 공동체를 열고 싶었기 때문이다. 그러니까 아렌트의 꿈과 레논의 상상은 같은 것이다. 하지만 아렌트가 당면한 현재 현실은 그 꿈과 너무도 거리가 멀다. 히틀러와 나치는 집단 학살 수용소를 차려놓고 총체적 지배를 행한다. 먼저 법적 인격을, 그 다음엔 도덕적 인격을, 마지막으로 개성, 정체성을 죽임으로써 인간을 완벽하게 '물질 덩어리'로 만든다. 그런 인간에게는 영혼이 없다. 한낱 개돼지나 마찬가지이다. 이 인간과 저 인간이 다 그냥 '물질 덩어리'이므로 구분되지 않는다. 지구상의 인류 전체를 이렇게 만들고 나면 비로소 '평화'가 찾아온다. 총체적 지배로서의 '평화' 말이다. 아무도 자발적이고 능동적으로 무언가를 하지 않을 것이기 때문에 소름끼치도록 조용하고 평등한 세상이 만들어진다. (이 '평등'은 이소노미아인가?) 이것이 전체주의가 꿈꾸는 인류의 미래이다.

아렌트가 묘사하는 전체주의의 총체적 지배는 정말 끔찍하다. 그런데 더욱 전율스러운 것은 바로 이 전체주의가 언제나 인류 사회 안에 도사리고 있다는 점이다. 인구 밀도가 높아지고 도시화가 고도로 이루어지면 인간은 익명성 속에 빠진다. 게다가 자본주의가 거대해지면서 모든 것이 자동화 시스템으로 바뀌고, 더 이상 노동하는 인간이 필요 없게 되면 전체주의의 악취가 스멀스멀 피어 나온다. 왜냐하면 그런 사회 속의 인간은 고립되어서 삶의 의미와 가치를 잃고 자신을 별로 필요 없는 '잉여적 존재'로 인식할 것이기 때문이다.

아렌트가 보기에, 존 레논의 꿈은 참 좋으나, 막상 현실적 실현 가능성은 낮다. 더욱이 존 레논처럼 현실 직시로부터 멀어져서 낭만적인 '꿈'을 꾸게 되면 혁명도 이소노미아 공동체도 멀어질 수밖에 없다. 존 레논의 꿈은 사실 전체주의에 대한 '직시'에서부터 시작되어야 한다. 인류 사회 안에 도사리고 있는 전체주의의 어둠을 물리치지도 못하면서 아나키즘 세상을 꿈꾸어 봤자 그 꿈이 실현되지는 않기 때문이다. 멀리 바라보되, 발밑부터 살피며 걸어가야 하는 것이다.

아니나 다를까, 중앙대는 2번 문제에서 미셸 푸코Michel Foucault(1926~1984)[프랑스 철학자. 권력, 그리고 권력과 지식 사이의 복잡한 관계에 관한 이론으로 유명하다.]가 비판한 '판옵티콘'panopticon을 제시해 놓고 그 관점에서 존 레논의 아나키즘을 비판해 보라고 요구한다. 판옵티콘은 제레미 벤담이 19세기에 기획한 원형 감옥이다. 소위 '일망 감시 체계'라고 부른다. 미셸 푸코는 벤담의 판옵티콘이 단지 죄수들에게만 적용되는 것이 아니라 사회 전체에도 적용될 수 있다고 본다. 한마디로 조지 오웰의 『1984』가 실현되는 것이다. '빅 브라더'가 모든 인간의 일거수일투족을 감시하는 체제 말이다.

그런데 미셸 푸코가 비판하는 판옵티콘과 한나 아렌트가 비판하는 전체주의에는 다른 점이 있다. 전체주의가 아예 대놓고 감시를 저지른다면, 판옵티콘은 전혀 감시하지 않는 듯

미셸 푸코(1926~1984).
그는 벤담의 판옵티콘이 단지 죄수들에게만 적용되는 것이
아니라 사회 전체에도 적용될 수 있다고 본다.

감시한다. 사람들은 자신이 감시당하는 줄 모른다. 오히려 감시당하는 것을 원한다. 부유한 동네 주민들은 골목골목마다 더 많은 CCTV를 설치해 달라고 구청에 민원을 넣는다. 코로나19 바이러스를 예방한답시고 개개인의 위치 정보를 국가가 쉽게 열람하더라도 전혀 저항감을 느끼지 않는다.

만약 존 레논의 '아나키즘' 세상이 겉으로는 누구나 자유롭고 평등한 세상인데, 실제로는 판옵티콘 안의 세상이라면 어떨까? 중앙대 논술 문제 출제자의 문제의식은 바로 여기에 있다. 미래에는 겉으로만 자유롭고 평등한 세상이 얼마든지 가능하기 때문이다. 아니, 자유롭지도 않고 평등하지 않아도 자유롭고 평등하다고 느끼도록 얼마든지 조종 가능하기 때문이다. 다시 말해서 미래의 전체주의는 지극히 '아나키즘'스러운 모습을 하고 나타난다는 것이다.

아렌트가 전체주의를 똑바로 보기를 촉구하는 것도 바로 이 점 때문이다. 그리고 전체주의를 물리치기 위한 좀 더 근본적인 대안을 마련해야 하는 이유가 여기에 있다. 아렌트는 말한다. '인간의 다수성'human plurality이 있는 곳에 전체주의가 발붙일 수는 없다고.

'인간의 다수성'은 사실 아렌트만의 개념은 아니다. 아리스토텔레스는 '조온 폴리티콘'zoon politicon이라고 하며, 마르크스는 '유적類的 존재'Gattungs-wesen라고 한다. 즉, 아리스토텔레스가 인간을 '폴리스 공동체적 동물'이라고 정의했는데, 그것을 이어받아 마르크스는 '인간은 다른 인간과 어울려 함께 노동하며 사는 존재이다'라고 정의 내린다. 아렌트의 '인간의 다수성'도 이런 맥락 속에 있다.

하지만 '인간의 다수성'은 조금 다르다. 아렌트는 특히 '이소노미아'한 인간들이 자유롭게 정치에 참여하는 상태를 염두에 두고 이 용어를 쓴다. 전체주의가 발흥한 것은 원자화된 개인이 있었기 때문에 가능했다. 반대로 '이소노미아'한 인간들이 자유롭게 정치에 참여해서 대화하고 토론하고 함께 힘을 합쳐 공동체를 이끌어 가는 곳에는 전체주의가 발을 붙이지 못한다.

모든 인간이 유일한 존재로서 존중받는 곳에서는 전체주의가 들어설 수 없다. 서로의 차이를 인정하거나 이해할 줄 알고, 그 차이를 전제로 공동체를 이룰 수 있는 곳에서는 전체주의가 기를 못 편다. 그 누구도 다른 누구를 지배하지 않으며, 오직 자기가 자신만을 지배하는 곳에서는 전체주의가 인간을 물질 덩어리로 전락시키는 일은 불가능하다. 전체주의가 인류 사회에 창궐하지 못하도록 하려면 평등하고 자유로운 인간이 공동체를 이루어 서로의 유일성과 차이성을 존중해 줄 수 있어야 한다. 그런 면에서 존 레논의 '상상'은 지나치게 공허하게 들린다.

그렇다면 아렌트가 말한 것처럼 '다수성'과 '이소노미아'의 미래 공동체는 쉽게 이루어질 것인가? 아렌트의 논리 역시 존 레논의 '상상'처럼 무기력한 것은 아닐까? 그러나 『전체주의의 기원』 서문에서 아렌트는 이런 우려를 씻어 준다. "이해란, 그것이 무엇이든, 미리 계획하지는 않았지만 주의 깊게 현실에 맞서는 것이며, 현실을 견뎌 내는 것이다."

4장

왜 인간의 '본질'이 아니라 '조건'인가?

한국의 철학자 박이문은 「일」에서 아렌트의 '노동'과 '작업'을 비교하여 설명한다. 그는 노동과 작업 둘 다 '일'이라는 용어로 포괄하면서, 아렌트의 '노동'과 '작업'을 각각 '고역'과 '작업'으로 번역한다. 작업이나 고역, 둘 다 인간의 노력, 땀과 인내를 수반한다. 그리고 둘 다 특정의 결과를 목적으로 한다. 노동이나 작업이나 이 두 가지 면에서는 차이가 나지 않는다. 하지만 '작업'하는 인간은 자발적·능동적으로 하지만, '고역'을 하는 인간은 의타적·피동적으로 한다. 작업은 창조적 활동을 하는 것으로 평가하지만, 고역은 기계적인 활동이다. '작업'과 '고역'은 단순히 정신적인 활동과 육체적인 활동으로 나눌 수 없다. 학자가 학문 연구를 할 때에도 그것은 얼마든지 '고역'이 될 수 있으며, 육체노동이라도 보람을 느낀다면 그것은 '고역'이 아니라 '작업'이기 때문이다. 결국 아렌트의 두 철학 개념인 '작업'과 '노동'을 가르는 기준은 그것이 인간의 존엄성을 높이고 자율성을 보장하느냐에 달려 있다고 하겠다. 좀 더 추가하자면, 아렌트는 '프루덴티아'가 있느냐 여부로 '작업'과 '노동'을 구분한다. '프루덴티아'는 영어의 '프루던스', 즉 '신중함', '진지함'이란 뜻이다. 아무리 육체노동이라 하더라도 최선을 다해서 신중하고 진지하게 일한다면 '작업'이라 부를 수 있다. 반대로 아무리 정신노동이라 하더라도 마지못해 하며 건성건성, 대충대충 일한다면 그것은 '노동'에 지나지 않는다.

4-1 왜 인간의 '조건'인가?

아렌트는 1958년 출간한 『인간의 조건』이라는 책을 이렇게 시작한다. "1957년, 인간이 사는 지구에서 만들어진 한 물체가 우주로 발사됐다." 인공위성이 지구 밖의 우주로 나가는 것을 본 아렌트는 인간의 능력과 지배력에 대해 공포를 느낀 듯하다. 지구가 가장 핵심적이며 본질적인 인간의 조건이라고 생각했는데, 그래서 지구라는 조건이 영원히 지속될 것으로 여겼는데, 그러한 조건에서는 인간 존재의 본질도 영원히 변치 않을 것이라고 생각했는데, 인공위성을 지구 밖으로 내보내며 인간이 자신의 능력으로 지구를 벗어날 수도 있다는 것을 보여 준 것이다. 그렇다면 인간의 본질은 없고 오직 인간의 조건만이 남는다.

인간의 본질 혹은 본성을 논하는 것은 전통적인 철학이 해온 일이다. 그것은 인간이 선천적으로 고정 불변하는 무엇을 가지고 태어나며, 죽을 때까지 그것이 변치 않고 산다는 전제를 지닌다. 하지만 아렌트가 보기에 그런 것은 없다. 이미 『전체주의의 기원』에서 전체주의 운동이 인간의 본성조차 바꾸는 것을 목표로 하고 그 목표를 실현할 수 있다는 가능성을 보여 주었으니 말이다. 그렇다면 아렌트가 고민할 일은 분명해진다. 인간이 인간답게 살 수 있는 조건은 무엇이며, 그런 조건을 만들기 위해서는 어떤 노력이 필요한가? 반대로 인간다움을 잃게 하는 조건은 무엇이며 그러한 조건이 형성되지 않도록 하려면 어떤 대비책이 필요한가?

고대 아테네 시절부터 가장 중요한 인간의 조건은 활동적 삶vita activa에 있다. 인간은 '노동'하고 '작업'하며 또 '행위'하며 살아야 한다. 노동labor은 인간이 생물학적 존재로서 신체를 가지고 있다는 점, 그리고 그 생물학적 생명을 지속할 수 있어야 한다는 점과 관련된다. 그래서 자연의 순환을 따라가며 하는 활동이 노동인 것이다. 작업work은 인간의 비자연적인 활동을 가리킨다. 작업을 통해 인간은 불멸 가능성을 조금 엿본다. 행위act는 유일하게, 사물이나 물질의 매개 없이 인간들 사이에서 직접적으로 이루어지는 것이다. 특히 행위는 인간의 다수성human plurality 속에서 성립한다. 로마 시대에는 '살다'와 '사람들 사이에 존재하다'가 동의어였던 것을 보면 알 수 있다. (라틴어 '인테르 호미네스 에쎄'inter homines esse는 '살다'는 뜻과 '사람들 사이에 존재하다'는 뜻 둘 다를 지닌다.)

행위는 탄생성natality이라는 인간의 조건과 가장 밀접하다. 인간은 생물학적으로만 탄생하는 것이 아니라 생물학적 탄생 이후에도 거듭 새롭게 탄생할 수 있다. 인간이 새롭게 탄생한다는 것은 의식적 깨달음을 얻는다는 것인데, 그 의식적 깨달음 중에서도 가장 중요한 것이 '다수성' 속의 '행위'에 대한 깨달음이라고 아렌트는 생각한다. 노동은 개인뿐 아니라 종의 생존까지 보호하는 일이다. 작업은 유한한 인간 삶에 영속성과 지속성을 부여한다. 하지만 행위는 정치적 조건을 건설하고 그것을 보존하는 일이다. 즉 기억의 조건, 역사의 조건을 창출한다. 인간은 새롭게 행위를 시작할 수 있는 존재이다. 하지만 이러한 여러 조건들—삶 자체, 탄생과 소멸, 세계성, 다수성, 지구—이 인간 존재를 다 해명할 수는 없다. 이것이 절대적이지는 않기 때문이다.

아리스토텔레스는 정치적 삶bios politikos을 강조한다. 그리고 특히 행위praxis를 중시한다. 노동과 작업에는 자율적이고 참된 삶의 방식인 비오스bios를 위한 품위가 없기 때문이다. 노동과 작업은 인간의 필요와 욕구에 구속되어, 필요하고 유용한 것을 생산하다 보니 자유롭지 못하다. 반면 행위는 아

아리스토텔레스(BC 384~BC 322).
아리스토텔레스는 정치적 삶을 강조한다. 그리고 특히 행위를 중시한다.
노동과 작업에는 자율적이고 참된 삶의 방식인 비오스를 위한 품위가 없기 때문이다.

주 특별하고 자유롭게 선택된 폴리스에서의 삶이다. 물론 고대 도시 국가가 몰락하면서 활동적 삶은 정치적 의미를 잃어버리고 관조적 삶bios thêorêtikos, vita contemplativa만이 자유로운 삶인 것으로 여겨지게 되었지만 말이다. 아리스토텔레스는 왜 인간의 행위를 중시했을까? '죽을 수밖에 없는' 인간이 자신의 잠재적 위대성을 발현하며 어느 정도 영속적으로 존재할 수 있는 방법이 바로 이 행위이기 때문이다. 불멸적인 행위 업적을 남김으로써 인간은 불멸성을 획득하고 스스로 신적 본성을 발현한다. (아렌트는 인간과 신이 동족이라고 본다.)

여기서 아리스토텔레스의 '조온 폴리티콘'zôon politikon과 '소키에타스'societas의 개념을 구별할 필요가 있다. 조온 폴리티콘은 인간이 근본적으로 폴리스와 같은 작은 공동체를 이루며 살아갈 수밖에 없는 존재라는 의미를 지닌다. 인간은 폴리스 공동체 안에서 평등한isonomia 시민으로서 자유롭게 정치에 참여하여 공동체가 나아갈 방향을 직접 결정하는 존재이다. 그러나 라틴어 소키에타스는 특별한 목적을 위해 사람들이 서로 동맹을 맺는 것을 의미한다. 그리고 이 특별한 목적의 대부분은 상업적 이익 실현이다. 따라서 조온 폴리티콘과 소키에타스는 동일한 의미가 아니다. 아리스토텔레스는 조온 폴리티콘을 말한 것이지 소키에타스를 인간의 조건으로 강조하지 않았다. 소키에타스에서 가장 중요한 것은 이익이지만, 조온 폴리티콘에서 가장 중요한 요소는 설득의 기술rhetorikê이라는 것을 보면 알 수 있다. 정치는 힘과 폭력을 쓰는 것이 아니라 말과 설득을 통해 결정하는 것이다.

모든 한국의 교과서는 "아리스토텔레스가 인간을 '사회적 동물'이라고 정의했다"고 말한다. 사회社會라는 용어는 라틴어 '소키에타스'societas에 해당하는 '소사이어티'society를 번역한 말이다. 그러나 아리스토텔레스 시절의 헬라어에는 소키에타스라는 말이 없다. 게다가 그는 인간을 소키에타스로 정의한 것이 아니라 '폴리스'polis로 정의한다. '조에'zoe는 동물을 뜻하고 '온'on은 존재를 뜻하며 '폴리티콘'politicon은 폴리스polis의 형용사형이다. 즉, '조온 폴리티콘'zôon politicon은 인간이 '폴리스 공동체적 동물'이라는 의미로 해석할 수 있다. 아리스토텔레스는 인간이 폴리스 같은 작은 공동체를 이루어서 평등하고 자유롭게 폴리스 공동체를 이끌어 가는 것을 강조한 것이다. 현대의 거대 자본주의 사회 속에서 저마다의 이익을 실현하기 위해 무한 경쟁하다 보니, 늘 불안과 초조, 우울에 시달릴 수밖에 없는 인간이 아리스토텔레스의 '조온 폴리티콘'이 아닌 것은 너무나 자명하다. 아렌트는 의도치 않게 한국 교과서의 왜곡된 설명을 지적한다.

아렌트가 인간의 정치 참여를 강조하는 것은 부인할 수 없다. 그렇다고 그가 사적 영역을 무시한다고 평가해서는 안 된다. (아렌트가 '사적 영역'을 평가절하한다고 알고 있는 사람들이 제법 많다.) 고대 사회에서 가정oikos이 없는 남자는 세계의 일에 참여할 수 없었다. 플라톤조차 시민들의 사유지 가운데 세워진 경계 말뚝horoi을 신성시했다. 생존의 문제를 해결하지 못하는 인간은 아예 '아고라'agora에 나올 수조차 없기 때문이었다. 모든 인간이 생존의 필연성에 예속되어 있다는 점을 부정할 수 없으므로, 만약 자기 생존을 저해하는 타인이 있다면 그 사람에 대해 폭력을 쓰는 것도 정당화했다. 사적 영역, 가정의 영역은 그런 면에서 절대적이었다. 아울러 노동의 영역은 신성하기까지 했다. 그래서 가정은 가장 엄격한 불평등의 장소일 수 있었다. 생존의 문제를 해결하려면 불평등과 차별조차 감수할 수밖에 없으니 말이다. 확실히 가정 영역은 오직 '평등'만을 고려하는 폴리스 영역과 뚜렷이 구별된다.

그렇다면 사회societas가 발생한 것은 언제일까? 근대에 접어들면 고대 아테네의 가계oikia 또는 경제활동oikonomia이 공론 영역으로 부상하고 그에 따라 경제활동과 사적 영역, 가족 영역 등의 문제가 '집단적' 관심거리가 된다. 독일어 국민경제학Volks-wirtischafts-lehre이라는 용어에는 한 가정의 가장

처럼 사회는 그 구성원들을 위해 살림을 꾸려 나가야 한다는 생각이 뿌리내려 있다. 영어 부wealth와 복지welfare와 국가commonwealth라는 용어에도 그런 의미가 드러난다. (이 세 용어에는 공통적으로 'wealth'가 들어가 있다. 즉, '사적인 부의 실현'이 '사회'의 공통 관심사인 것이다.) 공동 세계 밖에서 오직 '자신의 것'idion만으로 일생을 보내는 것을 '백치와 같은'idiotic 삶이라고 비난한 아테네인이나, 사생활은 공적 영역으로부터의 일시적 도피라 생각한 로마인과 달리, 근대인은 사생활이 공적 영역의 가장 중심적인 화제이다.

그렇다 보니 이제 인간은 정작 사회 속에서 정치적 행위를 할 수 없다. 표준화되고 양식화된 일정의 행동만 할 수 있을 뿐이다. 이 점은 통계학이나 경제학이라는 학문을 통해서 잘 드러난다. 통계학statistics은 인간의 자발적 행위나 사건을 단순한 일탈이나 동요로 규정해 버린다. 인간이 이룰 수 있는 위대한 업적이나 사건은 일상사나 역사에서 드물게 발생하기 때문에 그런 것은 배제하고 평균적인 인간 행동 패턴만을 연구 대상으로 삼는다. 경제학economy['가정'을 뜻하는 '오이코스'oikos와 '법'을 뜻하는 '노미아'nomia가 결합된 '오이코노미아'oikonomia에서 나온 말]은 인간이 모두 동일하게 자기 이익 실현에만 매몰되어 있는 이기적 존재로 본다. 그래서 자기 이익 실현을

카를 마르크스(1818~1883).
마르크스는 노동하는 인간에 의해 건설될 공산주의 사회를 찬양하지만,
아렌트가 보기에 공산주의 사회가 되면 생존을 위한 저급한 노동에만 매달려 사는
인간이 공적 영역을 지배하거나 파괴해 버린다.

최대로 끌어올릴 수 있는 행동 패턴과 규칙을 따른다고 설명한다. 마르크스가 내세운 '공산주의 사회'는 모든 인간의 이해득실이 조화를 이루고 마침내 국가조차 소멸해야 실현되는 사회이다. (그래서 마르크스는 자본주의적 인간을 비판하면서도 그 스스로 얼마나 자본주의적인가! 그리고 이를 가차 없이 지적하는 아렌트는 얼마나 날카로운가!)

하지만 그런 사회가 되면 인간은 획일적 성격에서 벗어나지 못하게 된다. 오직 하나의 이해와 의견만을 허용하는 순응주의로 뒤덮일 것이기 때문이다. 인류는 이제 다수성을 잃고 단일성만 남는다. 마르크스는 노동하는 인간에 의해 건설될 공산주의 사회를 찬양하지만, 아렌트가 보기에 공산주의 사회가 되면 생존을 위한 저급한 노동에만 매달려 사는 인간이 공적 영역을 지배하거나 파괴해 버린다. 노동은 원래 참을 수 없는 고통이나 수고, 즉 신체의 손상과 관련된다. 노동은 극단적인 비참함이나 가난 때문에 어쩔 수 없이 하는 것이다. (노동에 해당하는 labor는 헬라어 ponos, 프랑스어 travail, 독어 arbeit인데, 모두 고통과 수고를 의미한다.) 그래서 노동하는 인간이 공적 영역의 지배자가 된다는 것은 가족의 생계나 생존 문제를 최우선 과제로 두는 인간이 공동체를 이끄는 것이 된다.

이 점은 한국의 정치를 보면 너무나 잘 알 수 있다. 한국 정치 지도자 대부분이 공적 영역인 정치를 이용해서 사적인 이익을 취하다가 구설수에 오르거나 감옥에 간다. 이들의 부정부패가 단지 이들의 개인적인 인성이나 경향 때문이라면 별로 문제적이지 않다. 하지만 인간은 사회적 동물이라고 규정하고 정치권력을 수단으로 삼아 사적 이익을 실현하는 것이 당연하다는 잘못된 논리가 팽배해서 이런 사건들이 계속 발생한다면 이것은 상당히 심각하다. 아울러 인간 존재의 본질이 노동에 있다는 마르크스의 관점도 재고해 봐야 한다. 만약 인간 존재의 본질이 노동에 있다면, 인간이 자기와 자기 가족의 생존 문제를 해결하기 위해 어떤 부정부패를 저지르는 것도 용납될 수 있기 때문이다. 그렇다면 한국의 정치가들이 가족 문제 때문에 공적 권력을 함부로 쓰는 것도 결국 용서해 주어야 하는 것 아닌가?

원래 공론 영역은 누구나 공중 앞에 나타나서 모든 것을 보고 들을 수 있는 영역을 말한다. 이른바 '현상의 장소'이다. 나뿐만 아니라 다른 사람도 함께 보고 들을 수 있는 실재의 장소이어야 바람직한 공론 영역을 형성한다. 마음의 열정, 정신의 사유, 감각의 즐거움조차 탈脫사적으로 변형되지 않으면 결코 공적 현상에 적합할 수 없다. 우리가 보는 것을 같이 보고, 우리가 듣는 것을 같이 듣는 타인이 있음으로써 우리는 세계와 우리 자신의 실재성을 확신할 수 있기 때문이다. 개인이 느끼는 신체적 고통이 가장 대표적 사례이다. (이것은 '표상 영역'이다.) 이것은 지극히 사적이어서 누구에게도 전할 수 없다. 결코 공적 현상에 적합한 형태로 변형되지 않는다. 이런 것들이 강화되면 그만큼 인간은 공적 영역으로부터 멀어진다.

근대 이후 대중사회가 견디기 힘든 곳이 된 이유는 바로 여기에 있다. 사람의 수가 많아서가 문제가 아니다. 사람 사이에 존재하는 공론적 세계가 사람들을 결집시키거나 관계를 맺어 주며 또 분리시키는 힘을 잃었기 때문이다. 근대인은 공동 세계에 대한 관심을 잃고 공동 세계를 통해 서로 결합할 줄 모르고 분리될 줄도 모른다. 그래서 인간은 세계를 잃어버린다. 한 인간이 있기 전에 이미 있었고, 그 인간이 죽은 후에도 남아 있을 세계의 불멸성은 사라져 버린다. 인간이 자연적으로 소멸하더라도 공론 영역의 공공성을 남겨 놓음으로써 잠재적 불멸성을 획득할 수 있는데 말이다. 아테네인에게 있었던 폴리스polis와 로마인에게 있었던 공화국res publica이 근대 이후 인간에게는 없다. 드디어 인간들은 저마다의 다양한 관점과 입장에서 공동체적 관심사에 대해 대화하거나 토론하지 않는다. 고립된 채 천편일률적인 성향을 지닌 현대인들은 인터넷 게임과 드라마에나 열광하고 몰두한다.

법률은 문자 그대로 담을 의미한다. 담이 없으면 집이 모여 이룬 도시asty만 존재할 뿐 정치적 공동체로서의 폴리스는 존재한다고 할 수 없다. 실제로 헬라어 '폴리스'polis는 둥근 담을 뜻하고, 라틴어 '우르브스'urbs는 '원'circle을 뜻하며, '오르비스'orbis에서 파생되어 나온다. 영어의 '타운'town이나 독일어의 '자운'zaun도 마찬가지이다. 둘 다 둘러싸는 울타리를 의미한다. 고대인들은 법률이라는 담이 있어야 도시국가의 공론 영역이 존재할 수 있다고 생각했다. 가정을 보호하는 것이 집의 담이라면, 정치적 삶을 보호하는 담은 법률이다.

아렌트가 보기에, 공론 영역에서의 정치적 삶이 법률에 의해 보호되지 못하는 것은 담이 없는 집으로 강도가 들어와 한 가정이 마구 유린되는 것과 마찬가지이다. (전체주의가 인간다움을 파괴할 때에도 법적 보호부터 없앤다.) 법nomos은 폴리스 공동체의 평등한 시민이 자유롭게 정치에 참여할 수 있도록 보호하는 기능과 역할을 해야 한다. 그런데 근대 이후 인류 사회는 법률로써 공론 영역을 보호하는 것이 아니라, 시민이 해서는 안 될 '금지 목록'만 나열하여 오히려 공론 영역을 위축시킨다. 한국 사회를 보라! 얼마나 많은 금지 목록을 나열하는지.

아렌트가 정말 우려하는 바는 근대 이후에는 아예 공적 영역이 사적인 기능만을 감당한다는 점이다. 공론 영역의 유일한 관심사는 사적인 것이 되어 버린다. 인간이 거주하는 곳인 부동산이 동산처럼 변형되어 사고파는 대상이 된 것은 가장 단적인 예이다. 로마법에서 집은 대체물인데, 대체물fungibiles은 소비물consumptibiles과 분명히 다르다. 대체물은 소유의 대상이어서 사용가치를 지니고, 소비물은 부의 대상으로서 교환가치만을 지닌다. 인간이 집을 소유한다는 것은 그 집을 통해 생존의 필연성 문제를 해결하고 장차 공적 영역으로 나아가 정치적 삶을 살아야 한다는 의미를 지닌다. 그런데 그 집이 이제는 사고파는 '소비'의 대상이 됨으로써 교환가치 혹은 사회적 가치만을 지니니, 인간에게는 부만 있을 뿐 소유는 없고, 사적 영역만 있을 뿐 공적 영역은 없다. 아렌트의 눈에는 노동하고 소비하는 인간이 지배하는 근대 이후의 인류 사회가 결코 바람직해 보이지 않는다. 마르크스의 인간에 대한 정의, 즉 "인간 존재의 본질은 노동이다"라는 정의조차 아렌트의 관점에서 볼 때에는 크게 잘못되었다.

4-2 아렌트는 노동을 부정하는가?

아렌트는 노동과 작업이 다르다는 점을 설명하기 위해 공을 들인다. 현대에 와서 노동과 작업의 개념이 뒤섞여서 잘 구분되지 않기 때문이다. 그리고 노동과 작업의 개념이 명확히 구분되어 인식되지 않고는 아렌트 자신의 논의를 펼칠 수 없기 때문이다.

고대 아테네 때부터 노동과 작업은 명확히 구별된다. 헬라어에서 '포네인'ponein과 '에르가제스타이'ergazesthai는 명확히 다르다. 포네인은 수고하거나 고통을 겪는다는 의미를 포함하지만, 에르가제스타이는 단지 '만들다'는 의미만을 지닌다. 포네인은 '노동'을 의미하고 에르가제스타이는 '작업'을 의미한다. 이 점은 라틴어에서도 마찬가지이다. '라보라레'laborare와 '파케레'facere는 명확히 다르다. 라보라레는 포네인이며 파케레는 에르가제스타이이다. 노동은 노동일 뿐 결코 작업이 될 수 없다. 노동자가 공장에서 반복적인 노동을 하면서 예술가적 성취나 깨달음을 이룰 수는 없다. 노동자가 자기 생존의 문제에 고착되어 있으면서 공동체 전체의 공적 사안을 잘 다룰 수는 없다.

아렌트는 아리스토텔레스를 인용해 자신의 견해를 정당화한다. 아리스토텔레스는 노예가 동물과 다르지 않다고 생각한다. 그는 노예와 동물이 두 가지 중요한 자질을 결여했다고 지적한다. 스스로 숙고해서 결정하는 능력to bouleutikon과 앞날을 예견하여 선택하는 능력proairesis이 그것이다. 노예는 생존의 필연성에 예속되어 있으므로 이런 인간다운 능력을 가졌을 리 없다고 생각한 것이다. 고대 아테네 시절에는 노예가 노동하는 동물Homo laborans이라는 점에 누구나 동의한다. 노동하는 동물은 작업하는 인간Homo faber과 전혀 다른 위상에 있다. 그러니 노동하는 동물인 노예가 정치판에 나아가 자신의 정치적 견해를 피력한다는 것은 아리스토텔레스 입장에서는 아이러니일 뿐이다. (2017 서울시립대 : 노동은 고역인가, 자아성취인가?)

그런데도 마르크스는 인간의 본질을 노동에 두고, 노동과 작업을 구별하지 않는다. (구별하지 않은 것인지, 구별하지 못한 것인지 알 수 없다. 그리고 아렌트가 『인간의 조건』에서 마르크스를 비판하는 것도 바로 이 점 때문이다.) 인간의 노동력은 '잉여'를 창출한다. 자신의 생계와 생존수단을 생산할 뿐만 아니라 그 이상을 생산할 수 있는 게 인간의 노동력이다. 그러므로 마르크스의 관점에서는 노동은 작업과 다르지 않다. 숙련과 비숙련 작업, 정신노동과 신체노동은 그다지 구별되지 않는다. 그것들을 작업과 노동으로 나누기보다 통칭 '노동'이라 할 만하다. 게다가 근대의 분업 체계 아래에서는 숙련 노동조차 완전히 폐지되어 비숙련 노동에 편입될 것이기 때문이다. (2020 중앙대 : 타율적 노동과 자율적 노동)

하지만 아렌트의 관점에서 보면 마르크스의 생각은 어설프기 짝이 없다. 라틴어에서 '오페라이' operae와 '오푸스' opus는 명확히 다르다. 오페라이는 노예가 한 노동 산물이다. 오푸스는 예술가나 장인이 작업해서 만든 작품이다. 오페라이와 오푸스를 구별하지 않는다면 이 얼마나 큰 모독인가! 화가가 그린 위대한 예술 작품을 페인트공이 한나절 페인트칠한 것과 동일시한다면 이 얼마나 큰 모독인가? '자유로운 영혼을 가진 장인'은 '비천한 노동자'에게는 없는 '프루덴티아' prudentia가 있다. 프루덴티아란 '신중한 판단 능력'을 뜻한다. 헬라어 '프로네시스' phronesis에서 나온 말이다. 반복적인 고역을 수동적으로 하는 노동자가, 신중하고도 사려 깊게 '프루덴티아'하며 예술가적 작업을 한다는 것은 아렌트와 아리

스토텔레스 입장에서는 상상할 수 없다. (2019 이화여대 : 작업과 노동의 차이)

아렌트는 말한다. "'기대 수명'이 하루도 채 되지 않는 빵과 여러 세대를 거쳐도 남아 있는 탁자를 구별하는 것은 제빵사와 목수를 구별하는 것보다 더 분명하고 결정적이다." 노동 생산물은 그렇지 못하지만 작업 생산물은 그나마 세계의 영속성과 지속성을 보장한다. 그리고 세계는 영속적이고 지속적이라야 제 기능을 할 수 있다. 가장 인간답다는 행동·언어·사유조차, 작업이 없으면 이 세계에 머물 수 없다. '나'의 행동·언어·사유가 타인에게 기억되고, 그 기억된 바가 다시 시詩, 쓰인 페이지, 인쇄된 책, 그림이나 조각, 온갖 종류의 기록과 문서, 기념물로 사물화되어야만 이 세계에 머물 수 있다. 이 작업은 장인의 손에 의해 이루어진다. 따라서 작업이 없다면 인간의 행위조차 대대손손 기억될 수 없다.

그렇다면 아렌트는 노동을 폄하, 비하하는 것인가? 아니다. 그것은 큰 오해다. 노동이 있기에 작업이 있고, 작업이 있기에 행위가 있다. 아렌트는 노동을 비하하거나 천대하지 않는다. 인간은 자연의 순환과정에 저항해야만 하는 필연성 속에 놓여 있다. 태어나고 죽는 순환과정에 저항할 수 있어야 삶을 지속할 수 있다. 그러면서도 인간은 결국 자연의 순환과정에 제 몸을 맡기게 되어 있다. 한편에서는 자연의 순환과정에 저항하고 다른 한편에서는 순응하는 인간의 일이 노동이다. 그래서 노동의 '노고와 고통'은 인간 유기체가 죽어야만 끝이 날 수 있다. 마르크스도 말하듯, 노동이 생산하는 것은 즉각적으로 인간의 생명 과정에 투입되며, 삶의 과정을 갱생시킨다. 그리고 이러한 소비는 신체 유지에 필요한 새로운 '노동력'을 생산하거나 재생산한다.(『자본론』) 하지만 어제 어질러 놓은 것을 오늘 다시 정리 정돈해야 하는 일은 위대한 일이라고는 할 수 없다. 노동은 위험해서 고통스러운 것이 아니라 늘 반복해야 하는 지겨움 때문에 고통스럽다. 그런 노동을 마르크스가 인간의 본질이라고 예찬하는 것을 아렌트는 달가워하지 않는다.

마르크스는 노동이 '자연에 의해 부여된 영원한 필연성'이면서 인간 활동 중에서 가장 인간적이고 생산적인 활동이라고 말한다. 그리고 혁명의 과제는 노동계급을 해방시키는 것이 아니라 노동으로부터 인간을 해방시키는 것이라고 말한다. 아렌트는 예리하게 이 진술의 모순을 꼬집는다. 마르크스는 인간 존재의 본질을 노동이라고 해 놓고 누구나 자기 신체의 노동력으로 노동하는 프롤레타리아 세상을 꿈꾼다. 모두가 노동자가 되는 하향평준화를 원하는 것이다. 그러면서도 마르크스는 인간이 노동으로부터 해방되어야 자유로워질 수 있다는 모순된 주장을 한다. 모든 인간이 노동계급이 되기를 원하면서 모든 인간이 노동에서 해방되기를 원하다니!

아렌트가 보기에 마르크스의 문제점은 여기에 그치지 않는다. 그가 주장하는 것처럼 노동에서 해방된 이상향, 공산주의 사회가 건설된다 치자. 그 사회에서는 인간이 오로지 사적이며 무세계적인 취미 활동만 할 것이다. 자기 생존 문제에 집착해서, 혹은 자신과 자신이 속한 '패거리'에 이익이 될 것인지에만 신경 써서, 공적 이익은 아랑곳하지 않고 온갖 이기심만 발휘할 것이기 때문이다. (그러면서도 국민 전체를 위해 노력·봉사할 것처럼 연설하는 현대의 정치가들이 갑자기 떠오른다.) 아렌트가 보기에 마르크스가 예언한 '노동자 해방의 세상'은 좋은 세상이 아니다. 만약 그런 세상이 도래한다면 인간은 말 그대로 세계성을 잃고 파편화되거나 고립될 수밖에 없다.

그렇다면 마르크스는 왜 인간의 노동에 집착할까? 아렌트는 유대-기독교의 전통을 마르크스가 내면화했다고 본다. 인간이 노동을 통해 생산하는 것은 신의 창조물인 자연의 신진대사에 순응하는 것이다. 노동해서 생산하고, 그 생산물을 소비한 후 또 생산하는 일이 영원히 지속된다는 것은 신이 내린 축복이다. 낮과 밤, 삶과 죽음이 이어지듯이 아무런 목적 없이 규칙적으로 행복하게 수고와 휴식, 노동과 소비 사이를 왔다 갔다 하는 일은 인간이 살아가면서 해야 할 유일한 과업이다. 마르크스는 자신도 모르게 생산과 소비가 늘 균형을 이루는 '사회적 생산력'의 자연주의, 유대-기독교적 섭리에 흠뻑 빠져든다. 노동을 통한 잉여 생산물이 빠르게 소비되어 사라지는 순간, 인간이 구축해야 할 세계의 지속성과 불멸성도 함께 사라져 버린다는 문제점을 잊은 채 말이다.

근대 이후 인간 사회는 소비자의 사회가 되었다. 즉 노동하고 소비하는 삶의 필연성에 모든 인간이 종속되어 버린 시대가 된 것이다. 이런 사회 시스템에 저항하는 사람은 거의 없다. 유일하게 예술가만이 간혹 저항한다. 인간의 모든 진지한 활동은 사라지고, 노동해서 생계 수단이나 마련하는 평준화된 활동만이 판을 친다. 이제 생계유지와 상관없는 것은 하나같이 '취미'이거나 '유희'이다. 물론 노동계급이 폭력적 억압 상태에서 벗어나지 않았느냐고 반문할 수 있다. 그러나 아렌트가 보기에, 노동하는 인간이 생존의 필연성이라는 절박함에 매여 있다면 결코 해방되었다고 볼 수 없다. 고대 아테네인이, 인간을 지배하는 것이 폭력bia이 아니라 필연성anagkai

이라고 본 바가 이 점을 잘 시사한다. 그러니까 '노동으로부터의 인간 해방'에 대해 제대로 말한 철학자는 마르크스가 아니라 아렌트인 셈이다.

아렌트의 마르크스 비판은 근대뿐만 아니라 21세기와도 연관된다. 더 나아가, 미래의 인류 사회에 대해서도 뼈아픈 비판을 한다. 흔히 미래 인류 사회가 자동화, 로봇화, 인공지능화된다면, 인류는 마침내 노동에서 해방될 것이라고 진단한다. 마르크스의 꿈이 프롤레타리아 혁명과 공산주의 사회의 도래 없이도 이루어진다는 말까지 하면서 말이다. 하지만 이것은 진정한 노동 해방이 아니다. 자동화, 로봇화, 인공지능화되어서 소수의 대자본가만 돈을 벌고, 대부분의 인간 노동자는 일자리를 잃은 채 생존을 위협받는다면 과연 그것을 노동 해방이라고 할 수 있을까?

그러니 정치가들의 공약은 바뀌어야 한다. 일자리를 몇 만 개, 몇 십만 개를 만들겠다는 등의 지키지도 못할 약속은 하지 말아야 한다. 정치가가 만든 일자리가 겨우 '노동'일 뿐 '작업'은 아니라면 사람들은 취직하나 안 하나 비참한 건 마찬가지이다. 기계가 더 잘할 수 있는 일을 단지 정치가의 '일자리 만들기' 생색을 위해 인간에게 준다면, 그 일자리를 받은 인간은 얼마나 비참할 것인가? 그래서 일자리 문제에 있어 중요한 것은 '노동'이 아니다. '노동'에서 벗어나 '작업'할 수 있는 일자리가 얼마나 많으냐가 중요하다.

4-3 작업 혹은 제작은 세계를 건설할 수 있나?

그렇다면 이제 '작업'에 대해 알아보자. 아렌트가 강조하듯 '노동'과 '작업'은 과연 다를 것인가? 라틴어 '파케레'facere는 '어떤 것을 만듦'이라는 의미이다. 여기서 '파베르'faber가 파생되어 나온다. 파베르는 본래 돌이나 나무와 같이 단단한 물질로 작업하는 공작인이나 예술가를 가리킨다. 따라서 파베르는 헬라어 '텍톤'tektôn의 번역이다. 작업인 혹은 공작인이 만든 사물 세계는 한정적으로만 지속한다. 이것도 소모되거나 마모되기 때문이다. 하지만 이 사물 세계는 그나마 객관성을 지니기 때문에 인간의 탐욕스러운 욕구와 필요에 저항하여obicere 노동에 의한 생산물보다 상대적으로 오래 지속된다. 아무리 낡은 구두라도 그것이 장인이 손수 손으로 만든 것이라면, 단순 소비재와 동일시되어서는 안 된다. 낡은 구두는 매우 약해져 있지만 아직 그 자체의 독립성을 유지한다. 낡은 구두를 오랫동안 신어 왔던 사람의 감정을 복잡·미묘하게 만들겠지만 구두는 더 오래 존재할 수 있다. 이것이 단순 소비재와 다른, 작업의 결과물이 지닌 특성이다.

호모 파베르Homo faber, 즉 작업하는 인간은 자신의 제작을 통해서 사물을 만들어 낸다. 그런데 사물화는 제작을 통해 자연물을 파괴하거나 생명 과정을 없애서 자연 과정을 중단시켜야만 한다. 자연물에다 침해와 폭력을 가해야 하는 것이다. 그래서 인공 세계의 창조자인 호모 파베르는 언제나 자연의 파괴자이다. 호모 파베르는 전 지구의 군주이자 지배자처럼 행동한다. 마치 신이라도 된 듯 호모 파베르는 신이 창조한 자연을 파괴해서 인공 세계를 건설한다. 인간은 이러한 경험을 통해 자기 확신과 만족을 얻는다. 이것은 인간이 고통스러운 노동을 통해 결과물을 얻었을 때의 기쁨과 비교할 수 없다. (아렌트는 이 대목에서 중의적인 목소리를 낸다.) 제작하는 인간은 자연물을 가공하고 변형함으로써 상당히 지속적인 세계를 구축하는 면도 있지만, 자연 위에 군림하며 자연을 파괴하고 오염시키는 추악한 면도 있다.

작업 혹은 제작에는 더 중요한 특성이 있다. 아렌트가 보기에, 제작은 모델의 지도를 따라 이루어진다. 대상은 모델에 따라 제작된다. 모델은 마음의 눈이 포착하는 잠정적인 이미지로서, 작업이 물질화하기 전에 제작자가 미리 알고 있는 청

사진이다. 노동자는 생존의 절박함에 이끌려 노동하지만, 작업하는 인간은 모델에 이끌려 제작한다. 작업자의 머릿속에, 침대에 대한 이미지 모델이 먼저 떠올라야 침대를 만들 수 있다. 이 이미지 모델은 제작의 결과물이 금세 사라지지 않는 점과 연관된다. 이미지 모델만 있으면 얼마든지 동일한 결과물을 제작할 수 있기 때문이다. 그리고 이것은 노동의 반복과 구별된다. 노동의 반복은 생물학적 순환 반복이지만, 제작의 복제는 비교적 안정적이고 영속적인 사물을 만들어 내기 때문이다.

그런 면에서 플라톤의 이데아론은 지극히 제작적이다. 형상eidos 또는 이데아idea를 보고 데미우르고스Demiourgos[제작의 신]가 이 세계를 생산poiêsis했다는 것은, 마치 제작자가 이미지 모델의 설계도를 보고 물건을 제작하는 것과 같다. 이 지점에서 그냥 넘어갈 아렌트가 아니다. 그는 또 다시 비판의 칼날을 세운다. 플라톤은 이 세계가 만들어지기 전에 이데아라는 설계도와 데미우르고스라는 제작자가 먼저 있었다고 말한다. 즉 이 세계 내의 모든 존재하는 것들은 오직 이데아와 데미우르고스의 뜻 안에 있다. (이것은 얼마나 기독교적인가?) 그가 세우고자 하는 이상 국가도 제작의 결과물에 지나지 않는다. 개개 시민은 자율성, 개성, 다원성을 전혀 가질 수 없다.

국가에서 정해 준 과업만을 묵묵히 수행해야 한다. 이것이야말로 완벽한 전체주의이지 않나!

그런데 이보다 더 심각한 문제가 있다. 인류 사회가 드디어 기계를 발명했다는 것이다. 단지 도구였을 때에는 여전히 장인 손의 하인 역할만 했는데, 기계가 도입되고 자동화가 이루어지자 전혀 다른 양상으로 전개된다. 인간의 머리가 더 이상 제작을 지도하지 않으며, 인간의 고안에 의해 유용성이나 미의 기준이 설정되지도 않는다. 오직 기계가 결정하는 바에 따라 생산물을 고안하기 시작한다. 대상의 생산에 적합한 기계를 고안하는 대신 기계의 작용 능력에 맞는 대상을 고안하는 지경에 이른다. 이제 수단과 목적은 전도된다. 여기에 그치지 않는다. 기계는 점점 인간 몸의 일부가 된다. 기계는 물질적 힘을 확장하려는 인간 노력의 의식적 산물일 뿐만 아니라 인간 몸에 이식되어 인류의 생물학적 진화를 촉진한다. (아렌트는 이 점에 대해 긍정 또는 부정의 추가 논평을 달지 않는다.)

그런데 근본적인 문제는 '호모 파베르' 자체에 있다. 호모 파베르는 도구의 유용성에 대해 공리주의적 평가만 할 뿐, 도구 혹은 기계의 철학적 의미에 대해 생각지는 못한다. 즉, 제작자는 그 기계가 유용한지, 효율이 높은지 등에 관심을 둘

순 있지만, 도구 그 자체, 기계 그 자체가 가진 철학적 의미를 고민하지는 않는다. "그 기계 참 쓸 만하군"이라고 말할 뿐, "도구란 무엇인가", "어떤 도구가 바람직한 도구인가"를 고민하지 않는다. 이것이 아렌트가 간파한 호모 파베르의 내적 무능력이다. (공리주의는 유용성, 효율성에만 관심을 두지, 왜 그런 유용성과 효율성을 추구해야 하는지 그 이유에 대해서는 관심을 두지 않는다. 이것이 제작자의 무능이었다니!)

그래서 제작자, 장인이 추구하는 공리주의적 유용성은, 노동자가 추구하는 안락함과 상업 사회가 추구하는 이윤만큼이나 문제의 소지가 있다. 제작자, 장인은 얼마나 잘 만들 것인지에만 몰두할 뿐, 그것을 왜 만들어야 하는지, 만든 결과물의 의미가 무엇인지에 대해서는 고민하지 않기 때문이다. 원래 공리주의는 목적 달성을 위한 수단으로 무엇을 동원하는 것이 적합한지만 신경 쓰지, 그 목적을 달성하기 위해 왜 그 수단을 동원해야 하는지에 대해서는 관심을 기울이지 않는다. 쉽게 말해서, "왜 합리성과 효율성을 추구해야 하지?" 하고 질문하면 공리주의자는 전혀 대답하지 못한다. (지금 아렌트는 제작자, 장인이 가지고 있는 공리주의적 성향의 문제점을 지적하고 있다.)

예를 들어 보자. 목공의 목적은 의자이지만 의자의 목적은 안락함이다. 그런데 의자의 안락함은 무엇을 목적으로 할까? 다시 목공을 목적으로 삼는다. 장인은 그 의자의 안락함을 수단으로 더 훌륭한 목공을 하려 하기 때문이다. 그렇다면 목공과 의자와 안락함은 서로 수단과 목적으로 얽히고설킨다. 시간이 지나면 더 이상 수단과 목적을 구분하는 것이 의미가 없다. (그래서 공리주의는 순환논증의 오류에 빠진다.) 그런 가운데 "목공은 무엇인가", "의자는 무엇인가", "안락함은 무엇인가"라는 물음은 배제된다. 목공하는 장인은 최대한 효율적으로 안락한 의자를 만들면 되지, '그딴' 질문에 신경 쓸 필요는 없다. (그러므로 벤담의 공리주의는 근대 장인의 철학이라고 아렌트는 비판하고 있다.)

아렌트의 비판의 불길은 근대의 또 다른 철학자에게로 옮겨붙는다. 공리주의를 비판해 놓고, 공리주의 반대편에 있다고 여겨지는 칸트도 비판한다. 칸트는 "모든 인간은 결코 목적을 위한 수단이 되어서는 안 되며, 모든 인간 존재는 목적 자체이다"라고 선언한다. 이것을 아렌트는 인간 중심적 공리주의의 가장 적극적인 표현이라고 비판한다. 그는 이 언명을 이렇게 해석한다. "인간 외의 것은 모두 수단이기도 하고 목적이기도 하지만, 인간만은 오로지 목적이기만 해야 한다. 그래야만 수단과 목적의 연쇄 속에 인간이라는 절대적 기준

임마누엘 칸트(1724~1804). 칸트는 "모든 인간은 결코 목적을 위한 수단이 되어서는 안 되며, 모든 인간 존재는 목적 자체이다"라고 선언한다. 이것을 아렌트는 인간 중심적 공리주의의 가장 적극적인 표현이라고 비판한다.

을 제공할 수 있기 때문이다. 그래야만 공리주의가 혼란 없이 작동할 수 있기 때문이다. 그래야만 오직 목적으로서의 인간이 이 세상의 온갖 수단이자 목적들을 지배할 수 있기 때문이다."

무슨 말이냐 하면, "이 세상이 온통 수단과 목적으로 가득한데, 그러다 보면 기준이 없어서 방향을 잃는다. 당연히 이 세상의 기준은 인간이 되어야 하므로, 다른 것들은 모두 수단이면서 목적이지만, 오직 인간만은 목적일 뿐 수단이지 않아야 한다. 그래야만 기준이 서고 방향감각도 잃지 않으니까 말이다"라고 아렌트는 해석한다. 그가 보기에 칸트는 공리주의의 반대편에 있는 게 아니라 공리주의를 전제로 공리주의의 문제점, 보완점을 마련한 철학자이다. 그것도 인간을 이 세상의 중심에 놓는 방법으로, 인간만은 유일하게 수단이 아니라 오직 목적일 뿐인 존재로 만들어서 공리주의를 치유하려 한다. 그러니까 칸트는 호모 파베르의 공리주의적 맹목성을 치유해서 공리주의가 더 잘 작동되도록 만들려는 것이지 공리주의를 반대한 것이 아니다. (이쯤 되면 아렌트의 비판은 지구 최강 수준이다.)

인간의 작업 중 그나마 세계의 안정성을 보장하는 것이 예술 작품 창작이다. 예술 작품은 어떤 유용성도 없고 유일무이하기 때문에 교환되지도 않으며, 화폐로써 가치가 매겨지지도 않는다. 예술 작품은 '사용하는' 것이 아니다. 오히려 평범한 사용 물건으로부터 분리되어야 하고, 생존의 절박함이나 욕구로부터도 분리되어야 한다. 예술 작품은 사멸적인 인간의 손에 의해 이루어진 불멸적인 빛인 것 같다. 인간의 사유 능력에서 나온 예술 작품은 사물이 됨으로써 세계에 드러난다. '살아 있는 정신'이, 사물이라는 '죽은 문자' 속에서 생존해야만 예술 작품이 된다. 이렇게 예술가나 시인, 역사가나 기념비 건립자 또는 기록자의 도움이 있어야만 '행위하고 말하는 인간'도 불멸하는 세계를 건설할 수 있다. 행위하는 인간이 행동하고 말한 바는 그 자체로 살아남지 못하고 이들의 작업을 통해 인공물이 만들어져야 비로소 불멸할 수 있다. 아렌트의 날카롭던 비판의 칼날이 예술 작품 근처에 와서 무디어진다고 느끼는 것은 나만의 느낌인가?

4-4 행위하고 말하는 인간의 '아모르 문디'

이제 인간의 조건 중 세 번째인 '행위' act에 대해서 알아볼 차례가 왔다. 아렌트가 보기에, 인간은 다수성 plurality 속에 있다. 인간의 다수성은 무수한 타인들끼리 동등하면서도 동시에 차이가 난다는 이중적 성격을 지닌다. 인간의 말과 행위는 바로 이 다수성에 토대를 둔다. 그렇다고 인간의 차이는 다름 otherness이 아니다. 다름은 존재하는 모든 것이 지닌 고유한 타자성 alteritas의 기이한 성질이다. 이와 달리 인간의 차이는 타인과 구별되고 차이를 표현하는 것과 연관된다. 인간만이 갈증과 배고픔, 애정이나 적대감 또는 두려움 등을 차이 나는 타인들의 세계에 드러낼 수 있다. 바로 이 차이는 말과 행위 act를 통해 드러난다. 인간은 말과 행위를 통해 자기 자신과 타인의 차이를 현상 appearance한다. 말과 행위를 통해 인간과 인간 사이가 창발적으로 드러난다. 이것을 일러 아렌트는 활동적 삶 vita activa이라고 부른다.

또한 말과 행위를 통해 인간은 세계에 참여한다. 그리고 세계에 참여한다는 것은 인간이 제2의 탄생natality을 겪는다는 것이다. 생물학적 신체로서 제1의 탄생을 했다면, 말과 행위로 다수성의 세계에 참여함으로써 제2의 탄생을 하는 것이다. 참여는 노동처럼 생존의 필연성에 속박되는 것도 아니고, 작업처럼 유용성을 목적으로 하지도 않는다. 참여는 함께하기를 원하는 타인의 현존에 자극받아서 이루어진다. 그렇다고 타인에 의해 수동적으로 참여가 이루어지는 것은 아니다. '나' 스스로 새롭게 시작함으로써 시작한다. '행위하다'와 관련된 헬라어 '아르케인'archein은 '시작하다', '이끌다', '지배하다'라는 뜻이다. 라틴어로는 '아게레'agere인데 '어떤 것을 움직이게 하다'라는 뜻이다. 종합해 보면, 행위하는 것은 '선수치는' 것이고 '시작하는' 것이며, '어떤 것을 움직이게 하는' 것이다.

시작하는 존재인 인간의 행위가 탄생의 사실에 상응한다면, 인간의 말은 타인과의 차이에 상응한다. 타인에게 말한다는 것은 타인과의 다수성과 차이성을 전제로 대화하거나 토론한다는 의미이다. 그렇다고 해서 말과 행위를 별개로 보아선 안 된다. 말과 행위는 지극히 밀접하다. 말을 수반하지 않는 행위는 계시적 성격을 잃고 주체성도 잃는다. 말 없는 행위는 행위하는 주체가 없으므로 더 이상 행위가 아니다. 로봇이 움직이는 것과 같다. 타인이 '나'의 행위를 이해하려면 '나'의 말을 들어 봐야 한다. 인간은 행위하고 말하면서 자신을 드러내고 능동적으로 자신의 고유한 인격적 정체성을 발현하며 세계에 참여한다. 말과 행위로 세계에 참여할 때 '나'는 자신을 드러내는 모험을 감행해야 한다. 그렇게 행위는 영광이라고 불리는 빛나는 밝음 속에서 드러난다. 이 밝음은 오직 공론 영역에만 있다. (아렌트는 특정 장르의 문체에 갇히지 않는다. 철학적이면서도 정치학적이고, 사상사적이면서도 시적인 문체를 넘나든다. 문체에서도 난간이 없다고 해야 하리라.)

인간은, 인간들이 함께 사는 곳이라면 어디에나 존재하는 인간관계의 그물망을 통해 드러난다. 이 인간관계의 그물망을 아렌트는 '인간의 다수성'이라고 표현한다. 말을 통한 '인격'의 현시와 행위를 통한 새로운 시작의 시작은 언제나 인간관계의 그물망 안에서 이루어진다. 인간관계의 그물망 안에서 새로 오는 자의 유일무이한 삶의 이야기가 나타난다. 이 이야기는 문서나 작품으로 기록되고, 사용 물건이나 예술 작품으로 가시화되며, 새로운 이야기로 만들어지기도 한다. 새로 오는 자의 말과 행위는 이야기되고, 그 이야기는 말과 행위의 주체, 새로 오는 자, '영웅'을 드러낸다.

그렇다고 새로 오는 자, '영웅'을 특정 인물이라고 생각해선 안 된다. 특정 인물이 작가나 주인공이 되어 역사를 이끄는 것은 할리우드 영화에서나 보면 된다. 말과 행위를 하는 자는 미지로 남아 있어서 공식 역사에 기록되지도 않는다. 오죽하면 플라톤이 인간 행위praxis의 산물인 인간사ta tôn anthropon pragmata를 진지하게 취급할 필요가 없다고 말했겠나? 인간의 말과 행위 때문에 역사가 존재하지만, 역사를 움직이는 것은 (애덤 스미스가 말한) '보이지 않는 손'invisible hand 때문이다. 하지만 '보이지 않는 손'을 신神이라고 생각해서도 안 된다. 그보다는 인간관계의 그물망이 드러내는 당혹스러움thaumazein 그 자체라고 보아야 한다. 아렌트는 인류 역사를 움직이는 주체가 소수의 영웅이라고 보지 않는다. 인간관계의 그물망 전체가 역사를 움직인다. 이것을 두고 민중적 역사관이라고 얼버무려서도 곤란하다. 굳이 말하자면 발터 베냐민의 '파편처럼 흩어진 이름들을 긁어모아 놓기', 그리고 '그 파편 이름들이 별자리가 될 때까지 기다리기'라고 할 수 있다. 그리고 '그 파편 이름들이 별자리가 될 때까지 기다리기'라고 할 수 있다. (그런 면에서 아렌트와 베냐민의 철학은 근본적으로 공화주의이다.)

인간관계의 그물망은 '현상의 공간'space of appearance에서만 드러난다. 현상의 공간은 말과 행위의 방식으로 사람들이 함께 사는 곳이면 어디서나 존재한다. 따라서 공론 영역이 조직될 수 있는 모든 형식들보다 먼저 존재한다. 이 공간은 사람들이 흩어지면 사라지고 활동 자체가 없어져도 사라진다. 반대로 사람들이 모이면 어디서나 나타났다가 또 금세 사라진다. 정치적 공동체가 손상되어 인간관계의 그물망이 권력을 상실하고 나면 무능력 상태가 되어 버리는데, 이렇게 되면 현상의 공간은 사라지고 만다. 이 대목에서 아렌트가 본 것은 무엇일까? 순수한 열정을 가진 젊은이들이 기성 사회에 대항하여 혁명을 일으키고자 하는 모습을 본 것이 아닐까? 그 자리에 모인 젊은이들이 밤새워 진지하게 대화하고 토론하는 모습을 보고 '현상의 공간'을 떠올린 것은 아닐까? (2020 부산대 : 표상 공간과 현상 공간의 차이)

'현상의 공간'이 존재할 수 있도록 만드는 것은 인간관계의 그물망이 지닌 '권력'이다. 헬라어 '뒤나미스' dynamis [아리스토텔레스], 라틴어 '포텐티아' potentia [스피노자], 독일어 '마흐트' Macht [니체]가 이에 해당한다. 상식적으로 볼 때 '권력'은 사람들로 하여금 일정 방향의 행동을 하도록 강제할 수 있는 힘을 의미한다. 하지만 아렌트는 그런 상식적인 의미로 '권력'이라는 용어를 쓰지 않는다. 니체의 '권력 의지' Wille zur Macht

속 '권력'이 '자기 갱신 의지'를 뜻하듯이, 아렌트의 '권력'도 '인간이 광장에 나가 다른 인간과 대화하고 토론해서 좀 더 나아질 수 있는 잠재력'을 뜻한다. 아렌트는 모든 인간에게 그런 잠재력이 있다고 본다. 인간에게는 권력이 있다. 인간은 정치에 참여해서 인간관계의 그물망을 형성할 수 있는 잠재력을 가지고 있다. 이것은 루소의 '의지의 힘'La puissance de vouloir과도 상통한다. 루소는 인간이 정치 공동체를 이루고자 하는 '의지의 힘'을 선천적으로 가지고 있다고 주장한다.

이 '권력'이 공론 영역과 현상의 공간을 보존한다. 그래서 아렌트는 권력이야말로 '인간의 손으로 만들어진 세계의 생명줄'이라고 말한다. 권력이 있어서 말과 행위를 통해 공적으로 발생하는 현상의 공간에서 사람들은 생생한 말과 행동을 주고받는다. 그런데 이 현상의 공간, 즉 세계가 실재한다는 것은 우리 모두에게 공동의 것이라는 점에 근거한다. 그래서 칸트가 말한 공동체적 감각, 공통감, 공동 감각sensus communis, common sense은 현상의 공간이 존립하는 데에 있어 무척 중요하다. 인간들이 저마다의 감각이 지닌 개별성과 특수성, 상대성에서 벗어나 공동체적 현실성을 가질 수 있는 것은 이 공동 감각이 있기 때문이다. 반대로 공동 감각이 약화되면 공동체 내에서 미신과 기만이 증가하고 개인은 고립되어 세계로부터 소외된다. 아렌트가 공론 영역으로서의 세계, 현상 공간을 얼마나 사랑하는지 분명하게 알 수 있다. 사실 그는 『인간의 조건』이 아니라 '아모르 문디'Amor Mundi라는 이름으로 이 책을 출판하고 싶었다. '아모르 문디'는 '이 세계를 사랑하라'는 뜻이다. 니체의 '아모르 파티'Amor Fati에 대응한다. (2010 건국대 : '공감'의 문제)

그런데 문제는 행위라고 해서 마냥 좋은 것이 아니라는 것이다. 행위에는 세 가지 불행이 따라온다. 행위의 결과를 예측할 수 없다는 것과 행위의 과정이 진행되고 나면 돌이킬 수 없다는 것, 그리고 행위의 주인공이 드러나지 않는다는 것이 그것이다. 이 모든 불행은 인간의 다수성 때문에 발생한다. 공론 영역인 현상의 공간에 나타나는 다수성으로서의 인간은 서로 차이 나는 입장에서, 그리고 동등하게 정치에 참여한다. 그러니 인간이 '행위' 할 때에는 세 가지 불행을 각오해야 한다. 공론장에서 갑론을박하다가 전혀 엉뚱한 결론이 도출될 수도 있다. 잘못된 결론이라고 후회하더라도 되돌릴 수 없다. 누군가 훌륭한 행위를 했다고 하더라도 드러나지 않는다.

과거 박근혜 정권의 '국정 농단'을 보고 많은 사람들이 촛불을 들고 광화문 광장에 나왔다. 그때 박근혜 대통령을 탄핵

할 수 있을 것이라고 예측한 사람이 있을까? 일단 한번 촛불 집회가 시작되고 나니 걷잡을 수 없이 참여자가 늘어났다. 매주말 촛불 집회를 하는 것은 당연한 것이 되어 버렸다. 이제 촛불 집회가 시작되기 이전으로 결코 돌아갈 수 없다. 그 추운 겨울에, 눈도 오는데, 그 무수한 사람들은 광장에 나와 저마다의 의견을 대중 앞에 연설한다. 우레와 같은 박수가 쏟아진다. 하지만 그중에 그 누구도 기억되지 않는다. 그곳에 특정할 수 있는 '영웅'은 없다. 그렇게 '현상의 공간'이 '다수성'으로서의 인간의 '권력'에 의해 나타났다가 사라진다.

플라톤은 행위의 이런 세 가지 불행을 싫어한다. 무질서하고 안정되지 못한 행위를 정치에서 제거해야겠다고 생각한다. 그가 대안으로 내놓은 것이 이데아론이다. 이데아를 본 자만이 정치를 해야 한다. 군인은 군인으로서, 생산자는 생산자로서 각자 역할에 충실해야 한다. 마찬가지로 정치는 정치가의 역할이니 정치가에게 맡겨야 한다. 플라톤은 마치 분업하듯이 정치를 오직 정치가에게만 맡겨야 한다고 말한다. 그렇게 하면 공론장에서 대화와 토론을 주고받다가 엉뚱한 결론에 도달할 위험성은 없다. 모든 것이 일사불란하고 평화롭다. (물론 이것이 정말 평화인지, 공포인지 알 수 없지만 말이다.)

플라톤(BC 427~BC 347).
무질서하고 안정되지 못한 행위를 정치에서 제거해야겠다고 생각한
플라톤이 대안으로 내놓은 것이 이데아론이다. 플라톤은 마치 분업하듯이
정치를 오직 정치가에게만 맡겨야 한다고 말한다.

아렌트의 플라톤 비판은 아르케인archein과 프라테인prattein의 분리에서 극명히 드러난다. 아르케인은 '시작하다'와 '지배하다'라는 두 가지 뜻을 지닌다. 시작하는 자가 지배하는 자, 곧 권력자이다. 프라테인은 '실천하다'와 '성취하다'의 두 가지 뜻을 지닌다. 실천하는 자에 의해 성취도 이루어진다. 그리고 고대 아테네에서는 아르케인과 프라테인이 분리되지 않는다. 새로운 시작을 여는 자가 곧 권력자이고 정치적인 실천을 하는 자이며 성취하는 자이다. 그런데 플라톤은 아르케인과 프라테인을 분리한다. 이제 정치적 지배자는 명령하고 그 명령을 받는 피지배자가 명령을 행동으로 옮긴다. 실행해서 성취하는 자는 명령하고 지배하는 자에게 절대적으로 구속되지만, 그 반대는 아니다. 실행하는 자는 명령하는 자의 지시·명령에 고분고분히 순종하거나 '아무 생각 없'어야 한다. (일찍이 플라톤부터 공화국의 시민을 생각 없는 '아이히만'으로 만들고자 노력했던 것이다.)

플라톤의 '국가' 시민은 '대문자의 인간'man writ large이다. 차이는 없고 모두 동질적이므로 신체 개수로는 여럿이지만 하나의 인간이라고 해도 무방하니까 그렇게 부른다. 거대한 기계의 부속품처럼 빈틈과 오차 없이 임무를 수행하는 그들은 결코 스스로 새로운 시작을 하지 못한다. 지시·명령 밖에서 행동한다는 것은 감히 상상도 할 수 없다. 그러니까 '대문자의 인간'은 행위 대신 생산만 하는 존재로 전락한다. 인간은 능동적·주체적으로 '행위'하지 못하고 이데아가 제시하는 기준에 따라서만 '생산'해야 한다. 이데아는 설계도이고 생산자인 '대문자의 인간'은 그 설계도에 따라 생산하는 일만 묵묵히 하는 기계와 같다. 플라톤은 자신의 이상국가의 시민이 '생각 없이' 일만 하는 기계가 되기를 바란다. 그렇게 되면 광장에 나와 시끄럽게 떠들며 정치를 논하는 일도 없을 것이다. (도대체 아렌트의 비판의 칼날은 얼마나 더 날카로워질까?)

인간은 타인과 함께 광장에 나가 말과 행위를 함으로써 정치에 참여한다. 그런데 이 '행위'에도 문제는 있다. 앞서 지적한 바와 같이 예측 불가능성, 불가역성, 익명성이라는 문제가 발생한다. 혁명가가 혁명의 한복판에 있으면서 그 혁명이 앞으로 어떻게 전개될지 알까? 그리고 혁명이 한번 일어나고 나면 다시 혁명 이전의 상태로 되돌릴 수 있을까? 혁명의 진정한 주체인 민중들은 혁명 이후에도 역사서에 기록되지도 않고 그 누구에게 기억되지 않는데 그래도 괜찮을까? 이것을 보면 아렌트가 무조건 '행위'를 긍정적으로 평가하는 것이 아니라는 것을 알 수 있다. 무조건 긍정적인 것은 없다. 모든 인간의 활동에는 긍정성과 부정성 둘 다의 가능성을 지닌다.

인간 앞에 미리 정해진 운명도 없다. 다만 인간은 끊임없이 새롭게 시작하기 위해 나설 뿐이다. 그래서 인간의 '행위'는 '기적'이다. '기적'은 신이 일으키는 게 아니다. 인간이야말로 '행위'를 통해 '기적'을 일으킨다. 인간이 일으킨 '기적'은 '자연적'인 황폐화로부터 세계를 구하고 새로운 탄생, 시작이 있도록 한다. 이 능력이야말로 인간사에 희망과 믿음을 부여한다. 『인간의 조건』에서 아렌트는 인간들이 공론 영역에서 '행위'하는 것은 인간사에 '기적'을 일구는 일이고 새로운 희망을 품는 일이라고 강조한다. (이것은 스토아 철학과 얼마나 닮아 있나? "내 행위의 미래는 예측할 수 없다. '나'는 다만 최선을 다해 실천할 뿐이다.")

4-5 세계 소외, 그리고 지구 소외

아렌트의 눈에 비친 근대 이후 인류는 어떠할까? 다수 대중은 사적 소유를 박탈당하고, 그 대신 부르주아 계층만 급격하게 부유해졌다. 다수 대중은 빈곤한 노동자로 내몰리고, 그로 인한 세계 소외가 심각한 지경이다. 다수 대중은 빈곤에 시달리며 노동력을 착취당하다 보니, 감히 공론 영역에 나아가 자기만의 정치적 견해를 피력할 엄두도 못 낸다. 이것이 세계로부터의 소외이다. 그러니까 마르크스가 말한 '자기 소외'는 '세계 소외'로 고쳐져야 한다. 떳떳한 시민의 한 사람으로서 공적 세계에 나아가 타인과 대화하거나 토론할 수 없는 다수 대중은 세계로부터 고립된 것이지 자기로부터 고립된 것이 아니기 때문이다. 아렌트는 근대 이후의 인류에 대해 언급하면서 동시에 마르크스의 소외 개념도 수정한다.

고대의 아르키메데스는 자기에게 지구 밖의 한 점을 준다면 지구조차 지렛대로 들어서 옮길 수 있다는 말을 한다. 이것은 기하학적인 세계관에서 나온 발상인데, 막상 근대에 들어와 인류는 '아르키메데스의 점'을 현실로 만들고 있지 않느냐고 아렌트는 반문한다. 인간은 이제 지구 위에 있으면서도 지구 위에 있지 않다. 지구 밖 우주의 한 점 위에서 지구를 바라보는 듯이 행동한다. 천체 망원경을 통해 먼 우주까지 여행하거나, 유전공학을 통해 생명 그 자체를 설명하거나, 낯선 우주의 힘을 지구 안에 들여와 자연 생태계를 위험에 빠뜨리니, 이 모든 일은 지구 위 인간의 짓이라고 할 수 없다. 지구 밖 아르키메데스의 점 위에서 한 일이다. 마침내 인간은 '세계 소외'를 넘어 '지구 소외'에 이르고 말았다.

그렇다면 인간의 지구 소외는 언제 시작되었을까? 아렌트는 대수학의 발전에 주목한다. 기하학geometry은 원래 지구를 측량하는 학문이다. 그런데 근대에 들어와 대수학이 발전하면서 모든 기하학은 수학이 된다. 즉 근대 인간은 지상의 감각 자료와 운동을 수학 기호로 환원해 버린다. 이것은 플라톤이 먼저 수학적 세계에 다다른 후에야 이데아계에 이를 수 있다고 한 말과 관련 있다. 이제 인간은 감각적이고 경험적인 지구를 초월하여 수학적 세계로 진입한 후, 오로지 수학의 눈으로 지구 위를 바라보고 모든 것을 수학적 원리로 환원해 버리는 것을 당연시하는 지경에 이른다. 인간의 지구 소외는 인간 스스로 무덤을 파서 그 무덤 속으로 기어들어 간 꼴이다.

데카르트의 분석적 기하학도 마찬가지이다. 자연과 세계의 연장 실체res extensa를 모두 기하학적 공식으로 표현할 수 있다는 것은 인간 이외의 모든 것을 인간의 정신 구조와 동일한 유형으로 환원하고 번역할 수 있다는 의미이다. 모든 현상들은 수학적 질서로 환원될 수 있는 한에서만 구제되며, 감각적이고 경험적인 자료들은 인간의 정신의 척도로 환원되어야만 설명될 수 있다. 이것은 데카르트의 "회의할 수 있는 모든 것을 회의하라"de omnibus dubitandum est는 명제로부터 나온다. 그의 유명한 명제 "생각한다, 고로 존재한다"cogito ergo sum는 "회의한다, 고로 존재한다"dubito ergo sum로 번역해야 한다. 진리나 현실은 데카르트를 포함한 근대인에게 현상으로 주어져 있지 않다. 현상을 제거하고서야 참된 지식 언저리에 닿을 수 있다. 그렇다면 현상 세계가 온통 의심스러워 수학의 보편 세계에 갇혀 버린 데카르트는 세계 소외, 지구 소외를 겪고 있다고 보아야 한다. (데카르트조차 아렌트의 예리한 눈길을 피할 수 없다.)

데카르트의 '코기타티오'cogitatio는 '자기반성'cogito me cogitare이라고 풀이할 수 있다. 즉 생각하는 나를 생각한다. 이

르네 데카르트(1596~1650). 그의 유명한 명제 "생각한다, 고로 존재한다"는 "회의한다, 고로 존재한다"로 번역해야 한다. 진리나 현실은 근대인에게 현상으로 주어져 있지 않다. 현상을 제거하고서야 참된 지식 언저리에 닿을 수 있다. 그렇다면 현상 세계가 온통 의심스러워 수학의 보편 세계에 갇혀 버린 데카르트는 세계 소외, 지구 소외를 겪고 있다고 보아야 한다.

러한 자기반성은 끝날 수 없다. 그래서 데카르트는 모든 인간들이 공동으로 살고 있는 이 세계에서 스스로 완전히 퇴출되어 버린다. 이성은 이제 공동 세계의 공통감과는 아무런 상관없는 정신 내적인 능력이다. 자기 정신에 갇혀서 생각하고 반성하고 추론하는 일만 거듭한다. 다시 말해서 근대 이후 인간은 동물적 오감의 공동 세계로부터 떨어져 나와 '진정한' 이성적 동물이 된 것이다. 아렌트가 보기에, 인간의 신체는 지구 안에 살지만 인간의 정신은 지구 밖 우주의 '아르키메데스의 점' 위에 있다. 데카르트가 아르키메데스의 점을 인간의 정신 속에 옮겨 놓았으니 말이다. 동굴 속에서 고개를 돌려periagôge 이데아의 정신세계로 나가 버린 것이나 뭐가 다른가?

아렌트의 데카르트 비판은 벤담에게로 이어진다. 벤담의 '최대 다수의 최대 행복'이 실현되려면 '고통과 쾌락의 계산법'이 가능해야 한다. 쾌락에서 고통을 뺀 총량이 많아야 인간은 행복하다. 그렇다고 이때의 행복이 공동체적 행복인 것은 아니다. 고립된 채 '행복한' 개인이 최대 다수인 것을 지향한다. 그러므로 이 행복은 공동 세계나 공통감과 상관없는 개인이 자기 내적으로만 느끼는 행복이다. 벤담의 공리주의는 애초에 세계로부터 소외된 인간을 전제로 한다. 그의 행복은 지극히 정신 내에 고립된 것인데도 객관적으로 계산될 수 있다고 주장하니 자기모순에 빠질 수밖에 없다. 공동체로부터 소외된 인간이 이기적 행복을 누린다면 과연 그것을 행복이라 할 수 있는지, 그렇게 병적으로 '행복한' 인간이 최대 다수가 된다 한들 무슨 의미가 있는지 아렌트는 묻고 있다.

결국 벤담이 생각한 인간의 행복은 자기 신체의 생존을 지속하는 것과 연관된다. 인간이 가장 이기적일 수 있는 지점이 생존에 있기 때문이다. 그리고 행복의 총량을 객관적으로 셀 수 있는 이유도 그 대상이 신체의 생존을 지속하는 데에 필요한 물질적인 것이거나 경제적인 것이기 때문이다. 벤담은 무의식중에 인간을 노동하는 존재로 만들어 버렸다. 오직 생존의 문제에만 매달려 '노동'할 뿐 '작업'하거나 '행위'하는 것을 기대할 수 없다. 마르크스가 '노동'하는 인간을 공론 영역에 끌고 나왔지만, 그들은 공동체적 세계 건설에는 관심이 없다. 공론 영역에서도 그들은 자신과 가족의 행복 문제에만 관심을 두기 때문이다. 이런 인간들만 들끓는 현대사회는 언제든지 무수한 '아이히만'을 배출할 수 있다. 아렌트의 『인간의 조건』은 이미 『예루살렘의 아이히만』으로 이어질 다리를 준비해 두었다고 볼 수 있다.

제러미 벤담(1748~1832). 벤담의 공리주의는 애초에 세계로부터
소외된 인간을 전제로 한다. 공동체로부터 소외된 인간이 이기적 행복을 누린다면
과연 그것을 행복이라 할 수 있는지, 그렇게 병적으로 '행복한' 인간이
최대 다수가 된다 한들 무슨 의미가 있는지 아렌트는 묻고 있다.

4-6 논술 속 아렌트 : 인간은 노동에서 해방될 수 있을까?

2020학년도에는 두 개 학교에서 동시에 한나 아렌트를 논술 문제로 출제한다. 게다가 그 두 학교의 논술 문제가 모두 『인간의 조건』과 관련 있다. 부산대는 아렌트의 '현상의 공간'과 관련된 논술 문제를 출제했다. 중앙대는 노동과 작업을 대비한 논술 문제를 출제했다. (여기서는 중앙대 문제를 다뤄 볼 생각이다.)

박이문 교수의 글 「일」에 소개된 한나 아렌트의 노동과 작업에 대한 비교를 바탕으로 헨리 데이비드 소로의 「월든」에 나오는 일에 대해 설명하라는 문제가 첫 번째이다. 정약용의 시 「보리타작」에 나오는 '일의 기쁨과 보람'에 도달하기 위해 필요한 조건을, 아렌트와 「효율 임금 이론 : 임금의 크기가 노동의 질을 결정한다」라는 글에서 찾아보라는 것이 두 번째 문제이다. 김언수의 소설 「캐비닛 — 토포러」를 제시해 놓고 , 애덤 스미스의 『국부론 — 노동의 임금』을 이용해서 '토포' 상태에 이르게 된 원인을 설명하라는 것이 세 번째 문제이다. 그리고 마지막으로 소설의 주인공 '허 씨'가 '토포' 상태에 빠지는 문제를 해결하기 위해 스미스의 『국부론』과 「일과 여가의 균형의 중요성」(이동환 외)을 통합적으로 고려해서 논술해보라고 요구한다.

박이문의 글 「일」은 아렌트의 노동과 작업을 모두 '일'이라는 용어로 포괄한다. 그리고 노동과 작업을 '고역'과 '작업'으로 각각 번역한다. 작업이나 고역, 둘 다 인간의 노력, 땀과 인내를 수반하면서도 특정의 결과를 목적으로 한다는 점에서 공통된다. 그러나 작업은 자발적이고 능동적이지만, 고역은 의타적이고 피동적이다. 작업은 창조적 활동이지만, 고역은 기계적 활동이다. 회초리를 맞으며 노를 젓는 노예들의 활동은 분명 고역이다. 그것은 인간의 존엄성을 높이지 않기 때문이다. 위생적으로나 육체적으로 견디기 힘든 환경 속에서 박한 보수를 받으며 고되게 하는 일은 고역이지 작업일 수 없다. 그래서 작업과 고역은 단순히 정신적인 노고와 육체적인 노고의 차이라고 볼 수 없다. 학자의 학문 연구조차 얼마든지 고역이 될 수 있기 때문이다. 반대로 육체노동이라 하더라도 자신의 적성에 맞고 보람을 느낄 수 있는 일이라면 고역이 아니라 작업이기 때문이다. 결국 작업이냐 고역이냐를 가르는 기준은 그것이 인간의 존엄성을 높이고 자율성을 보장하느냐에 달려 있다. 박이문은 아렌트의 '노동'과 '작업' 개념을 아주 정확하게 요약·설명하고 있다.

그런데 이러한 구분은 아렌트가 처음 한 것이 아니다. 고대 아테네 때부터 노동과 작업은 명확히 구분된다. 헬라어에서는 노동을 '포네인' ponein이라 하고 작업을 '에르가제스타이' ergazesthai라고 하여 구분한다. 라틴어에서도 노동은 '라보라레' laborare이고, 작업은 '파케레' facere이다. 하물며 영어에서조차 레이버 labor와 워크 work로 구분된다. 이들은 하나같이 고통이나 수고의 여부로 나누어진다. 노동은 생존의 필연성 문제를 해결하기 위한 활동이므로, 어쩔 수 없이 하는 일이고 절박하게 하는 일이다. 자본가는 노동자의 생존적 절박함을 약점으로 잡아 그의 노동력을 착취한다. ("뼈 빠지게 일해라. 그러면 밥은 먹여 주마.")

내가 그 일을 하더라도 그 일의 결과는 '나'라는 존재를 그 일의 주체로 부각시키지 않는다. 실컷 그 일을 했는데 그 일의 결실은 자본가가 가져가서 잉여를 축적하는 수단으로 써 버린다. 노동을 하더라도 노동자는 전혀 기쁨이나 보람을 느끼지 못한다. 마지못해 노동하다 보니 스스로 숙고 to bouleutikon하거나 앞날을 예견proairesis할 필요도 없다. 주인의 지시대로 노동하는 노예는 그런 일을 할 필요가 없기 때문이다. 그래서 노동하는 동물Homo laborans로서의 존재는 작업하는 인간Homo faber과 전혀 다르다. 라틴어에서 '오페라이'operae는 노예가 노동한 결과물이고, '오푸스'opus는 작업자의 작품이다. 둘 사이에는 '프루덴티아'prudentia, 즉 신중한 판단 능력의 여부로 차이가 생긴다. 장인 작업자가 능동적 주체가 되어 작업하기 위해서는 당연히 신중하게 판단해야 한다. 작업의 결과물은 '나'를 돋보일 것이기 때문에 '나'는 신중에 신중을 기한다.

그러나 현대로 오면서 인간에게는 더 이상 작업이라 할 만한 게 남아 있지 않다. 예술가가 하는 창작 행위가 그나마 작업이라 할 수 있다. 그런데 앤디 워홀 같은 현대 미술가는 자신의 작업장은 '팩토리'factory라고 표현함으로써 자신의 예술 창작이 작업이 아니라 공장에서 노동자가 하는 '노동'이라고 주장한다. 실제로 워홀은 공장의 분업 체계에 맞추어 실크 스크린 작품을 찍어 낸다. 분업 체계는 노동자가 하는 일이 근본적으로 '작업'이 되지 못하게 한다. 사실 그는, 거대 자본주의 체제가 이제는 예술조차 '작업'이 아니라 '노동'으로 전락시켜 버린다고 비판하고자 한다. 생산 결과물의 전체를 '나'

혼자 도맡아서 하는 것이 아니라 여러 명의 노동자가 부분, 부분 참여하니 아무도 주인이 되지 못하는 비참한 현실을 풍자한 것이다.

기계의 발달도 마찬가지이다. 자본가는 24시간 부려먹을 수 있는 노예를 발명해서 생물학적 노예인 인간을 퇴출시킨다. 자본주의 체제는 인간의 능동적이고 주체적인 작업을 모두 노동으로 바꾸어 버리더니, 이제는 노동해서 생계 문제나 생존 문제를 해결할 수 있는 기회조차 박탈한다. 인간 노동자는 '짤리지' 않으려면 더 높은 강도로 일하고 더 낮은 임금을 견뎌야 한다. 그것을 견디다 보면 김언수의 소설 「캐비닛 — 토포러」의 주인공 '허 씨'처럼 '토포' 상태에 빠진다. '토포러'torporer는 매우 긴 잠을 자는 사람을 말한다. '토포'torpor가 무기력하거나 혼미한 상태를 뜻하며, 원래는 온혈동물이 동면 상태에 빠지는 것을 의미하므로, '토포러'는 에너지가 방전되어 동면하듯 긴 잠을 자는 인간을 지칭한다. 짧게는 두 달에서 길게는 이 년 동안 먹지도 깨지도 않은 채 잠만 잔다.

그들은 곰도 아니면서 왜 긴 잠이 든 것일까? 소설의 주인공 '허 씨'는 가스 설비 부품 회사의 사장이다. 마지막 플랜트

부품 계약을 남겨 놓고 엄청난 스트레스에 시달린다. 직원들과의 관계도 원만하지 않다. 야단치고, 싸우고, 성질도 많이 낸다. 그래도 직원들이 잘 안 따라 준다. 잠도 오지 않는다. 그러다가 결국 프로젝트는 실패하고 만다. 죽고 싶다. 짐을 챙겨 예전에 낚시하러 다니던 곳에 있는 오두막에 들어가서 잠이 든다. 무려 172일 동안 깨어나지 않는다. 깨어난 '허 씨'는 새로 태어난 기분이다. 그렇지만 돌아온 일상은 완전히 엉망진창이 되어 있다.

2020학년도 중앙대는 스트레스 과잉 상태의 현대인이 '토포' 상태에 빠지는 원인을 애덤 스미스의 『국부론』을 통해 추리해 보라고 요구한다. 스미스는 성과급제가 어떤 파급 효과를 미치는지에 대해 말하고 있다. 성과에 따라 급여를 차별하니 노동자들은 좀 더 많은 임금을 받기 위해 과도하게 일을 한다. 그래서 건강을 해치는 경우가 허다하다. 이것은 새로운 비효율을 낳는다. "일주일 중 나흘 동안 지나치게 일에 몰두한 것이 나머지 사흘을 빈둥거리"게 만들기 때문이다. 인간은 노동을 하고 난 후 적절한 휴식을 취해 주어야 지속적인 건강을 유지할 수 있다. 그리고 건강을 유지해야 꾸준히 노동에 전념할 수 있다. 꾸준한 노동이 그 노동자의 안정적인 수입을 보장한다. 이것은 국가 전체로 봐도 좋다. 자본주의 국가가

애덤 스미스(1723~1790). 스미스는 아렌트가 비판하는 자본가의 전형이다.
노동자를 인격을 가진 존엄한 존재로 보지 않는다. 그가 가진 노동력에만 관심이 있다.
노동자의 노동력을 상품으로 구매해서 얼마나 많은 자본을
축적할 것인지를 계산하는 데에 바쁘다.

필요로 하는 노동력을 지속적이고 안정적으로 공급하니 경제 발전과 자본 축적을 도모할 수 있다.

애덤 스미스는 겉으로 노동자의 건강을 걱정하는 것 같다. 하지만 실제로는 국가의 부와 자본가의 자본 축적을 걱정한다. 국가가 부유해지고 자본가가 자본을 축적하려면 노동자의 지속적이고 안정적인 노동력 제공이 필수적이다. 그리고 노동력을 안정적으로 확보하려면 노동자가 지속적으로 건강을 유지할 수 있어야 한다. 그런데 성과급제를 시행했더니 어리석은 노동자들이 단기적으로 높은 임금을 받기 위해 건강을 해치면서까지 과로하더란 것이다. 그것이 노동력의 안정적 확보를 그르치고 궁극적으로 자본주의 시장 발전을 가로막는다고 비난한다. (스미스는 기본적으로 노동자를 '덜떨어진' 존재로 보는 경향이 있다.)

스미스는 아렌트가 비판하는 자본가의 전형이다. 노동자를 인격을 가진 존엄한 존재로 보지 않는다. 그가 가진 노동력에만 관심이 있다. 노동자의 노동력을 상품으로 구매해서 얼마나 많은 자본을 축적할 것인지를 계산하는 데에 바쁘다. 스미스야말로 노동자의 노동 소외를 일으키고, 노동자로 하여금 일의 주체가 되지 못하게 만드는 사람이다. 노동자는 결코 스미스 같은 자본가 아래에서 자발적이고 능동적으로 노동할 수 없다. (그런데 2020 중앙대는 '허 씨'같이 과도한 스트레스 때문에 '토포' 상태에 빠지는 문제의 원인과 해결책을 스미스에게서 찾아보라고 요구한다.)

스미스는 과도한 경쟁과 노동에서 벗어나서 휴식을 취하라고 권한다. 여가 생활, 오락 등을 즐기며 노동의 피로를 풀라는 것이다. 그래야만 지속적인 건강을 유지할 수 있으니까 말이다. 하지만 스미스가 권하는 '휴식'으로는 '허 씨'의 문제를 근본적으로 해결하지 못한다. 스미스가 권하는 '휴식'은 지속적으로 노동력을 유지하기 위한 임시방편이기 때문이다. '휴식'은 스트레스를 조금 완화해 줄 뿐 근본적인 스트레스 해소 효과는 없다. '허 씨'의 '휴식'은 '휴식'이 아니다. 내일 출근해서 할 일에 대한 걱정이 머리를 떠나지 않는데 그게 무슨 휴식인가?

게다가 '허 씨'는 '휴식'을 권하는 스미스에게 이렇게 대꾸할 것이다. 속된 말로 "쉬면 누가 밥 멕여 주나?" 생계와 생존의 절박성 문제가 전혀 해결되지 않은 상태인데 다짜고짜 '휴식'하라고만 하면 어쩌란 말인가? 생계 문제 때문에 늘 쫓기는 기분으로 살 수밖에 없는데 과로하지 말고 쉬라니! 이 말은 하층 노동자 입장에서는 '과로하지 말고 굶어죽으라'는 말로 들린다. 결론적으로 스미스의 '휴식'은 적절한 대안이 될 수 없다. '허 씨'는 스미스의 '휴식' 다음날 바로 '토포' 상태에 빠질 수도 있으니까 말이다.

물론 2020학년도 중앙대는 국가가 나서서 노동시간을 줄이고 임금은 더 받도록 제도를 고치면, 노동자가 더 많은 휴식을 즐길 수 있고 과도한 스트레스에서 벗어날 수 있다는 취지에서 이 문제를 출제했다. 그러나 노동과 관련된 본질적인 문제를 간과한 면이 없잖아 있다. 노동자가 비참한 이유는 근본적으로 '작업'을 하는 것이 아니라 '노동'을 하기 때문이다. 박한 임금을 받으면서도 고강도의 노동을 해야 생계를 겨우 해결할 수 있는 처지이기 때문이다. 그리고 스스로 숙고하고 판단하고 결정해서 일하는 것이 아니라 다른 사람의 지시에 따라 타율적이고 강제적으로 일해야 하기 때문이다.

그래서 노동에 따른 '토포' 문제를 해결할 수 있는 근본적인 해결책은 '노동'을 '작업'으로 바꾸는 일이다. 일을 하더라도 능동적이고 주체적으로 해서 일의 결과물에 대해 온전히 기쁨과 보람을 느낄 수 있으면 '토포' 문제는 자연스럽게 해결된다. 아렌트가 이미 '토포' 문제의 해결책을 암시했는데도 안타깝게도 2020 중앙대는 전혀 엉뚱한 데에서 해결책을 찾는다. 노동자가 여가 생활을 통해 자아 성장, 건강 증진, 스트레스 해소, 자아 존중감 회복을 이루어 내었다고 치자. 다시 공장의 컨베이어벨트 앞에 서면 비참한 노예나 기계로 되돌아간다. 여기서 여가는 노동자가 노예 생활을 지속적으로 하도록 만드는 '진통제'에 불과하다.

그러자 2020 중앙대는 새로운 대안을 제시한다. 헨리 데이비드 소로의 『월든』 일부분을 인용해서 이상적인 '일'이 무엇인지 보여 주고자 한다. 소로가 월든 호숫가에 가서 혼자 오두막을 짓고 산다. 벽을 붙이는 일, 두 수레분의 돌을 나른 일, 굴뚝의 토대를 쌓는 일, 밭일, 빵 굽는 일 등 혼자서 모든 일을 한다. 이렇게 '개고생'하는데도 그는 불행하거나 고통스럽지 않다. 오히려 소로는 자기 인생의 온전한 주인이 되었다고 느낀다. 이렇게 사는 것이 자기 삶을 주체적이고 능동적으로 사는 방법이라고 느낀다. 거대 자본주의 도시 속에서는 결코 '나'는 나의 삶의 주인이 될 수 없다. 그곳에서는 무슨 일을 하든지 주체적·능동적으로 일을 할 수 없기 때문이다. 고역에 시달리더라도 더 많은 돈을 벌어야 한다는 강박관념에서 벗어나지 못하니 괴로울 수밖에 없다.

소로는 '개고생'해서 일하지만 그 모든 것이 자신의 주체적 결단에 따른 것이므로 전혀 힘들지 않다. 소로 입장에서는 그런 듯하다. 하지만 아렌트가 보기에 소로의 삶은 조금 문제가 있다. 그가 월든 호숫가에 오두막을 짓지 않으면 비바람과 추위를 막지 못하고 죽을 것이다. 열심히 밭일을 하고 그 수확물을 거두어 빵을 굽는 수고를 하지 않으면 굶어 죽을 것이다. 즉, 소로가 월든 호숫가에 감으로써 주체적이고 능동적인 삶을 살게 되었는지는 모르겠지만, 생존의 필연성에서 완전히 벗어났다고 할 수는 없다. 그래서 그는, 아렌트의 관점에서 볼 때, 제작하는 동물Homo faber이 아니라, 여전히 노동하는 동물Homo laborans에 머물러 있다고 평가할 수밖에 없다. (아렌트의 눈엔 안타깝게도 소로가 '이상적인 일의 본보기'라고 하기엔 미흡하다.)

아렌트가 '행위'act를 가장 상위의 인간 활동으로 치는 것도 바로 이 점과 관련된다. 아무리 주체적이고 능동적으로 일한다고 하더라도 그것이 노동인 이상 비참함에서 벗어나기가 쉽지 않다. 일시적으로 벗어났다가도 금세 노예의 모멸스러움에 다시 빠지게 된다. 게다가 소로가 다른 인간들과의 관계를 끊은 것도 문제이다. 인간은 역시 아리스토텔레스의 '조온 폴리티콘'zoon politicon이다. 혹은 인간은 역시 아렌트가 말

헨리 데이비드 소로(1817~1862).
소로가 월든 호숫가에 감으로써 주체적이고 능동적인 삶을 살게 되었는지는 모르겠지만, 생존의 필연성에서 완전히 벗어났다고 할 수는 없다. 그래서 그는, 아렌트의 관점에서 볼 때, '제작하는 동물'이 아니라, 여전히 '노동하는 동물'에 머물러 있다고 평가할 수밖에 없다.

한 '인간관계의 그물망', '다수성' plurality 속에 있어야 한다. 작은 공동체를 이루어서, 그 속에서 평등하면서도 차이 나는 사람들이 대화하고 토론해서 그 공동체를 발전시켜야 한다. 소로처럼 혼자 호숫가로 가 버려선 안 된다.

또한 2020 중앙대는 정약용의 시 「보리타작」에서 이상적인 노동의 모습을 찾으려 한다. 정약용은 농민들이 함께 어울려 '보리타작'하는 광경을 묘사한다. 노동하는 중간에 참으로 먹을 막걸리는 새로 걸러서 젖빛처럼 뿌옇다. 큰 사발에 한 자 높이로 담아 놓은 보리밥을 보고 만족스러움을 느낀다. 밥을 다 먹고 난 후 도리깨를 잡고 보리타작하는 농민들의 어깨가 햇빛에 검게 번쩍이는 모습을 보고 노동의 기쁨이 느껴진다. '옹헤야'라는 노동요의 소리에 맞춰 함께 노동하니 보리타작을 금세 끝낼 수 있다. 그래서 그들은 고된 육체노동으로 인해 몸이 피곤할지 모르지만, 마음은 기쁨에 넘쳐서 전혀 피곤함을 모른다고 정약용은 평가한다.

하지만 아렌트의 관점에서 볼 때 이 시에 나오는 노동의 모습은 결코 이상적이지 않다. 아예 아렌트는 '이상적인 노동'이란 말은 모순형용이라고 말한다. 즉, '이상적인'은 '노동'을 수식할 수 없다. 노동은 생존의 필연성 때문에 어쩔 수 없이 하는 것이므로 고되고 비참할 뿐이다. 정약용 자신은 노동에 전혀 참여하지 않고 멀리서 지켜보면서, 그들의 노동이 보람차고 행복하다고 일방적으로 규정해 버린다. 그들이 노래 부르는 것은 사실 노동의 고통을 잊기 위한 '마취제 투여'일 가능성이 높다. 새참으로 막걸리를 마시는 것도 술에 취해 고통을 잊고 싶어서이다. 고된 노동을 하려면 쌀밥은 못 먹더라도 '고봉' 보리밥이라도 먹어야 하지 않겠나? 그들의 번쩍이는 검은 어깨는, 정약용에게는 노동의 기쁨으로 보이겠지만, 사실 오랜 시간 햇볕 아래에서 고된 노동에 시달렸다는 증거이다.

만약 아렌트가 정약용을 만난다면 이렇게 충고할 것이다. "약용, 노동하는 그들 밖에서 일방적으로 그들이 기쁘고 행복하다고 규정하는 것은 막상 그들에게 아무런 도움이 되지 않아. 그딴 시는 그만 쓰고 먼저 그들과 평등하고 차이 나는 관계의 그물망을 형성하기 위해 노력하길 바라네. '다수성' 속에서 약용 그대와 농민들이 함께 대화하고 토론할 수 있는 관계가 되기 전에는 결코 그들의 비참함을 이해할 수 없을 거야. 그리고 그들의 노동을 찬양할 것이 아니라 어떻게 하면 그들이 노동의 고통에서 벗어날 수 있을지를 모색해야 해."

물론 2020 중앙대는 아렌트의 관점에서 여러 다양한 '노동'의 경우를 논평하라는 취지의 논술 문제를 출제한 것이 아니다. 2020 중앙대는 지극히 한국 교과서 수준에서 '노동' 문제에 접근한다. 그 와중에 아렌트도 참조 사항으로 언급된 것뿐이다. 한국 교과서는, 그리고 2020 중앙대는 인간이 본질적으로 노동할 수밖에 없는 존재라는 대전제를 깐다. 어쩔 수 없이 노동해야 한다면 즐겁고 행복하게 노동할 수는 없을까? 노동의 스트레스를 적절히 풀어서 지속적으로 노동할 수는 없을까? 타율적·강제적으로 노동하는 것이 아니라 자율적·능동적으로 노동할 수는 없을까? 이것이 한국 교과서와 2020 중앙대가 가지는 근본적인 취지이다.

그런 면에서 한나 아렌트는 '너무 나간' 감이 없잖아 있다. 그는 인간이 '노동'으로부터 해방되는 것뿐만 아니라 '작업'을 넘어 정치적 참여 '행위'를 하는 상태를 꿈꾼다. 아마 아렌트 본인조차 이 꿈이 너무 멀리 있다는 것을 알았을 것이다. 그렇다고 하더라도 아렌트의 꿈은 아렌트만의 허황된 꿈에 그치는 것이 아니라, 인류 사회가 언젠가는 도달해야 할 미래이다. 이것이 바로 철학자가 해야 할 주요 과업이다. 아렌트는 지금 당장 그런 사회가 될 것이라고 기대하지 않는다. 지금 당장은 오히려 암울하기만 하다. 그러나 궁극적으로 도달해야 할 목표가 분명해야 지금 당장의 암울함을 참고 이겨 낼 수도 있다. 게다가 희망과 의지는 그런 미래의 꿈을 품을 때 생긴다.

5장

아이히만이
보여 준
‘악의 평범성’

5-1 정의를 실현할 듯한 집

아렌트의 『예루살렘의 아이히만』은 1961년 『뉴요커』에 실린 기사를 수정·보완한 것이다. 아르헨티나에 숨어 있다가 잡힌 전범 아돌프 아이히만을 심판하기 위해 예루살렘에서 재판이 열리는데, 이곳을 아렌트가 취재 기자 신분으로 들어가 방청한 후 쓴 기사를 『뉴요커』에 게재했다가 다시 책으로 엮은 것이다. 이 책은 첫 문장부터 '살벌하게' 시작한다. "베스하미쉬파스!"Beth Hamishpath 이것은 법정 정리가 곧 재판이 열리니 모두 자리에서 일어나, 들어오는 재판관에게 예의를 표하라고 엄격한 목소리로 외친 것이다. 이 말은 '정의의 집'이라는 히브리어이다. 그 목소리에 따라 방청석의 모든 사람도 일어나고 재판관도 등장한다. 그들은 모두 독일어를 잘 아는 독일계 유대인인데도 오직 히브리어로만 재판을 진행한다.

(2011 홍익대 : '아이히만'의 법정과 '카프카'의 법정 비교)

아렌트는 법정 정리의 이 크고 웅장한 목소리를 들으며, 이

곳이 정의를 실현할 법정이 되도록 만들려는 그들의 '억지 노력'을 간파한다. 사실 그곳은 예루살렘에 새로 지은 민중의 전당Beth Ha'am이란 이름의 강당인데 원래는 오케스트라 연주를 하던 곳이다. 그런 곳을 재판정으로 만든 이유는 뻔하다. 아이히만을 데리고 한바탕 멋진 쇼를 하려면 이 정도로 웅장한 건물이어야 한다. 이 쇼를 위한 구상은 당연히 이스라엘 수상 벤구리온의 머리에서 나온다. 그러니까 아렌트가 보기에 '아이히만의 예루살렘 재판'은 대량 학살자에 대한 진지하고 엄숙한 재판이 아니다. 애초에 아이히만을 예루살렘에 데려와서 재판하는 것은 정치적 쇼이다. (아렌트의 비판은 여기에서도 사정없다.)

이 재판은 막상 정말 중요한 문제에 대해서는 별로 관심이 없다. "유대인 대량 학살은 왜 일어났는가", "다른 나라들은 왜 가만히 있었는가", "독일의 동맹국들은 유대인 대량 학살에 책임이 없는가", "유대인은 왜 자기 파괴에 협조했는가", "유대인들은 왜 도살장으로 끌려가는데도 순한 양처럼 고분고분했는가" … 이 재판은 오직 아돌프 아이히만이 저지른 만행에만 집중하고 그를 '악마'로 규정하는 데에만 관심을 기울인다. 아렌트는 재판을 방청하며 혀를 끌끌 찬다. 이스라엘인들은 자신들이 '악마'에게 당한 선량한 피해자라는 이미지를

벤구리온(1886~1973). 이스라엘 수상 벤구리온은
예루살렘에서 재판해야 할 정당한 이유를 이렇게 설명한다.
"전 세계가 유대인 대량 학살에 대해 알기를 원한다. 그리고 나치 독일뿐만 아니라
얼마나 많은 사람들이 유대인들에게 적대적이었는지 알기를 원한다."

전 세계에 선전하기 바쁘다. 정작 대량 학살의 본질적인 문제점을 들여다보고, 인류사에서 이런 비극이 두 번 다시 일어나지 않도록 하려면 어떻게 해야 하는지에 대해서는 전혀 관심이 없다.

아렌트는 아이히만을 보고 이렇게 묘사한다. 중간 정도의 체격, 호리호리한 중년, 근시에 희끗희끗한 머리, 고르지 않은 치아, 가는 목을 의자 쪽으로 길게 젖힌 너무도 평범한 아저씨! 어떻게 저토록 평범한 사람이 그런 끔찍한 대량 학살을 저질렀단 말인가? 아렌트가 이 문제에 집중하고 있는 중에도 재판은 자꾸만 엉뚱한 방향으로 흘러간다. 검사는 재판 기간 동안 기자회견을 하거나 부동산 광고로 중간 중간 끊기는 TV 인터뷰를 하느라고 바쁘다. 인류사에서 중차대한 문제를 파헤칠 좋은 기회라고 생각해서 미국에서 이스라엘까지 건너온 아렌트 입장에서는 실망스럽기 그지없다.

아렌트가 보기에, 애초에 아이히만의 재판은 예루살렘에서 이루어져서는 안 된다. 아이히만은 유대인을 대량 학살했지만 그 범죄는 인류 전체를 향한 것이므로, 인류 전체의 이름으로 재판이 열려야 한다. 이스라엘에서 재판이 열리는 문제에 대한 정당성을 검사는 이런 말로 설득하려 한다. "유대인은 어떤 인종차별도 하지 않기 때문이다." 하지만 이 말도 전혀 설득력이 없다. 유대교의 법은 '유대인 어머니의 자식은 다른 민족과 결혼하지 못하도록' 한다. 과거에는 유대인 여성이 재산을 상속받지도 못했다. 이런 랍비의 법에 대해 이스라엘 사람들 대부분이 당연한 듯이 동의한다. 즉 유대인도 유대교 법에 따라 오랜 세월 동안 차별을 당연한 듯 해 왔다. 그러니 검사는 거짓말을 하는 것이고, 예루살렘에서 열리는 아이히만 재판의 정당성은 전혀 없으며, 정의는 결코 실현될 수 없다. 이 재판은 재판으로서의 권위와 정당성이 전혀 없다. (아렌트는 자신이 유대인이면서도 이런 글을 거침없이 쓴다. 그 용기에 감탄할 뿐이다).

이스라엘 수상 벤구리온은 예루살렘에서 재판해야 할 정당한 이유를 이렇게 설명한다. "전 세계가 유대인 대량 학살에 대해 알기를 원한다. 그리고 나치 독일뿐만 아니라 얼마나 많은 사람들이 유대인들에게 적대적이었는지 알기를 원한다." 아렌트가 보기에, 이런 설명은 전혀 타당하지 않다. 유대인 대량 학살이 일어나기 전에는 나치와 유대인 지도자들 사이가 매우 돈독했다. 그들은 서로 적대하지 않았다. 현실적인 이익을 주고받기 위해 나치와 유대인 지도자들은 협조적인 태도를 취했다. 대량 학살이 벌어지자 그때서야 유대인 지도

자들이 나치를 보고 친구인지 적인지 헷갈려 한다. 게다가 벤구리온의 말대로라면 유대인은 다른 사람과 다른 특별한 존재이다. 유대인은 종족 중의 종족이 되어 버린다. 이것은 아렌트가 주장한 '인간의 다수성'에 어긋난다. 모든 인간은 서로 차이 나면서도 평등한 관계의 그물망을 형성해야 한다.

정의의 심판인 듯 보이는 이 재판이 사실 전혀 정의를 실현하지 못한다고 아렌트는 지적한다. 아이히만 재판이 열리자 나치와 협력적 관계에 있던 이슬람주의자들은 공공연하게 아이히만을 연민하고 동정한다. 카이로의 한 방송은 "세계대전 중 독일 비행기가 단 한 대도 유대인 거주지에 폭탄을 투하하지 않았다"고 불평한다. 그들은 어쩌면 아이히만보다 더 유대인에게 적대적이다. 그런데도 벤구리온은 그들은 심판하지 못하고 오로지 아이히만만 정의의 이름으로 심판하려 한다.

게다가 이스라엘이 독일 연방공화국으로부터 737만 달러나 되는 배상금을 받았다는 이유로, 벤구리온은 아데나워 서독 수상을 두고 '격조 높은 사람'이라는 칭찬을 아끼지 않는다. 아이히만의 체포로 인해 독일 내에 수많은 대량 학살 직접 책임자가 드러났는데도 벤구리온은 그들에 대한 처벌을 독일 정부에 요구하지 않는다. 벤구리온이 정말 정의를 실현하고 싶으면 독일로부터 돈도 받지 말았어야 하며, 독일 정부에다 독일 내 전범들을 색출해서 처벌하라고 요구했어야 한다. 아렌트가 보기에 이것은 유대인만의 문제가 아니다. 인류 전체가 윤리적인 기만성을 지닌다.

5-2 아이히만은 악마인가?

아이히만은 1960년 5월 11일 저녁 부에노스아이레스 교외에서 이스라엘 비밀경찰에 체포된다. 9일 후 이스라엘로 압송되고, 1961년 4월 11일 예루살렘 지방법원에서 15가지 죄목으로 기소된다. 하지만 아이히만은 "기소장이 의미하는 바대로라면 자신은 무죄"라고 주장한다. 그의 변호사는 기자와의 인터뷰에서 "아이히만은 신 앞에서는 유죄라고 느끼지만 법 앞에서는 무죄라고 느낀다"고 말한다. 아이히만이 당시의 나치 법률을 전혀 위반하지 않았을 뿐더러 유대인 대량 학살이라는 '국가적 공식 활동'을 한 것이므로 전혀 범죄가 아니라고 변호사는 주장한다. 또한 아이히만은 자신이 결코 유대인을 죽이는 일에 직접 관련된 적이 없으니, 자신을 살인죄로 기소하면 안 된다고 주장한다. 자신은 기껏해야 살인 방조죄를 저질렀을 뿐이다.

아렌트가 세심하게 관찰한 바, 아이히만은 너무나 '진실한'

태도로 재판에 임한다. (그렇다고 아렌트가 아이히만을 두고 '진실하다'고 생각하는 것은 아니다.) 그는 자신이 "비열한 동기를 가진, 더러운 후레자식"이라고는 결코 생각지 않는다. 만약 그가 명령받은 일을 수행하지 않았다면 양심의 가책을 받았을 테지만 부여된 임무를 '충실히' 수행했으므로 전혀 양심에 거리끼지 않는다고 말한다. 수백만 명의 사람들을 대단한 열정과 세심한 주의를 기울여서 죽도록 했으니 공무 수행에 조금도 어긋난 바가 없다고 항변한다. (이 어처구니없는 변명을 어떻게 받아들여야 할지 난감해 하는 아렌트의 표정이 그려진다.)

한번은 젊은 간수가 아이히만에게 심심하면 읽으라고 소설 『로리타』[중년 남성이 10대 소녀와 사랑에 빠지는 내용]를 빌려준다. 이틀 뒤 그 책을 돌려주면서 그는 버럭 화를 낸다. 어떻게 이렇게 도덕적으로 "심하게 불건전한 책"Das ist aber ein sehr unerfreuliche Buch을 자신에게 읽으라고 줄 수 있느냐는 것이다. 이런 아이히만을 두고 무려 여섯 명의 정신과 의사들이 '정상'으로 진단한다. 그를 정기적으로 방문한 성직자는 아이히만을 "매우 긍정적 사고를 하는 사람"으로 평가한다. 그는 전혀 살인에 대한 위험하고 탐욕스러운 충동도 가지고 있지 않으며, 도착적이고 가학적인 성격도 아니다. 심지어 그는 유대인에 대한 광적인 증오를 가진 적도 없다. 아렌트를 제외한

아돌프 아이히만(1906~1962). 아이히만은 너무나 '진실한' 태도로 재판에 임한다. 그는 자신이 "비열한 동기를 가진, 더러운 후레자식"이라고는 결코 생각지 않는다. 만약 그가 명령받은 일을 수행하지 않았다면 양심의 가책을 받았을 테지만 부여된 임무를 '충실히' 수행했으므로 전혀 양심에 거리끼지 않는다고 말한다.

재판정 안의 사람들은 바로 그 점을 놓치고 있다. 아이히만은 악마가 아니라는 것, 그는 지극히 평범한 인간이라는 것.

아이히만은 고등학교도 졸업하지 못했다. 전 직업이 토목 기사라는 것도 믿을 게 못 된다. 오스트리아 감압정유회사의 세일즈맨이다가 나치 당원인 것이 발각되는 바람에 해고당했다는 것도 거짓말인 듯하다. 그가 친위대에서 승진하기 위해 제출한 자기소개서에는 "오스트리아 전기설비 회사에서 세일즈맨으로 일하다가 빈의 감압정유회사가 북오스트리아 대표 자리를 제의해서 자의로 그만둔다"라고 씌어 있는데, 이마저도 거짓말일 가능성이 높다. 이렇게 허세를 떨며 거짓말을 할 만큼 아이히만은 평범한 일상인에 지나지 않는다. 게다가 그는 유대인 '강제이주'를 아주 성공적으로 수행한 빈에서 유대인 정부情婦를 둔 적도 있다. 국가사회주의독일노동당[나치당]의 문장紋章이 단춧구멍에 새겨진 옷을 입고 그와 데이트한다. 이 사실은 아이히만이 유대인에 대한 적대감을 지니지 않았다는 명백한 증거이다. (이 얼마나 곤혹스러운 일인가?)

1934년 아이히만이 친위대 제국지휘관 소속 보안대에 들어갈 때에, 그는 그곳이 무슨 일을 하는지 전혀 몰랐던 듯하다. 1932년에 하인리히 힘러가 창단한 이 기구는 당의 정보

기관 역할을 수행했고, 나중에는 라인하르트 하이드리히가 이끄는 유대인 '최종 해결' 임무를 수행하는데도 말이다. 그뿐만이 아니다. 유대인 지도자들도 보안대가 무슨 일을 저지를지 전혀 예상하지 못했다. 아이히만이 1938년에 '최종 해결' 전문가가 되었을 때에도 시온주의자들은 위대한 '유대인의 부흥'이라는 헛된 꿈에 젖어 있었다. 아렌트는 이 상황을 "바보들의 천국"이라고 표현한다. (그는 직감했을 것이다. "아이히만, 힘러, 하이드리히와 유대인 지도자들만의 문제가 아니다. 인류 전체가 이런 문제점을 공유하고 있다.")

어처구니없는 일은 또 있다. 당시 시온주의의 고전인 『유대인의 국가』*Der Judenstaat*를 읽고 너무도 감동받아 아이히만은 곧바로 시온주의[19세기 말에 일어난 운동으로, 이스라엘 민족이 팔레스타인 땅에 자주 국가를 세워야 한다는 주의이다.]로 개종한다. 그런 아이히만이 1938년 3월 빈에서 유대인 강제이주, 즉 추방 임무를 맡았을 때를 인생에서 가장 행복한 순간이라고 진술하는 것을 보면 경악하지 않을 수 없다. (아렌트는 우리로 하여금 '철학적 곤혹스러움'thaumazein에 빠지게 한다. "인간은 결코 이성적 합리성을 지닌 존재가 아니다. 차라리 앞뒤가 맞지 않고 두서없이 모순으로 가득한 존재가 인간이다"라는 충격적인 자기반성을 일으킨다.)

아렌트가 보기에 아이히만은 타인의 관점에서 생각할 수 있는 능력이 전혀 없다. 그는 유대인 지도자들과 '함께 노력하고', '가슴을 털어놓고' '그들의 모든 슬픔과 비애'를 얘기했다고 회고한다. 유대인 지도자가 원한 것은 이민이었는데, 이것을 아이히만은 강제추방으로 이해한다. 왜냐하면 나치 당국이 제국을 유대인이 없는 곳으로 만들고 싶어 했기 때문이다. 그래서 그는 나치와 유대인 양쪽에 모두 공정하게 일할 수 있었다고 생각한다. 사실 이것은 유대인 입장에서 전혀 생각지 않고 오로지 아이히만 본인의 입장에서만 생각한 것이다. ('다수성'이 없다는 것은 타인의 동등한 차이를 인식할 줄 모른다는 것이다.) (2008 숙명여대 : 평범한 일상인의 죄악)

또한 아이히만은 재판정에서 관용적 표현redensarten이나 선전 문구schlagworte를 사용하고 싶어 한다. 하지만 의도와 다르게 '날개 달린 말들'geflügelte Worte만 자꾸 쓴다. '날개 달린 말들'이란 독일 고전에서 인용한 유명한 구절을 말한다. 그는 자신의 생각을 표현할 수 있는 자기만의 적합한 말을 찾지 못한다. 그래서 관용적 표현과 선전 문구, 날개 달린 말들 사이를 헤맨다. 그런 자신의 언어를 의식했는지 '관청 용어'amtssprache만이 나의 언어라는 변명 아닌 변명까지 한다. 그러니까 아이히만은 아예 자기만의 독자적인 생각을 할 줄 모른다. 머릿속에 든 것은 전부 관용적이거나 상투적인 것들뿐이다. 누구나 흔히 쓰는 상투어가 없으면 아이히만은 결코 아무 말도 못 한다.

그가 이렇게 '말하는 데 무능력한 것'inability to speak은 '생각하는 데 무능력'inability to think하기 때문이다. 그리고 '생각하는 데 무능력'하다는 것은 타인의 입장에서 생각할 줄 모른다는 것이다. 아이히만은 오로지 자신의 상식에만 기대어 생각하고 말하며 행동하는 사람이다. 자신과 동등하면서도 차이 나는 '타인'이 있어서 그 타인을 이해하기 위해 대화하거나 토론해야 한다는 것을 알지 못한다. 아렌트 입장에서는 '인간의 다수성'에서 가장 멀리 떨어진 존재가 아이히만인 셈이다.

(2012 이화여대 : '아이히만' 변명의 부당성)

5-3 최종 해결책, 학살

1941년 6월 22일, 히틀러는 소련을 침공하고, 6주 내지 8주 후 아이히만은 베를린에 있는 하이드리히의 사무실로 소환된다. 하이드리히는 '이주에 관한 간단한 말'로 아이히만과 면담한다. 그리고 다음과 같이 말한다. "총통께서는 유대인의 신체적 전멸을 명령하셨다." 몰살을 위한 공식 암호는 '최종 해결책'이다. 이뿐만 아니라 모든 문서들은 엄격한 '언어 규칙'을 따른다. 돌격대로부터 오는 보고서를 제외하고 '제거', '박멸' 또는 '학살' 같은 단어를 쓰는 보고서를 찾기란 힘들다. 학살을 처방하는 암호는 '최종 해결책', '소개'와 '특별 취급' 등이다. 이송은 '재정착'과 '동부 지역 노동'이라고 부른다. 이러한 '언어 규칙'은 일상어로는 거짓말이지만 그들끼리의 협조 체제를 이루어 가는 과정에서는 질서와 제정신 유지에 엄청난 도움이 된다. 아이히만은 이러한 구호와 관용구에 감염되어 일상적인 언어 사용은 못 하는 지경에 이르렀다고 아렌트는 진단한다.

아이히만은 뮐러의 지시에 따라, 제국에 통합된 '바르테가우'라고 불리는 폴란드 서부 학살 센터를 조사하러 간다. 이곳에서 30만 명 이상의 유대인이 1944년에 살해된다. 먼저 큰 방에 있던 유대인들에게 모두 옷을 벗으라고 명령한다. 벌거벗은 유대인은 트럭에 차례로 탄다. 사실 그 트럭은 이동용 가스실이다. 비명 소리가 나고 몇 분이 지난 후 트럭 문을 열면 시신이 쏟아져 나온다. 시신을 모두 구덩이 속으로 던진 후 한 민간인이 치과용 집게로 이빨을 뽑는다. 이런 장면들을 본 아이히만은 뮐러에게 악몽을 꾼다고 하소연한다. 뮐러는 9개월 뒤 아이히만을 루블린 지역으로 다시 보낸다. 그곳에서도 벌거벗은 유대인이 가스실로 줄지어 들어가서 시안산 가스에 의해 대량 학살당한다.

판사는 반복해서 아이히만에게 묻는다. 유대인 학살이 아이히만 자신의 양심에 가책을 주었나? 하지만 아렌트가 보기에 이 질문은 아이히만이 제대로 대답할 수 없는 것이다. 왜냐하면 이 질문은 도덕적 질문이지, 법적 질문이 아니기 때문이다. (아렌트가 보기에 판사조차 자기과시를 위해 아이히만을 이용한다. 왜냐하면 저 질문 속에는 "판사 자신이라면 그런 일에 양심의 가책을 느꼈을 것이다. '나'는 그만큼 양심적인 사람이다"라는 의미를 포함하고 있기 때문이다.) 아이히만은 대량 학살에 참여하지 않는 유일한 방법이 자살이므로 그렇게 하려 한 적이 있다고 변명한다. 하지만 이것은 거짓말이다. 당시 처형 부대 부대원들이 대량 학살 임무를 중단했는데도 심각한 처벌을 받지 않았기 때문이다. 처형에 참여하기를 거부했다는 이유로 사형을 받은 친위대 대원은 단 한 사람도 없다.

아이히만은 그런 자신의 처지를 본시오 빌라도에 견주어 표현한다. 본시오 빌라도는 예수 시절에 유대 지역을 다스리던 로마의 총독이다. 유대인은 예수를 로마에 대한 반역죄로 몰아 빌라도에게 고발한다. 빌라도는 예수가 무죄라고 확신한다. 하지만 유대인의 요구와 정치적 압박을 이기지 못하고 예수를 십자가형에 처한다. 이 판결을 내린 후 빌라도는 손을 물로 씻으면서 자신은 죄가 없다고 말한다. 아이히만은 유대인 대량 학살에 관여하면서도 직접적인 역할을 하지 않았으므로 자신에게는 죄가 없다는 식의 발뺌을 하는 것이다. (이와 관련된 실험을 스탠리 밀그램이 한다. 권위자의 명령 아래에 있는 사람은 아무리 부도덕하고 비윤리적인 일이라도 그 명령에 순종해 버리는 경향이 있다는 것을 증명한다. 일종의 '책임 회피' 경향이다.)

사실 본시오 빌라도는 아이히만에 그치지 않는다. 아이히만 시대의 대부분이 본시오 빌라도이며 아이히만인 것이다.

그중에서도 가장 경악스러운 빌라도는 유대인 장로회이다. 그들은 아이히만에게서 유대인 수송 열차를 채우는 데 얼마나 많은 유대인이 필요한지 들은 후 수송될 사람의 명단을 만들어 준다. 유대인들은 장로회의 그런 짓을 까맣게 모른 채 등록을 하고 무수히 많은 서류를 작성한다. 유대인들의 재산을 좀 더 손쉽게 탈취하기 위한 여러 장의 재산 관련 질문지도 저마다 순진하게 작성하고 또 작성한다. 그런 후 집결지에 모여 열차에 탑승하라니 고분고분 탑승한다. 아렌트는 자신이 유대인인데도 이러한 사실을 가감 없이 고발한다. 유대인 장로회가 유대인을 강제수용소로 쉽게 이송되도록 돕는 일을 했다는 것은 어쩌면 아이히만보다 더 아이히만스럽지 않은가! 이런 사실을 아렌트가 고발하자, 미국 내 유대인 단체에서는 난리가 난다. ('자발적 파리아'가 된다는 것은 용기 이상의 용기가 필요해 보인다.)

아이히만 입장에서도 할 말이 많다. (요약하자면) "자신이 도저히 양심의 가책을 느낄 수 없는 상황 조건에 놓여 있었다. 게다가 유대인에 대한 '최종 해결책'에 대해 자신 주변의 사람 그 누구도 자신을 말리지 않았다. 한 술 더 떠, 엄청난 권력을 부여받은 유대인 지도자들조차 유대인 강제 이송, 대량 학살을 적극적으로 돕는다. 이러니 자신이 어떻게 양심의 가책을 느끼겠나?" 유대인 지도자들이 한 이러한 역할은 유대인에게는 어둡고도 어두운 이야기다. 게다가 유대인 요원은 유대인 명단을 작성하고, 자신들의 추방과 학살 비용을 충당하기 위해 추방자로부터 돈을 인수하고, 퇴거 조치된 아파트의 가격을 계산하고, 유대인을 체포하는 데 도움을 주어 그들이 기차에 타도록 경찰력을 제공하며, 끝내 유대인 공동체 자산을 질서정연하게 '최종 약탈'하도록 아이히만을 돕는다. 아이히만의 이러한 항변에 떳떳하게 화를 낼 수 있는 유대인은 과연 몇이나 될까?

유대인 지도자더러 대량 학살, 강제이주 등을 하라고 명령한 사람은 아무도 없다. 그들은 자발적으로, 그리고 은밀하게 그런 짓을 한다. 유대인 지도자 중 한 명인 카스트너 박사는 아주 조용히 일을 진행하여 혼란 상황을 미연에 방지하려 했다고 변명한다. 전 베를린 최고 랍비인 레오 배크 박사는 "결국 가스로 죽게 될 것이라는 것을 알면서도 계속 살아가는 것이 어렵다"고 보고 '인간적' 배려를 했다고 변명한다. 그들은 테레지엔슈타트에서 아우슈비츠로 가는 이송 작업을 자원 봉사하면서, 이송되는 유대인들에게 절대 진실을 말하지 않는다. 아렌트는 이 대목을 쓰면서 어떤 심정이었을까? 아이히만보다 더한 아이히만이 같은 유대인 안에 있었다는 사실을 두고 얼마나 경악했을까?

아이히만의 마지막 증언은 그가 어떤 성향의 인물인지를 드러낸다. "히틀러는 노력을 통해 독일 군대의 하사에서 거의 8천만 명에 이르는 독일 국민 위에 군림하는 총통의 자리에까지 올라갔습니다. … 그의 성공만으로도 저는 그에게 복종해야 할 이유가 있습니다." 아이히만은 오로지 세속적 성공을 추구한 인간이지 악마가 아니다. 물론 그러한 세속적 성공 지향이 도덕적·윤리적 양심을 마비시켰다는 것이 문제이지만 말이다. 여기서 아렌트는 중요한 점을 발견한다. 인류 사회에 악마가 따로 있는 게 아니다. 세속적 성공이나 바라는 평범한 일상인이 언제든지 악마로 돌변할 수 있다. 자발적·능동적·적극적 사유를 하지 않는 일상인, 그저 타성에 젖어서 사는 평범한 사람들이 악마가 될 수 있는 잠재 상태에 있다.

이런 아이히만 주변에는 그의 양심을 깨울 어떤 자극도 없다. (아렌트는 아이히만 비판에서 독일 사회 전체에 대한 비판으로 나아간다.) 독일 사회의 지도자들은 하나같이 '내면적 이주' inner emigration를 해 버린다. '내면적 이주'란 히틀러에 대해 겉으로 반대하지 못하고 속으로만 반대한다는 의미이다. ('내면적 이주'라는 그럴듯한 표현을 쓰지만, 비겁해지기로 작정했다는 것이다. 그래서

에르하르트 밀히(1892~1972).
밀히는 반쪽 유대인이면서 히틀러 편에서 유대인 학살에 앞장선 독일 군인이다.
사실 그는 유대인 대량학살에 참여한 무수한 유대인 중 한 명에 불과하다.
그는 전쟁이 끝나고 사형당하기까지 조금도 반성하지 않는다.

제 목숨이라도 보전하겠다는 것이다.) 더욱 경악할 일은 히틀러 밑에서 대량 학살을 담당했던 사람 중에는 유대인도 있다는 사실이다. 하이드리히와 밀히는 반쪽 유대인이다. 하이드리히는 친위대에서 활약하고 에르하르트 밀히는 괴링의 공군부대 원수이다. 이 중 하이드리히만 사형당하기 전 참회한다. 밀히는 끝까지 참회하지 않는다. (이런 지경이니 아이히만 입장에서도 억울하다. "모두가 잘못을 저질렀는데 왜 나만 처벌하느냐?" 이런 말을 실제로 하지는 않았지만.)

아이히만은 경찰 심문 와중에 이런 말을 한다. 전 생애에 걸쳐 칸트의 도덕 교훈, 특히 칸트의 의무에 대한 정의가 자신의 삶의 지침이었다고. "칸트에 대해 언급하면서 제가 말하려 한 것은, 나의 의지의 원칙이 항상 일반적 법의 원칙이 될 수 있도록 해야 한다는 것입니다." 아이히만은 칸트의 『실천이성비판』을 애독한다고 말한다. 아이히만은 칸트의 정언명령을 "당신 행동의 원칙이 이 땅의 법 제정자, 즉 히틀러의 원칙과 동일한 한에서 행위하라"는 의미로 잘못 읽는다고 아렌트는 지적한다. 칸트는 실천이성의 명령에 따라 묻지도 따지지도 말고 '선하게 행동하라'는 뜻으로 이 말을 했는데, 아이히만은 "총통의 명령이면 무조건 그대로 행동하라"는 뜻으로 곡해한다는 것이다. 칸트의 '정언명령'이 총통의 '정언명령'으로 번역되다니! 이미 죽은 칸트조차 아이히만의 '생각 없음'에 일조하다니. (물론 칸트가 그랬다는 것은 아니지만.) (2022 숭실대 : 칸트와 아이히만)

1943년 6월 30일, 드디어 히틀러의 희망이 실현된다. 제국, 즉 독일, 오스트리아 및 보호국들 안에는 더 이상 유대인이 존재하지 않는다. 도대체 얼마나 많은 유대인이 이송되었는지 알 수 있는 자료는 없다. 1942년 1월까지 이송되었거나 이송될 사람들의 수가 26만 5천 명인데, 이 중에서 탈출한 사람은 거의 없다. 한때 이웃이었던 제국의 시민들은 이들을 전혀 도와주지 않는다. 그들은 '무자비한 강인성'rücksichtsloser Härte으로 무장한 채 유대인을 강제로 이송하고 제국 시민들의 '영원한 안전'을 도모한다. 그러니 그 많은 유대인 이송과 대량 학살의 책임이 아이히만에게만 있는 것은 아니다. 사실 독일, 오스트리아 및 보호국의 시민 대부분에게 책임이 있다. 아니, 인류 전체가 이 문제에 대한 책임감을 느껴야 한다. 아렌트가 이 책을 쓰게 된 동기가 서서히 명확해진다. 그는 인류 전체를 향해 메시지를 던지려 한다.

5-4 조금의 '희망', 그리고 아이히만의 마지막 변명

아렌트는 너무나 절망스럽다. 하지만 결코 절망하지 않는다. 그렇다고 섣불리 희망을 가지지도 않는다. 절망도 희망도 없이 사태를 직시해야 문제의 실마리를 잡을 수 있기 때문이다. 그래서 그나마 희망을 가질 수 있는 사례도 찾아본다. (분명히 '희망'도 있으리라.)

1942년 여름과 가을 동안 2만7천 명의 무국적 유대인이 프랑스에서 아우슈비츠로 이송된다. 그때 나치는 약간의 실수를 저지른다. 프랑스인들이 유대인 이송에 익숙해져서 순순히 유대인 이송에 응할 것이라고 판단하여 프랑스계 유대인도 강제 이송하려 한다. 프랑스인들은 자신의 유대인 이웃을 나치에게 인도하지 않는다. 힘러는 이 보고를 받자 즉각 포기하고 프랑스계 유대인을 남겨 둔다. 심지어 프랑스의 반유대주의자들조차 대량 학살의 소문을 듣고 공범이 되는 것을 거부한다. 프랑스는 유대인이 프랑스인으로 귀화하는 것까지 허용해 버린다. 네덜란드에서는 유대인 교수들이 해고되자 학생들이 파업한다. 이것은 유대인 강제수용소 이주에 대해 일어난 유일한 파업이다. 죽음의 수용소로 이주한 것도 아닌데 말이다.

스웨덴은 망명을 전폭적으로 허용하고 스웨덴 국적 취득을 쉽게 한다. 그래서 노르웨이 유대인 공동체의 절반을 넘는 900명가량이 스웨덴으로 피신한다. 독일의 영향력 아래에 있는데도 불구하고 덴마크는 더 강력한 저항을 한다. 나치가 유대인에게 노란 표지를 달게 하자고 제의하자, 덴마크의 왕은 자신이 가장 먼저 노란 표지를 달겠다고 하며 거부한다. 덴마크 정부 관리들은 어떤 반유대적 조치도 받아들이지 않으며, 만약 그런 조치가 취해지면 즉각 사임하겠다는 의사를 표한다. 급기야 덴마크 노동자들은 조선소에서 폭동을 일으킨다. 독일 배의 수리를 거부하고 파업에 돌입한 것이다. 또한 덴마크의 어부들 도움을 받아 유대인이 스웨덴으로 배를 타고 숨어들어 가는 것은 아주 흔한 일이 되었다. 그 뱃삯을 덴마크의 부유한 시민이 지불했기 때문이다. (2017 경희대 : 인간으로서의 존엄성 지키기 — 아이히만과 만델라 비교)

아렌트는 프랑스, 스웨덴, 덴마크 등의 시민 저항을 보고

대단히 고무된다. 『인간의 조건』에서 말한 '다수성, 시작, 기적, 행위'가 비로소 실현된 것이다. 하지만 여전히 아이히만 재판에 대해서는 실망감을 감출 수 없다. 과연 이 재판이 공정한지 상당한 의문이 들기 때문이다. 원래 유죄가 판명 날 때까지는 무죄 추정의 원칙에 따라 무죄로 간주해야 한다. 이것은 아이히만에게 적용되지 않는다. 아이히만이 아르헨티나에서 잡힐 때 이미 그는 유죄임이 확정되어 버린다. 이스라엘 수상 벤구리온은 1960년 6월 3일 아르헨티나 대통령에게 편지를 보낸다. "전 유럽에 걸쳐 거대한 그리고 전례 없는 규모로 (유대인에 대한) 대량 학살을 조직적으로 수행한 사람이 바로 아이히만이다." 그는 재판받기도 전에 범죄자로 확정된다. 아렌트가 보기에 이것은 아이히만에 대해 '아이히만-스러운' 짓을 한 것이다.

아이히만이 "저는 단 한 사람의 유대인도 죽이지 않았습니다. 저는 유대인이 아닌 사람도 죽이지 않았습니다. … 저는 유대인을 죽이라는 명령도, 유대인이 아닌 사람을 죽이라는 명령도 내린 적이 없습니다"라고 말하는데, 이에 대해 이스라엘 검찰은 개별 살인 행위를 입증하려고 엄청난 노력을 기울인다. 하지만 아이히만의 당시 직책으로 보면 검찰이 이길 수 없다. 아이히만은 '이송'과 '이주' 전문가로서 그 외의 어떤 다른 특권도 가지지 않았다. 판사들은 소름 끼치는 증언들을 들었음에도 불구하고 검찰 측의 손을 들어 주지는 않는다. 아렌트가 보기에 아이히만 재판이 그나마 공정성과 객관성을 확보할 수 있었던 것은 이 판사들 덕분이다. (여기서도 아렌트는 '희망'을 발견한다.) 물론 그렇다고 아이히만이 사형을 모면하는 것은 아니지만 말이다.

아이히만 재판에 나온 증인들은 하나같이 아이히만을 변호하지 않는다. 그도 그럴 것이 그를 변호하면 똑같이 전범으로 몰릴 판이다. 반대로 유대인 학살 희생자를 대변하겠다고 나온 증인들은 아이히만의 범죄를 증명하는 데에 별반 도움이 되지 않는다. 증인으로 나와선 방청석을 보고 매우 익숙하게 대중 연설을 하기 일쑤이다. 유대인 대량 학살이 얼마나 끔찍한지, 자신은 어떻게 살아남았는지 등을 영웅담 하듯이 연설한다. 그래서 이 재판은 한바탕 촌극이 되기 십상이다.

이렇게 논평하는 아렌트를 보면 너무 냉정한 것 아닌가 싶다. 그의 차갑고도 날카로운 시선은 그 어떤 예외나 사심私心도 허락하지 않는다. 유대인 피해자가 나와서 자신이 겪은 참상을 토로하는데도 그들을 동정이나 연민의 눈으로 보지 않는다. 그런 사심을 개입시켜서는 결코 인류사의 중차대한 과제를 해결할 수 없다. 철저히 세계시민적 시각에서만 이 재판을 바라볼 수 있어야 한다. '난간 없는 사유', '사유의 철저성'을 절대 놓쳐선 안 된다.

아이히만이 아르헨티나에서 체포되는 과정에 대해서도 아렌트는 의문을 제기한다. 그가 '리카르도 클레멘트'라는 이름으로 살고 있었다는 것을 이스라엘 정보부가 1959년 8월에야 알게 되었다는 것은 의심이 든다. 왜냐하면 아이히만은 벌써 4년 전에 『타임라이프』 특파원에게 자신과의 인터뷰를 허락했기 때문이다. 게다가 아이히만을 체포한 사람이 누구냐에 대해서도 의문이 간다. 이스라엘 당국은 체포자의 신원을 전혀 밝히지 않는다. 만약 이스라엘 정보 요원이 체포했다면 명백한 아르헨티나 주권 침해다. 아렌트가 보기에 이러나저러나 불법적인 것은 마찬가지이다.

판사와 검찰은 국제법의 훼손이 아르헨티나와 이스라엘 두 국가에만 관계될 뿐 피고의 권리와는 무관하다고 변명한다. 아렌트는 되묻는다. 만약 아이히만이 아르헨티나 시민이라면 아르헨티나 정부가 이렇게 쉽게 내버려 두었을까? 이스라엘 경찰이 아르헨티나 정부의 허락도 없이 함부로 아이히만을 체포해 예루살렘으로 데려간 것은 명백한 국제법 위반이다. 이렇게 국제법을 무시하고 아이히만을 체포해서 예루살렘에서 재판을 하니 애초에 이 재판의 정당성은 없다. 아렌트가 보기에, 아이히만 재판한답시고 이스라엘 정부는 아이히만도 저지르지 않은 불법을 저질렀다. 아이히만을 심판하려면 그 심판하는 자가 최소한 불법적이지 않아야 하지 않나!

아이히만은 자신이 기소된 범죄들에 대해 '교사'한 부분에서만 유죄라고 인정하고, 공공연한 행위를 자행한 적은 결코 없다며 무죄를 주장한다. 판결문은 아이히만의 이런 주장의 일부를 인정한다. 검찰이 아이히만의 유죄를 충분히 입증하지 못했다고 판단하기 때문이다. 오히려 판결문은 죽음의 수용소에서 실제로 대량 학살 기계를 조작한 사람은 아이히만이 아니라 유대인 수감자이거나 희생자라는 사실을 인정한다. 그러나 판사는 아이히만에게 유죄를 선고하며 이런 말을 한다. "희생자의 수에서나 범죄자의 수에서나 모두 대규모이기 때문에, 범죄자들이 희생자들에게 얼마나 가까이 있었느냐는 아무 의미가 없다. 반대로, 오히려 직접 살상한 사람으로부터 멀리 떨어져 있을수록 책임은 더 크다."

이 무슨 해괴망측한 말인가? 대량 학살이 이루어진 경우에는 그 학살로부터 멀리 떨어져 있을수록 책임이 크다고? 판사와 마주 앉아 대화할 수 있다면 아렌트는 이렇게 되물을 것이다. "그 근거가 무엇인가?" 검사나 판사는 지금 아이히만과 그 변호인의 논리에 말려들고 있다. 그들의 변론에 밀리고 있다. 아이히만의 죄를 입증하기 위해 사용한 최초의 경로가 잘못되었기 때문에 이런 결과가 나온다. 아렌트는 판사에게 조언하고 싶다. 아이히만이 자신이 저지른 죄에 대해 결코 변명할 수 없는 확실한 근거는 좀 더 근본적인 '인간의 조건' 속에 있다고.

또한 아이히만은 자신이 결코 유대인 혐오자가 아니라고 변명한다. 그는 결코 인류의 살인자가 되고자 한 적이 없다. 그는 너무 복종을 잘했기 때문에 죄를 짓게 된 것이다. 나치 지도자가 그의 복종하는 미덕을 오용해서 이런 사태가 벌어졌다. 그는 나치 지도자 그룹에 속하지도 않았으므로 오히려 어떤 면에서는 희생자이다. "나는 괴물이 아니다. 나는 그렇게 만들어졌을 뿐이다." 하지만 이런 말을 한 이틀 후, 1961년 12월 15일 아이히만의 사형이 선고된다. 아렌트라면 아이히만이 죽기 전에 이렇게 말하리라. "그렇게 변명하며 책임을 회피하는 그 태도가 당신이 저지른 가장 무거운 죄야. 왜 더 적극적이고 능동적으로 자신이 하는 행동에 대해 윤리적·도덕적 성찰을 하지 않은 거지? 당신이 놀린 펜대 때문에 무수한 생명이 학살당할 것이라는 결과를 왜 예측하지 않았지? 그 사람들이 죽든 말든 당신은 당신의 출세에만 관심 있었잖아. 그것이야말로 당신이 저지른 가장 큰 죄악이야. '타인에 대한 무관심' 말이야."(2014 연세대 : 타인에 대한 공감 능력의 부재)

항소심이 열렸지만 심리는 불과 1주일 만에 끝난다. 이번에는 아이히만이 "상관의 명령" 없이도 유대인 대량 학살을 저질렀다고 선고한다. 아이히만 "그 스스로가 자신의 상관이었으며, 유대인 문제에 대해 그가 모든 명령을 내렸다." 오히려 뮐러를 포함한 그의 모든 상관보다 더 중요한 역할을 수행했다고 인정한다. 피고 측은 아이히만이 없었더라도 유대인의 운명이 별로 낫지는 않았을 것이라고 항변한다. 하지만 판사들은 "최종 해결책이라는 아이디어는 항소자와 그의 공범자들의 억누를 수 없는 피의 갈증과 광신적 열정" 때문이라고 말하며 검찰의 논리를 그대로 받아들인다. 아렌트는 이 대목에서도 헛웃음을 웃었으리라. "아이히만은 피의 갈증과 광신적 열정으로 그런 짓을 한 게 아니다. 제발 악마를 주인공으로 만드는 소설 좀 그만 쓰기 바란다."

아돌프 아이히만은 교수형 전에 붉은 포도주 반 병을 마신다. 성서를 읽어 주려는 목사의 도움을 거절한다. 두 시간밖에 살 수 없는데 그 따위로 '낭비할 시간'이 없다는 것이다. 형장까지 50야드의 길을 조용하고 꼿꼿하게 걷는다. 아렌트가 보기에 그는 완전히 자신을 통제하고 있다. 그가 남긴 마지막 말이 걸작이다. 자신은 신을 믿는 자라고 진술하는데, 이것은 기독교와 사후 세계를 믿지 않는다는 점을 표현하는 나치 식의 표현이다. 마지막 순간까지 그는 나치 식의 상투적 표현을 쓴 셈이다.

그리고 이렇게 말한다. "잠시 후에 우리는 모두 다시 만날 것입니다. 이것이 모든 사람의 운명입니다. 독일 만세, 아르헨티나 만세, 오스트리아 만세. 나는 이들을 잊지 않을 것입니다." 이 말은 전형적으로 장례식장에서 쓰는 상투어이다. 그러니까 아이히만은 자신의 죽음을 앞두고, 자신이 죽은 후에 자신의 장례식장에 온 사람이 할 법한 추도사를 자신이 해 버린 것이다. 마지막 유언조차 자신의 언어로 말하지 못하고 장례식장의 관례적 표현을 쓰다니! 아렌트는 마지막까지 실소를 터뜨리게 만드는 아이히만을 지켜봐야 한다. 더 기가 막힌 것은 이 점을 아렌트만 눈치 채고 다른 사람들은 엄숙한 표정으로 아이히만의 마지막 유언을 듣고 있다는 거다. (2015 광운대 : 국가는 명목인가, 실체인가?)

아이히만은 자기만의 언어를 창안하지 못한다. 세상에서 흔히 쓰는 상투어, 관용어로만 의사를 표현할 수 있다. 자기 스스로 사유하려는 노력을 기울여 본 적이 없으니 자기만의 언어도 만들 수 없는 것이다. 세상 사람들이 말하는 대로 말하고, 행동하는 대로 행동하면 그만이지, 굳이 애써 사유하거나 성찰할 필요를 느낀 적이 없기 때문이다. 남들처럼 학교 갈 때 학교 가고, 취직할 때 취직하고, 출세할 만큼 출세하면 되지, 그것 외에 별도로 무슨 철학적 성찰이 필요한가? 아이히만뿐만 아니라 대부분의 한국 사람들도 그렇게 살아왔고, 그렇게 살고 있다. 하지만 아렌트는 이런 것이야말로 "말과 사고를 허용하지 않는 악의 평범성"banality of evil, 혹은 "평범함의 죄악"이라고 날카롭게 비판한다.

5-5 아직도 해결되지 않은 세계시민적 문제들

아렌트는 에필로그에서 아이히만 재판에 대한 반론들을 검토한다. 그중 첫째 반론은 이미 뉘른베르크 재판에서 제기된 바 있는 것이다. "아이히만이 저지른 범죄는 나치와 나치 협력자들에 대한 법률이 제정되기 전에 저지른 것인데 소급 적용하는 것은 부당하다. 전쟁에서의 '승자의 법정'에 패자의 군인이 선다는 것은 옳지 않다. 법률이 없으면 범죄도 없고 법률이 없으면 형벌도 없다nullum crimen, nulla poena sine lege는 원칙을 염두에 둔다면, 아이히만의 범죄 이전에 나치 관련 법률이 없었으므로 아이히만은 죄가 없다."

이런 반론에 대해 아렌트는 적절한 대응책이 없다고 인정한다. 하지만 이 반론은 법이 인류 사회의 모든 문제를 해결할 수 있다는 전제를 깔고 있다는 점에서 문제성이 있다. 아렌트가 보기에 한 국가의 법이든 국제법이든, 법률이 인류 사회의 정의를 실현할 수 있다는 생각은 망상이다. 히틀러와 전체주의가 기존의 법률로 처벌할 수 있는 선을 쉽게 넘어서 범죄를 저지르는 것을 보면 알 수 있다. 법은 그들의 악행을 전혀 막지 못한다. 미래에도 '히틀러'가 나와서 그와 같이 국가법을 그대로 둔 채 법을 뛰어넘어 범죄를 저지르는 일이 얼마든지 생길 것이다. 그래서 법에만 의존하여 인류 사회의 정의를 실현할 수 있다는 망상은 버려야 한다. 게다가 법률은 늘 범죄가 저질러지고 난 후 뒤늦게 제정된다. 히틀러와 전체주의가 없었을 때에는 그들과 관련된 처벌법이 없다가 그들이 범죄를 저지르고 나서야 그들을 처벌할 법을 제정한다. 그러다 보니 그들의 범죄 후 그들을 처벌하려고 하면 막상 처벌의 근거가 법률에는 없다. 따라서 법률은 정의를 실현하는 것이 아니라 사실 범죄를 뒤따라가는 일을 한다. 심지어 1935년 뉘른베르크 법은 소수자 유대인에 대해 이전부터 해 오던 차별을 합법화한다. 이것은 독일 국가가 나서서 합법적으로 범죄를 저지르는 일이다. 법률이 오히려 범죄를 부추길 수도 있다는 것을 보여 준다.

그래서 법률적인 자구에만 집착해서는 이 문제를 해결할 수 없다. 중요한 것은 그것이 처벌을 필요로 하는 범죄이냐, 아니냐이다. 게다가 그 범죄가 '단지 유대인에 한정된 것이냐, 아니면 인류 전체에 대한 것이냐'도 중요하다. 인류 전체에 대한 범죄라면 특정 국가의 법률로 다룰 수 없는 것이므로 법률을 초월한다. 나치가 유대인을 멸절시키고자 한 것은 오직 유대인만을 대상으로 한 짓처럼 보이지만 사실 인류 전체를 대상으로 범죄를 저지른 것이다. 인류 사회의 다수성을 해치는 일이기 때문이다. 히틀러와 전체주의는 '다수성'으로서의 인간이 자유롭고 평등하게 스스로의 말과 행동으로 사는 것을 폐기하려 했다. 그 시작이 유대인 대량 학살이었을 뿐이다. 다수성이 사라지면 유대인뿐만 아니라 인류 사회 전체가 멸망할 수도 있다. 그래서 나치의 유대인 대량 학살은 애초에 국제재판소에서 다루어졌어야 하는 범죄이다. 이 점을 지적한 유일한 철학자는 아렌트의 스승이자 평생 친구인 야스퍼스이다. "이 범죄는 일반적 살인 그 이상이면서 동시에 그 이하이다." "그러한 범죄가 지속된다면 인류는 분명 파멸할 것이다."(2018 단국대 : 홉스와 아리스토텔레스의 눈으로 본 아이히만)

대량 학살이라는 범죄는 전적으로 '인간의 다수성'을 파괴하며 인류 공동체를 훼손한다는 점을 분명히 인식할 필요가 있다. 아이히만은 유대인뿐만 아니라 인류 전체를 대상으로 범죄를 저지른 것이다. 그래서 당연히 그는 국제재판소에서 재판을 받아야 한다. 하지만 그는 이스라엘 예루살렘에서 재판을 받았고, 미래에 발생할 유사한 범죄에 대해 잘못된 선례를 남긴다. 미래에 '아이히만'이 또 다시 나타나지 않으리란 보장이 없으니 말이다. (아렌트의 이 예견은 여지없이 들어맞는다. 20세기를 거쳐 21세기에 이르기까지 가공할 대량 학살, 또는 인종 청소는 지속적으로 발생한다. 그런데도 인류 사회는 그러한 인류적 범죄에 대해 적절하게 대처하지 못하는 실정이다.) 아렌트가 보기에 가장 시급하고도 중요한 문제는 '인류에 대한 범죄'를 타당하게 정의하는 일이다. 그러나 안타깝게도 그러한 일은 일어나지 않는다.

예루살렘 검찰 측, 그리고 판사들은 아이히만을 이해하는 데에 실패한다. 이 점이 그들로 하여금 무기력에 빠지게 한다. 그들은 색안경을 끼고 아이히만이 '도착적·가학적 음란증 환자'일 것이라고 단정한다. 이 세상이 지금까지 본 가장 비정상적인 괴물일 것이라는 선입견을 가진다. 아이히만이 괴물이라고 믿는 것은 그들에게 상당한 위로가 되기도 한다. 하지만 그는 괴물이 아니라 아주 평범한 인간이다. 그와 같이 평범한 인간 중에는 그와 같은 짓을 저지를 수 있는 인간이 얼마든지 있다. 평범한 인간이 조금의 상황 조건만 달라져도 악마로 돌변할 수 있다. 이 점을 알아야만 미래의 아이히만을 예방할 수 있다고 아렌트는 생각한다. 인간이 쉽사리 '생각 없음의 무능력' inability to thinking-less-ness에 빠지지 않도록 하는 방법을 강구함으로써 말이다.

5-6 논술 속 아렌트 : 우리는 서로 공감할 수 있을까?

2014학년도 연세대는 또 다시 혁신적인 논술 문제를 낸다. '공감' sympathy 개념을 실마리로 삼아 아렌트의 '아이히만'과 신동집의 시 「포스터 속의 비둘기」와 호메로스의 '아킬레우스, 뤼카온'을 비교하라고 요구한다. '공감' 개념에 대한 설명도 곁들인다. '공감'이란 그리스어에서 나온 말로, 본래 '타자의 감정이나 상태를 자기 것으로 받아들인다'는 뜻이라면서 말이다.

칼 아돌프 아이히만은 1939년에서 1945년까지 나치스 계획의 집행 책임자로서 수백만 명의 유대인을 학살한다. 하지만 그는 개인적으로 유대인에 대한 증오심 등을 가진 적이 없다. 심지어 유대인 이민자들을 위해 직업학교도 세우는 등 선량한 행동을 한다. 그래서 아이히만은 주장한다. 자신은 죄가 없다고. 자신은 단지 국가의 명령을 따랐을 뿐이라고. 국가기관에 소속된 자기는 부여된 임무에 최선을 다해야 한다고. 차라리 그 임무를 소홀히 했다면 자신은 양심의 가책을 느꼈을 것이라고.

아이히만은 감옥 속에서도 늘 칸트의 『실천이성비판』을 품에 넣고 있다. "선하게 행동하라!"Handle sittlich라는 이성의 정언명령Kategorischer Imperativ을 따라야 한다는 강박관념을 가지고 있다. 아이히만은 칸트의 정언명령을 총통 히틀러의 유대인 학살 명령과 동일시한다. 그래서 총통의 명령을 따르지 않는다면 도덕 명령에 어긋난 짓을 하는 것이 되므로 양심의 가책을 피할 수 없다고 생각한다.

아이히만은 칸트의 '정언명령'이 얼마나 심각한 문제점을 지녔는지 너무도 잘 보여 준다. 자기 자신의 이성이 가리키는 도덕 명령대로 행동하라고 칸트는 말했지만, 사실 '나'의 이성은 그런 도덕 명령을 할 줄 모른다. 아니, 도덕적 실천이성이란 게 애초에 없다. 그렇다 보니 칸트를 신봉하는 아이히만 같은 자는 자기 자신의 도덕 명령 대신 총통의 명령을 실천이성의 명령으로 오인한다. 마침내 아이히만은 지극히 도덕 명령에 충실하면서도 지극히 부도덕한 유대인 대량 학살을 저지르게 된다. 전혀 양심의 가책도 받지 않은 채 말이다.

여기서 도덕道德과 윤리倫理의 차이점을 비교해 볼 필요가 있다. 고대 그리스에는 도덕 개념이 없다. 도덕은 라틴어 mores에서 파생하여 moral이 된다. 윤리는 헬라어 ethos에서 파생하여 ethic이 된다. 도덕 개념은 고대 로마 시대에 생겼기 때문에, 그 이전 고대 그리스 시대에는 없었다. 로마인들의 철학은 스토아Stoa 철학인데, 아파테이아apatheia를 강조한다. a-pathos, 즉 아무리 격한 감정을 촉발당하더라도 감정이나 격정을 가라앉힌 상태에서 벗어나선 안 된다. 전쟁터에 나가 죽음을 맞이하더라도 담담하고 차분하게 그 죽음을 받아들여야 한다. 그것이 우주 전체와 국가가 개인에게 내리는 명령이기 때문이다. 이렇게 도덕은 자칫 전체주의로 변질되거나 맹목적 순종주의에 빠질 위험성이 있다.

그러나 고대 로마 이전의 고대 그리스 문화에는 도덕 개념이 없었다. 단지 윤리 개념만 있었다. 윤리의 어원에 해당하는 '에토스'ethos는 개인의 성품이나 성격이라는 의미를 지닌다. 개개인이 자신의 성향이나 기질, 능력에 따라 저마다 다르게 살아가게 되는 것이 에토스이다. 그러니까 에토스에서 파생된 '에틱'ethic도 국가적·사회적 차원에서 개인에게 강요되는 규범mos이 아니다. 개인이 스스로 삶의 기준을 세우고, 그 삶의 기준에 따라 옳다고 생각하는 바대로 실천하는 것이

'에티카'ethica이다. 아무리 국가·사회가 명령한다고 해도 개인 스스로 옳지 않다고 판단하면 그 명령에 따르지 않는 것이 에티카이다. (스피노자의 책 제목이 『에티카』인 이유도 여기에 있다.)

윤리가 개인 스스로 삶의 기준을 세우고 따르는 것이라고 해도, 공동체 전체를 무시한다는 의미는 아니다. 오히려 개인 윤리는 공동체 전체의 발전과 이익을 염두에 둔 개념이다. 왜냐하면 개인 윤리라고 하더라도 신체라는 객관화된 매개체를 통해서 이루어질 수밖에 없기 때문이다. 개인이 윤리적 실천을 통해 공동체 전체의 발전과 이익을 도모하고, 그렇게 거둔 공동체적 발전과 이익을 통해서 다시 개인의 발전과 이익을 도모하는 것이 윤리인 것이다. 다만 도덕이 국가·사회가 개인에게 일방적으로 강요하는 규범이라면, 윤리는 개인이 스스로 판단하여 실천하는 규범이라는 점에서 차이가 난다.

아이히만은 칸트의 『실천이성비판』을 통해 도덕만 배우고 윤리에 대해서는 무지했다. 그래서 국가의 명령이 곧 도덕 명령이라고 생각하여, 그 명령에 절대적으로 복종하면, 자기 자신이 도덕적으로 고양된 존재가 될 수 있다는 착각을 한 것이다. 아이히만 스스로 윤리적 사유를 하여 그러한 국가의 명령이 올바른지 아닌지 판단하지 못한 것이다. 윤리적 판단 기준을 아이히만이 가졌다면, 너무나 당연히 자신의 행동이 공동체 전체에 발전이 되는지, 이익이 되는지 따졌을 것이다. 그리고 단호히 그러한 부당한 명령에 따르지 않았을 것이다.

윤리적 관심은 영어로 interest인데, 말 그대로 사람 사이, 존재 사이inter-est에 윤리적으로 마음을 쓰는 일이다. 윤리적 관심은 "사람들을 서로 이어 주고 묶어 주는"(『인간의 조건』) 것이다. 그리고 윤리적 관심을 가진 사람은 타인과 적극적이고 능동적으로 대화하고 토론한다. 칸트가 말한 공통감각sensus communis은 이 대화와 토론을 성립시키기 위한 전제 조건이기도 하지만, 대화와 토론을 통해 획득된 결과이기도 하다. 그런데 아이히만은 칸트에게서 반쪽만 배운다. 즉 이성의 도덕 명령, 정언명령만 배우고, 공통감각에 대해서는 배우지 않는다. 타인과 공감할 수 있는 윤리적 관심을 가지지 못한 상태에서는, 그러한 공통감각을 가지지 못한 상태에서는, 아무리 이성의 도덕 명령에 충실히 따른다고 하더라도, 결코 바람직한 윤리적 실천을 할 수 없다는 점을 몰랐던 것이다.

아이히만이 그렇게 천연덕스럽게 유대인을 학살할 수 있었던 또 다른 이유도 있다. 그는 상상력이 부족하다. 데이비드 흄David Hume은 일찍이 말한 바 있다. 인간은 상상력의 존재라고. 인간은 상상력을 지녔기 때문에 타인의 처지나 입장을 이해하고 공감할 수 있다고 말한다. 공감의 헬라어 sym-patheia는 '함께-감정을 느낌'이라는 뜻이다. 상상력을 발휘해서 타인의 입장이 되어 보고 타인이 느꼈을 법한 감정을 '나'도 느낀다면 그것이 '공감'이다. 하지만 아이히만은 학살당하는 유대인의 입장을 상상하지 못한다. 아니, 안 하는지도 모른다. 한마디로 '생각 없음'thinking-less-ness이다.(『예루살렘의 아이히만』)

아이히만의 유대인 학살에는 또 다른 심각한 문제점이 도사리고 있다. 아이히만은 유대인을 자신과 동등한 인격체로 보지 않았다. 유대인은 관리하고 감독해야 할 '물건'이다. 그러니 쉽게 유대인을 대량 학살할 수 있었다. 그 자신도 아무 생각 없이 총통의 명령이 하달되면 그대로 수행한다. 마치 기계처럼 말이다. 유대인을 물건 취급한 아이히만조차 사실 물건이었던 것이다. 왜 이런 일이 생기나? 아렌트는 전체주의가 그 원인이라고 설명한다. 전체주의 국가에서는 인간 개개인이 공적 영역과 사적 영역 할 것 없이 모든 영역을 빈틈없이 지배당한다. 그러한 지배의 효과로 개별 인간은 점차 기계가 되어 간다. 아무런 감정도 느끼지 못하니 능동적으로 공감할 줄도 모른 채 기계처럼 작업을 수행하게 된다.(『전체주의의 기원』)

이러한 모든 문제점을 묶어 아렌트는 '악의 평범성'이라고 부른다. 악마 짓을 하는 자는 악마처럼 생기지 않았다. 일상생활 속 마트 주인, 세탁소 아저씨에게서도, 학교 교사, 컴퓨터 프로그래머에게서도 아이히만의 얼굴을 볼 수 있다. 아이히만은 참으로 건실하고 평범한 독일인 가장이다. 그런 일상생활에 젖은 사람일수록 상황이 달라졌을 때 극악한 짓을 쉽게 행할 수 있다. 그들은 평소에 타인에 대한 윤리적 관심을 능동적으로 기울여 본 적이 없다. 제 앞가림하기 바쁘다 보니, 타인의 아픔과 슬픔에 관심을 가지고 동정심이나 연민을 느끼지 않는다. 공감 능력이 현저히 떨어져 있다. 그리고 이 무서운 현상이 모두 전체주의의 심화에서 출발한다고 아렌트는 설명하는 것이다.

이에 비하면 신동집의 시 「포스터 속의 비둘기」는 공감이 이루어지는 경우라고 할 수 있다. 무슨 용도의 포스터인지 알 수는 없지만 그 포스터 속에는 비둘기가 있다. 비둘기는 자꾸 곁눈질만 하는데, 포스터 속에 오래 들어 앉아 있어서 그런지 눈치만 살피며 날지 않는다. 지붕마루 위에 올라가 노닐지도 않으며, 비어 있는 집 통만 비바람에 털럭이며 삭고 있다. 심지어 누가 포스터를 짓구겨 찢어도 포스터 속 비둘기는 피 한 방울 흘리지 않는다. 포스터를 불 속에 던져도 비둘기가 탄 잿가루 하나 남지 않는다. 포스터 속 비둘기는 결코 죽지 않고 다치지 않는 가짜 생명이기 때문이다.

이 시의 '시적 화자'는 포스터 속의 비둘기에 대해 공감한다. 생명이 있는 비둘기인 듯 인쇄된, 생명 없는 포스터 속의 비둘기나 시적 화자 자신의 처지나 마찬가지라는 생각을 한다. 아렌트가 말한 '비타 악티바' vita activa, 즉 생명력 있는 활동적인 삶을 살지 않는다면 그것은 살아 있으되 죽은 것이나 마찬가지라는 생각을 시적 화자도 가지고 있다. 생존을 위한 노동만 할 것이 아니라, 창조적 작업도 해야 하고, 그리고 무엇보다 적극적이고 능동적으로 정치 참여 행위도 해야만 비로소 생명 있는 자답다고 시적 화자는 생각한다. 시적 화자가 생각하는 생명력 있는 활동적인 삶을 그 스스로 제대로 살지 못하니 포스터 속의 인쇄된 비둘기나 다를 바가 없다고 탄식한다.

시적 화자가 포스터 속 비둘기에 공감하는 것은 진정한 의미의 공감인가? 아무래도 진정한 의미의 공감이라고 볼 수는 없다. '공감' sym-patheia 이란 "함께 그러한 감정을 느낌"이어야 하기 때문이다. 시적 화자는 생명 있는 인간 존재인데 포스터 속 비둘기는 생명 없는, 인쇄된 이미지에 지나지 않는다. 그래서 애초에 둘은 서로 공통된 감정을 공유할 수 없다. 시적 화자가 자신의 비참한 처지를 한탄하다가 그런 자신의 처지와 유사한 포스터 속 비둘기를 보고 일방적으로 공감을 표현한 것에 지나지 않는다. 따라서 공감에도 일방적 공감이 있을 수 있고, 일방적 공감은 공감의 형식을 취하지만 실제로는 자기 연민이거나 자탄일 뿐이라는 것을 알 수 있다.

이제 호메로스Homeros의 『일리아스』에 나오는 '아킬레우스'와 '뤼카온'의 경우를 살펴보자. 트로이아의 왕 프리아모스의 아들 뤼카온은 아킬레우스에게 사로잡혀서 죽을 위기에 처한다. 그러자 아킬레우스에게 살려 달라고 애원한다. 그런 뤼카온에게 아킬레우스는 인간의 보편적 운명인 죽음에 대해 뤼카온을 설득한다. 뤼카온보다 훨씬 훌륭한 파트로클로스도 헥토르에게 죽임을 당하지 않았는가? 여신을 어머니로 둔 아킬레우스도 언젠가는 죽어야 한다. 태어난 순간 인간은 죽음을 향해 갈 수밖에 없다. 마치 창이나 시위를 떠난 화살처럼 말이다. 그러니 뤼카온도 언젠가는 죽을 운명인데, 지금 죽음에 저항하는 것은 어리석은 짓이다. 이 말을 들은 뤼카온은 창을 놓고 아킬레우스의 죽임을 순순히 받아들인다.

그리스 신화에 나오는 트로이 전쟁의 영웅, 아킬레우스.
트로이아의 왕 프리아모스의 아들 뤼카온은 아킬레우스에게 사로잡혀서
죽을 위기에 처한다. 살려 달라고 애원하는 뤼카온에게 아킬레우스는
인간의 보편적 운명인 죽음에 대해 뤼카온을 설득한다.

아킬레우스는 뤼카온과 공감한 것일까? 공감했다고도 볼 수 있고, 공감하지 못했다고도 볼 수 있다. 아킬레우스와 뤼카온은 둘 다 전쟁터에 나와 있다. 전쟁터에서는 적의 생명을 빼앗을 권리가 있다는 암묵적 약속을 이미 한 상태이다. 게다가 아킬레우스는 뤼카온에게 인간 존재의 보편적 필멸성에 대해 자세히 설명한다. 그 설명을 듣고 뤼카온은 공감했다는 제스처를 취한다. 그런 면에서 아킬레우스와 뤼카온은 공감했다고 볼 수 있다.

하지만 아킬레우스가 죽음을 앞둔 뤼카온의 두려움과 공포, 더 오래 살고 싶다는 간절한 바람에 진정으로 공감했는지에 대해서는 의문이 든다. 아킬레우스는 일방적으로 뤼카온에게 죽을 수밖에 없는 이유를 설명했을 뿐이지, 뤼카온의 입장이나 처지가 되어 그 심정을 헤아리지는 않았기 때문이다. 뤼카온이 창을 내려놓고 두 팔을 벌리며 죽음을 받아들이겠다는 제스처를 취한 것도 공감하지 않은 측면에서 해석할 수 있다. 아킬레우스가 그렇게 거창하게 영웅들의 필멸성을 말하니, 죽고 싶지는 않지만 주눅 들어, 어쩔 수 없이, 자포자기한 채 죽음을 받아들인 것인지도 모른다.

아킬레우스는 아이히만처럼 윤리적 관심을 끊어 버리고

상대방을 관리 대상 물건으로 취급하지는 않는다. 아킬레우스는 일상생활의 평범함에 젖어 있다 보니 '생각 없는', 그리고 '윤리적으로 무관심한' 사람도 아니다. 그래서 아이히만처럼 일방적 공감조차 하지 않고, 아무런 감정 없이 기계처럼 뤼카온을 대하는 것은 아니다. 아킬레우스는 뤼카온에게 보편적 필멸성을 자상하게 설명해서, 죽음을 받아들일 수밖에 없다는 공감을 뤼카온으로부터 이끌어 낸다. 그렇다고 '포스터 속의 비둘기'와 동일시하는 시적 화자처럼 아킬레우스가 뤼카온을 자기와 동일시하는 것도 아니다. 결론적으로 아킬레우스와 뤼카온 사이에는 어느 정도 쌍방향적 공감은 있으되, 대체로 아킬레우스의 일방적 공감이 강하다고 할 수 있다.

6장

과거와 미래의 틈새에서 끊임없이 혁명이 일어난다

『혁명론』은 아렌트 철학의 완결판이다. 『인간의 조건』을 통해 선보인 아렌트 철학이 비로소 『혁명론』으로 완결된다. 그가 재삼 강조하는 바는 인간이 새롭게 '시작'할 수 있는 존재라는 것이다. 새롭게 시작한다는 것은 기적을 일으킨다는 말과 같다. 하지만 기적을 일으키려면 혼자 힘으론 안 된다. '나'와 '타인'이 모여 관계의 그물망을 형성하고, 그것이 공론장으로 발전해서야 비로소 기적을 일으킬 수 있다. 그렇게 해서 일어나는 기적이 바로 '혁명'이다. 그렇다 보니 혁명은 막상 그 혁명에 참여한 사람들 자신도 깨닫지 못하는 사이에 일어난다. 그것이 혁명인 줄도 모르고 혁명은 일어난다. 아렌트는 『혁명론』에 와서 목소리가 아주 차분해진다. 그동안 신랄하게 비틀고 꼬집으며 실소를 내뱉던 모습은 온데간데없이 아주 나직한 목소리로 '혁명론'을 전개해 간다. 이유는 두 가지로 본다. 첫째, 이제까지 인간 사회의 문제점을 비판했으니 그다음으로 대안을 제시할 때가 되었다. 그리하여 『혁명론』은 아렌트가 인류에게 제의하는 대안적 방법론이다. 둘째, '혁명'이 인류 사회에 새로운 희망이 될 수 있는지를 검토해야 한다. 혁명은 전쟁과 쿠데타, 내란, 테러, 폭동 등과 달리 인류에게 새로운 희망을 던져 줄 수 있을까? 만약 혁명이 그런 것들과 다르지 않다면 인류에게는 희망이 없지 않나?

6-1 혁명에 절대자는 있어야 하나?

아렌트의 『혁명론』은 『예루살렘의 아이히만』과 같은 해, 즉 1963년에 출간된다. 『전체주의의 기원』에서 출발한 그의 철학은 이제 서서히 완결을 향해 나아가는 찰나이다. 이때 아렌트는 1956년 헝가리 혁명을 보고 큰 충격을 받는다. "이제까지 인류의 문제점을 비난하기만 했었는데, 그래서 아이히만이나 유대인이나 다 '아이히만'일 뿐이라고 생각했는데, 아닐 수 있구나" 하는 생각을 한다. 여기서 그는 『인간의 조건』에서 그토록 강조한 '새로운 시작', 혹은 '탄생성' natality 의 가능성을 본다. 인간이 혁명을 일으킨다는 것은 새로운 시작을 하는 것이다. 생물학적 탄생에 머물지 않고 거듭 새롭게 탄생하는 것이다. 혁명을 통해 새로운 국가를 건설한다는 것은 인간과 인간 사회가 정치적으로 완전히 새로운 세상을 연다는 의미이다. 암울한 과거의 체제에서 결코 벗어나지 못할 것 같던 인간이 어느새 전혀 새로운 세상을 스스로의 힘으로 열 수 있다는 것을 보여 주니, 아렌트 입장에서도 희망을 가져 볼 만하지 않나!

그렇다면 아렌트가 말하는 새로운 시작, 또는 탄생이 무엇인지 정확히 알 필요가 있다. 그는 탄생을 세 가지로 나눈다. 첫째는 생물학적 출생이다. 『인간의 조건』에서 말한 세 가지 활동, 즉 노동, 작업, 행위는 모두 이 생물학적 출생이 전제되어야 한다. 하지만 이 중에서도 행위는 제1의 탄생에 그치지 않는다. 행위는 제2의 탄생이다. 인간이 행위를 한다는 것은 인간관계의 그물망을 형성하고 그 속에서 대화하거나 토론해서 합의나 절충점을 도출하는 일이다. 그래서 인간은 개체에 그치지 않고 정치적 공동체 속에서 새롭게 태어난다. 마지막으로 제3의 탄생은 '정신의 삶'으로 탄생하는 것이다. 아렌트가 죽기 전까지 써서 유고로 남긴 책이 『정신의 삶』이다.

이 세 가지 탄생 중 혁명과 연관된 탄생은 어느 것일까? 너무나 당연히 '혁명'은 제2의 탄생인 행위에 의해서 이루어진다. 인간이 공론 영역에 참여해서 대화하고 토론한다는 것은 서로 평등하면서도 차이 나는 관계를 인정한다는 것이다. 그 누구도 다른 누구를 지배하지 않으며, 그 누구도 자신과 다른 차이를 부정하지 않는다. 그래야만 정치적 공동체를 이룰 수 있으므로 이 점은 너무나 당연하다. 타인의 차이를 인정하지 않고 지배하려 드는데 어떻게 함께 혁명을 일으킬 수 있나? 그러니까 인간은 정치적 공동체 속에서 새롭게 태어나야 한다. 아렌트는 인간이 생물학적 본성에 머물지 않고 스스로를 발전시켜 정치적이고 공동체적인 새로운 인간으로 탄생할 수 있다고 믿는다.

새로운 시작으로서의 혁명은 현재nunc stans 시간 안에 있는 것이 아니라 위에 있다. 그러니까 엄밀히 말하자면 혁명은 과거, 현재, 미래 어디에도 속하지 않는다. 혁명은 더 이상 존재하지 않는 과거와 아직 존재하지 않는 미래 사이에 마치 영원한 틈새와도 같은 현재 위에서 일어난다. 이 영원한 틈새가 크리스탈처럼 반짝인다. 혁명의 크리스탈을 둘러싸고 낡은 질서는 아직 제대로 끝나지 않고 새로운 질서도 시작되지 않는다. 어떻게든지 구체제는 새로운 국가가 탄생하는 것을 막으려 하고, 신체제는 한 번도 가 본 적이 없으므로 시행착오와 오류를 반복하면서 혁명을 보완하거나 발전시켜 갈 수밖에 없다.

그래서 혁명가들이 혁명 초기에 애쓴 일이 혁명의 정당성 문제였다. 그리고 혁명을 정당화하려면 그들 생각으론 절대자가 필요했다. 루소의 '일반의지'는 인민의 의지를 일반화한

의지라기보다 절대자의 의지에 가깝다. 이것을 로베스피에르는 인민을 신격화한 후 모든 법과 권력은 인민에게서 나온다는 말로 번역함으로써 왕의 권위를 무너뜨리고 혁명을 정당화한다. 혁명과 절대자의 연관성은 루소나 로베스피에르 이전에도 찾을 수 있다. 아우구스티누스는 세속의 역사 속에 갑자기 예수가 나타나서 그 세속의 역사를 중단시키고 새로운 역사를 시작하게 하는 것을 혁명이라고 설명한다. 이 정도 읽었을 때 우리는 절망할 수밖에 없다. 결국 혁명조차 종교의 그림자에서 벗어나지 못하는 것인가?

어쨌든 이런 기독교의 시간관이 고대의 시간관을 무너뜨렸다는 점을 간과해서는 안 된다. 어쩌면 이조차도 혁명적이기 때문이다. 고대 아테네나 로마는 영구적인 순환으로서의 시간에 빠져 있다. 그런데 기독교가 들어와서 직선적 시간관으로 바꿔 놓는다. 그리고 예수와 같은 절대자가 세속에 개입함으로써 새로운 시작이 열린다. 하지만 안타깝게도 기독교조차 자기모순에 빠진다. 그런 절대자의 개입으로 얻은 게 뭔가? 인간이 영생을 얻을 수는 있지만, 그 영생이 고대의 영구적인 순환과 무엇이 다른가? 이것이 아렌트의 날카로운 질문이다. 아우구스티누스는 '성스러운 역사 중단'을 혁명이라고 칭하는데, 이것은 근대 이후 인류사에 등장하는 '혁명'과 전

로베스피에르(1758~1794).
로베스피에르는 인민을 신격화한 후 모든 법과 권력은 인민에게서
나온다는 말로 번역함으로써 왕의 권위를 무너뜨리고 혁명을 정당화한다.

혀 다르다. 근대 이후 혁명이 아우구스티누스의 혁명이라면 우리는 그저 영생을 얻기 위한 헛수고를 한 셈이다. 아렌트가 보기에 근대 이전에는 '혁명'이라는 개념조차 전혀 혁명적이지 않았다. 오히려 영원한 순환과 반복의 주기 속에 편입되어 있었다. (아렌트는 혁명의 역사를 논하는 것이 아니라 혁명의 개념을 논한다. 그런 면에서 아렌트는 확실히 철학자이다.)

'혁명'은 원래 코페르니쿠스가 '천체 궤도의 운행' De revolutionibus orbium coelestium이라고 표현한 데에서 찾을 수 있다. 다시 말해서 천문학 용어로서의 '혁명'은 "별들의 회전 운동은 인간의 영향력을 벗어나 있어서 거역할 수 없다"는 의미로 쓰인다. 인간의 능력을 초월하여 별들은 규칙적이고 합법칙적으로, 그리고 반복적이고 순환적으로 회전 운동한다는 것이다. 말 그대로 코페르니쿠스의 천문학 용어 '혁명'은 새로움이나 격렬함이라는 의미를 전혀 담고 있지 않다. 차라리 헬라어 '순환'을 뜻하는 '아나퀴클로시스' anakyklosis가 그대로 라틴어로 옮겨져서 '레볼루치오니부스' revolutionibus가 되었다고 보는 것이 옳다.

그렇다 보니 이것이 정치적 은유로 쓰일 때도 '구질서를 멈추고 새로운 세계를 탄생시킨다'는 의미로 쓰이지는 않는다.

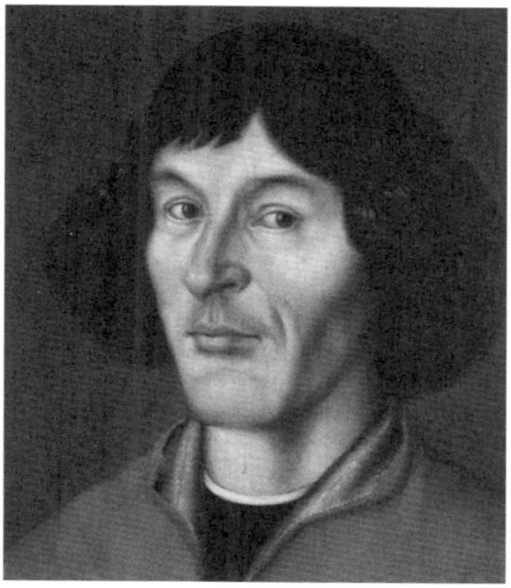

니콜라우스 코페르니쿠스(1473~1543). 코페르니쿠스가 처음
'혁명'이라는 말을 쓸 때에는 별들의 회전 운동처럼 인간으로선 어쩔 수 없는
순환과 반복을 의미했다. 하지만 프랑스혁명이 일어날 당시
도저히 막을 수 없고 돌이킬 수 없는 '혁명'이라는 의미로 바뀐다.

이 용어가 1688년 '명예혁명'에서 쓰일 때 '과거의 군주 권력의 정당성과 영광을 복구하는 것'이라는 의미로 쓰일 정도였다. (그런 면에서 '명예혁명'은 '혁명'이 아니다.) 심지어 혁명의 불씨가 되었던 운동조차 우연한 경우를 제외하면 혁명적이지 못하다. 토크빌조차 『앙시엥 레짐』에서 "사람들은 장래 혁명의 목적이 구체제의 타도가 아니라 복고라고 믿었을지 모른다"고 했을 정도이다. 토머스 페인은 『인간 권리』에서 미국혁명과 프랑스혁명을 '반혁명'으로 명명하자고 진지하게 제안한다. '과거로의 복귀'가 혁명가인 페인의 마음을 사로잡고 있는데 미국혁명과 프랑스혁명은 자꾸 과거로부터 멀어지니 이런 말을 하는 것이다. (이 대목에서도 아렌트의 주특기가 나온다. '아이러니'의 시선으로 사태를 들여다보는 것이다.)

따라서 원래 '혁명'이라는 용어에는 참신성, 시작, 폭력 등의 의미들이 전혀 들어 있지 않았다. 혁명이 지닌 불가항력성은 인간의 힘으로 어쩔 수 없는 규칙성, 반복성, 순환성의 의미만을 지녔다. 그러다가 프랑스혁명 때 루이 16세와 라 로슈푸코 공작 간의 대화는 '혁명'의 의미를 새롭게 혁명적으로 바꾸어 놓는다. 바스티유감옥이 함락되고 근위병들이 변절하자 1789년 7월 14일 밤, 왕이 라 로슈푸코 공작에게 묻는다. "이것은 반란이 아닌가?" 라 로슈푸코 공작이 대답한다. "아닙니다. 폐하, 이것은 혁명입니다."

루이 16세가 그 사건에 '반란'이라는 용어를 쓰는 것은 "왕 지배 체제가 영원히 지속될 수밖에 없는데, 일시적으로 저항하는 사건이 발생한 것 아닌가?"라는 의미를 표현하기 위해서이다. 그는 여전히 "어쩔 수 없이 왕 지배 질서의 제자리로 돌아올 수밖에 없다"는 불가항력성을 믿고 있다. 하지만 이에 대해 라 로슈푸코는 혁명의 불가항력성을 전혀 다른 의미로 쓴다. 라 로슈푸코가 쓴 '혁명'의 의미는 "왕의 권능으로도 어쩔 수 없는, 그리고 돌이킬 수 없는 민중의 혁명"이다. 왕 지배의 불가항력성이 민중 혁명의 불가항력성으로 바뀐 것이다. 프랑스혁명 당시에 최초로 '혁명'이라는 용어의 의미에 혁명적 변화가 있었다는 것은 의미심장하다. 이처럼 아렌트의 눈에는 인류사가 온통 '아이러니'로 가득하다. (2009 한국외대 : '혁명'과 '언어'의 변화)

아렌트는 안타까운 눈으로 혁명 참가자들을 지켜본다. 그들에게서 희망을 보고 싶은데 오히려 혁명과는 거리가 먼 아이러니컬한 모습만 자꾸 보게 되기 때문이다. 혁명 참가자들은 필사적으로 절대자를 찾는다. 자신들의 혁명이 그 절대자를 통해 정당성을 얻기를 바라기 때문이다. 이것은 인류가 오

Journée du 21 Janvier 1793
la mort de Louis Capet sur la Place de la Révolution
Presentée à la Convention Nationale
le 30 Germinal par Helman

루이 16세의 처형.

랫동안 가져온 몹쓸 습관이다. 자신이 하는 행위에 대해 스스로 정당화하지 못하는 나약함에 빠져 있다. 자꾸만 더 높은 존재로부터 인정받거나 승인받아야만 혁명이 정당할 수 있다는 강박관념을 떨치지 못한다. 예수의 제자, 주교와 교황들은 절대자를 세속 세계에 구현해야 된다는 강박증에 시달린다. 군주는 마치 자신이 절대자인 양 초월적 권능을 지닌 행세를 한다. 프랑스혁명에서 인민은 절대적으로 정치권력의 근원이 된다. 아렌트가 보기에, 이렇게 '절대자에 의존하기'라는 몹쓸 습관에 빠져서는 결코 혁명을 이룰 수 없다.

그런데 이때 미국혁명이 아렌트의 눈에 띈다. 프랑스혁명 참여자들과 미국혁명 참여자들은 분명히 다르다. 아렌트는 여기에서 새로운 가능성을 발견한다. 미국혁명 참여자들은 국가 건설 과정에서 절대자에 의존하기보다 로마 건국의 지혜를 더 따른다. 프랑스혁명 참여자들이 불멸의 입법가 혹은 자명한 진리나 초월적 근원을 애써 찾아서 혁명을 정당화하려 할 때, 그들은 건국 행위 자체를 통해 절대자 문제를 극복하려 한다. 영국에서 배를 타고 미국으로 건너가는 순간 그들은 그 누구에게도 의존하지 않고 오직 자기들 곁에 있는 동지들만 믿을 수 있다는 것을 깨달았기 때문이다. 그들이 모여 함께 대화하고 토론하면서 작은 공동체를 만들고 나아가 국가를 건설하는 것만이 온전히 믿을 수 있는 일이었기 때문이다. (아메리카라는 신세계로 가는 바람에 그들은 저절로 공화주의를 깨달아 버린 것이 아닌가? 아렌트의 눈에는 이조차 인간의 새로운 시작으로 보인다.)

로마는 "권력이 인민에 있다"potestas in populo라고 말한다. 이것을 프랑스혁명 참여자들은 "인민이 절대자의 위상에 있으므로 국가의 권력은 인민으로부터 나오는데, 왕이 그것을 저해하므로 왕정체제를 무너뜨리고 혁명을 일으키는 것은 정당하다"라는 의미로 해석한다. 그러나 미국혁명 참여자들은 "다른 어떤 권위자나 절대자에 의존할 것이 아니라, 오직 인민들끼리 서로 믿고 힘을 합쳐야만 국가를 건설할 수 있다"고 해석한다. 한 번도 가 보지 않은 미지의 혁명 세계로 나아가는데 도대체 무슨 절대자에 의존한단 말인가? 인간 스스로의 힘으로 조금씩이라도 나아갈 수 있을 뿐이라는 자각이 미국혁명 참여자들에게는 선명하게 떠올랐다. 미국혁명 참여자들은 오로지 자신들의 힘으로 모든 것을 완전히 새롭게 시작할 수밖에 없다고 생각했다. 그러므로 이제 아렌트가 생각하는 혁명이 비로소 탄생했다고 할까? (물론 미국혁명에도 문제점이 많다는 것을 아렌트도 지적한다.)

아렌트는 미국혁명에서 발견한 새로운 시작을 더욱 확장한다. 아우구스티누스의 '혁명' 개념을 새롭게 해석해 낸다. 아우구스티누스는 이렇게 말한다. "시작이 있었으니 인간이 창조되었다." Initium ergo esset, creatus est homo 이것을 단순히 표면적으로만 해석해 보면 "태초에 시작이 있었고, 이후 인간세계에는 끊임없이 그 태초의 시작이 되풀이될 뿐이다"라고 할 수 있다. 태초의 시작, 즉 절대적 시작인 '프린키피움' principium 에 의존하여 인간의 시작인 '이니티움' initium 을 시작할 수밖에 없다는 종속적인 의미로 해석하는 것이다.

하지만 아렌트는 이것을 다르게 해석한다. "천지창조는 신의 일이다. 그 이후의 창조는 인간의 일이다." 세계를 시작하는 일은 신이 하겠지만, 그 세계에서 새로운 시작을 할 수 있는 것은 오롯이 인간에게 주어져 있다. 그래서 태초의 시작을 '프린키피움'이라 하고, 그것과 구별하여 인간의 시작을 '이니티움'이라 한다. 그러니까 아렌트는 천지창조의 기적을 일으킨 것은 신이지만, 혁명을 일으켜 새로운 국가를 건설하는 기적은 온전히 인간이 해야 할 일이라고 소름끼치게 말하고 있다. 과거에서 미래로 흘러가는 현재의 시간 위로 어느 날 반짝이는 크리스탈처럼 혁명의 시간을 빛나게 하는 것은 바로 인간 자신이라고 말이다. 이 무렵에 오면 아렌트의 목소리에는 확연히 희망이 묻어난다. 인간은 스스로의 힘으로 혁명을 일으켜 새로운 국가를 건설하고 전혀 새로운 행위를 하며 살아갈 수 있다. 절대자에 의존하지 않으면서 오직 인간들끼리 관계의 그물망을 만들고, 서로의 차이를 드러내며 대화하거나 토론할 수 있다. 인간들 자신이 정치권력의 주인이 되어 공화국을 이끎으로써, 고대 로마에서나 볼 수 있었던 '레스 푸블리카'res publica를 미래 인류 사회에도 실현하게 되는 것이다.

6-2 해방과 자유는 어떻게 다른가?

아렌트가 보기에 혁명은 서로 다른 두 단계로 진행된다. 예속에서 벗어나기 위한 투쟁 단계가 그 첫 번째 단계이고, 정치적 자유를 확립하려는 투쟁 단계가 그 두 번째 단계이다. 이 두 단계가 혁명 과정에서 동시에 진행될 수도 있지만, 그렇다 하더라도 이 두 단계는 전혀 다른 정치 행위라고 보아야 한다. 아렌트는 이 두 단계를 '해방' liberty 과 '자유' freedom 개념의 차이에 대응시킨다. '해방'은 사적·시민적 자유이며, '자유'는 공적·정치적 자유이다. 그래서 혁명이 단지 해방에 그쳐서는 안 된다. 혁명은 궁극적으로 자유를 실현할 수 있어야 한다. 만약 혁명의 목적이 해방에 그친다면 반란과 구분되지 않는다. 게다가 혁명의 목적이 해방에 있으면 점차 혁명의 정신은 퇴색할 수밖에 없다.

이것을 잘 알 수 있는 사례가 프랑스혁명이다. 프랑스혁명을 일으킨 민중은 가난에 찌든 자들이었다. 그래서 그들의 목표는 가난으로부터의 해방이 될 수밖에 없었다. 이에 따라 혁명의 목표도 인민의 행복으로 바꾸게 된다. 문제는 혁명이 일어난 후에도 인민이 행복하지 않다는 것이다. 반란인지 혁명인지 모를 무엇이 인민을 행복하게 해 줄 능력을 갖출 수 없기 때문이다. 대부분의 혁명이 인간의 신체적 욕구와 결부되어 있는 생존 문제, 필연성의 문제 때문에 일어나지만 혁명은 이 문제를 해결해 주지 못하므로 시들 수밖에 없다.

마르크스가 "프랑스혁명이 사회적 빈곤 문제를 해결하는 데 실패했기 때문에 자유를 확립할 수 없었다"고 확신한 것은 옳다. 하지만 아렌트가 보기에 마르크스는 또 다시 중요한 점을 놓친다. "그렇다고 혁명이 빈곤 문제 해결을 목표로 해서 일어나야 할 것인가?" 아렌트는 말한다. "혁명은 전제나 억압에 대항한 투쟁에서 빈곤과 적빈의 막강한 위력을 선용하거나 악용해 온 것은 사실이다." 그가 보기에 빈곤이 혁명의 동력이 되어선 안 된다. 즉 인민의 해방을 위한 혁명은 혁명이 아니다. 인민의 자유를 위한 혁명만이 혁명이다. 개개인 모두가 저마다의 차이성을 가진 채 동등하게 정치에 참여해서 자유롭게 의사를 표현하고, 또한 공동체적 권력을 가지게 되는 자유라야 혁명의 목적이라 할 수 있다.

그런데 안타깝게도 대부분의 혁명이 해방 문제가 먼저 부각되고 그 문제가 해결되어야 자유에 관심을 갖는다. 그래서 아렌트가 보기에 혁명다운 혁명을 인류 역사에서 찾아볼 수는 없다. 프랑스혁명이 혁명의 전범으로 인식되지만 아렌트 눈에는 가장 혁명답지 못한 혁명이다. 프랑스혁명은 구체제의 억압으로부터 해방되고 동시에 빈곤 문제로부터도 해방되고자 하는 이중적 과제를 지닌다. 프랑스혁명에서 비로소 가난한 자가 빛의 영역에 등장한다. 이 점을 『인간의 조건』과 연결해 보면 프랑스혁명이 왜 성공하지 못했는지 드러난다. 생존의 필연성 문제가 공론 영역을 장악해서는 결코 혁명적 자유가 실현될 수 없다. 생존의 필연성 문제가 부각되면 저마다 이기적 본성을 공론 영역에 드러내어 '인간의 다수성'은 파괴되고 말 것이기 때문이다. 혁명은 인류가 이제껏 한 번도 경험해 보지 못한 자유를 새롭게 시작하고자 해야만 성공할 수 있다. 그래야만 이기적이지 않은 인간들이 광장에 모여 자유롭게 공동체의 발전을 토론할 것이기 때문이다.

아렌트의 마르크스에 대한 비판은 자연히 헤겔 비판으로 이어진다. 헤겔도 '정치적 질서를 변화시키는 동인은 빈곤'이라고 말한다. 헤겔은 혁명의 자유가 필연성으로부터 출발하여 변증법적 과정을 거쳐 도달된다고 확신한다. 즉 인민이 생존 문제의 절박함에 내몰리다 보면 혁명을 일으킬 것이고 그로 인해 나중에는 정치적 자유도 획득하게 될 것이라는 것이다. 하지만 아렌트가 보기에 이 생각은 터무니없다. 인간은 필연성의 속박에서 벗어나지 않고는 '행위'를 할 수 없기 때문이다. 빈곤 문제, 생존 문제, 필연성 문제에 매달려 있는 인간은 공적·정치적 자유를 추구할 수 있는 여유가 없다. 배고파 죽을 지경인데 정치고 자유고 신경 쓸 틈이 있나? 프랑스혁명의 참여자들은 자신들을 격노한 사람들les enragés이라 불렀는데, 오로지 복수심에 불탔으니 말이다.

아렌트가 보기에 그나마 프랑스혁명보다는 미국혁명이 정치적 자유 확보라는 목적에 좀 더 가깝다. 미국인들에게도 빈곤이 있었지만 그들에게는 공적인 불행은 없었기 때문이다. 빈곤 문제라는 사적인 불행이 있는 대신 공적인 불행, 정치적 불행에 해당하는 자유와 평등의 박탈은 없었기 때문에 프랑스혁명처럼 극단으로 치닫지 않는다. 그들은 최소한의 생계 문제는 해결할 수 있어서 로마인처럼 '자신과 다른 사람 사이에 존재하기'inter hommines esse를 할 수 있었다. 즉, 광장에 나가 타인의 의견을 경청한 후 자신의 다른 의견을 개진할 수 있는 자유와 평등이 주어졌다. 다르게 표현하면 그들은 그리스인이나 로마인이 '공공 영역'res publica에 나갈 수 있는 '여유'schole에 근접한 상태였다. 아렌트가 보기에 미국혁명은 영국으로부터의 독립전쟁이 일어나기 전에 벌써 진행되고 있었다. 아메리카 대륙으로 건너오는 배 안에서 그들은 공화국의 시민으로서 공동체 의식을 강하게 가질 수밖에 없었다. 그 누구에게도 의존하지 않고 공동체 구성원끼리의 약속만 믿고 신세계에 발을 들여놓았다. 아메리카 대륙에 들어와서도 믿을 수 있는 사람은 함께 배를 타고 온 동지들밖에 없다. 모든 일을 그들과 상의하고 협의해서 결정한다. 이러한 공화주의가 밑바탕에 깔린 채 미국의 독립 전쟁이 벌어진다.

그러니까 아렌트는 두 가지 자유를 구분한다. 공적 자유와 사적 자유는 다르다. 공적 자유는 '자유'라고 번역하고 사적 자유는 '해방'으로 번역하는 것이 바람직하다. 단지 신체적 필요에 의해서나 다른 사람들의 제약에서 벗어나고자 하는 의도에 의해서 생기는 자유는 사적 자유, 해방, 시민적 자유civil liberty라고 불러야 한다. 생존의 필연성 문제에서 벗어나고자 하는 것, 또는 개인으로서 자신의 욕구와 욕망 문제를 해소하기 위해 선택한 행동 등이 공적·정치적 자유일 수는 없다. '정치적 자유'freedom, '공적 자유', '적극적 자유'는 동등하면서도 서로 차이 나는 사람들끼리 모여 합의에 이를 수 있어야 한다. 이러한 합의에 이름으로써 비로소 시민 개개인은

IN CONGRESS, JULY 4, 1776.
The unanimous Declaration of the thirteen united States of America,

미국 독립선언서. 아렌트가 보기에 그나마 프랑스혁명보다는 미국혁명이 정치적 자유 확보라는 목적에 좀 더 가깝다. 빈곤 문제라는 사적인 불행이 있는 대신 공적인 불행, 정치적 불행에 해당하는 자유와 평등의 박탈은 없었기 때문에 프랑스혁명처럼 극단으로 치닫지 않는다.

권력을 얻게 된다.

그런 면에서 아렌트는 루소의 일반의지 개념을 통렬히 비판하고 있다. 일반의지volonté généralle는 인민의 위상을 신적 위치에 올려놓은 후에나 가능하다. 그런데 프랑스 인민은 빈곤 문제에 시달린다. 그러므로 프랑스 인민의 의지는 빈곤 문제에서 벗어나고자 하는 의지일 수밖에 없다. 생존 문제와 관련된 그들의 이기심을 충족시켜 주는 데에 일반의지가 소모될 수밖에 없는 것이다. 그리스인, 로마인, 그리고 미국인들처럼 '자신과 다른 사람 사이에 존재하기'는 불가능하다. 루소는 인민의 의지야말로 공화국의 일반의지로 규정함으로써 프랑스혁명을 실패로 이끈다고 아렌트는 비판하는 것이다. 일반의지가 지니는 만장일치성에서 벗어나서 서로의 차이를 인정하고 합의에 도달할 수 있는 미덕을 프랑스혁명에서 찾아볼 수 없다고 그는 안타까워한다.

그래서 프랑스혁명은 사회혁명일 수는 있어도 정치혁명일 수는 없다. 사회혁명은 사적 자유의 실현에만 주안점을 두기 때문이다. 프랑스혁명도 초기에는 정치적 목표를 실현하려고 한다. 하지만 로베스피에르가 집권하면서부터 혁명 공화국의 목표는 오로지 사회적 빈곤 문제, 복지 문제 등을 해결하는 쪽으로 잡는다. 훗날 러시아혁명을 일으킨 레닌은 혁명의 목표를 '소비에트와 전기 사업'으로 설정한다. 소비에트는 정치적 목표이고 전기 사업은 사회적 목표이므로 두 목표를 동시에 추구하겠다는 의도를 담는다. 하지만 레닌은 혁명 성공 후 권력을 인민에게 돌려주지 않는다. 게다가 경제적 사회주의화만을 혁명의 목표로 설정한다. 아렌트는 인류가 일으킨 혁명의 대부분이 정치혁명에 이르지 못한 점을 안타까워한다. 인류는 끝내 공적·정치적 자유를 얻지 못할 것인가?

6-3 행위의 재앙을 어떻게 극복할 것인가?

아렌트는 정치적 자유가 있어야만 공동 세계를 이룰 수 있고, 그 공동 세계를 이루기 위해 인간이 '행위'할 수도 있다고 본다. 그리고 당연한 말이지만 혁명은 그 정치적 자유를 확보하기 위한 운동이다. 그런 면에서 혁명이야말로 인간으로 하여금 공적인 행복감에 젖게 할 수 있는 것이다. 그런데 혁명을 통해 정치적 자유를 얻고 난 후 인간이 '행위'하는 데에는 아무런 문제가 없을까? 그렇지 않다. 인간의 행위 앞에는 세 가지 좌절이 기다리고 있다. 예측 불가능성, 과정의 불가역성, 익명성 등이 그것이다. 인간이 '행위'한다는 것은 근본적으로 '인간의 다수성'을 전제로 하기 때문에 이러한 세 가지 좌절을 피할 수 없다.

행위는 인간이 자발적으로 새로운 시작을 할 수 있는 탄생성natality을 지닌다. 그래서 완전히 새로운 미지의 세계로 발을 들여놓아야 하므로 예측이 불가능하다. 혁명 후에 무슨 일이 일어날지 누가 예측할 수 있겠나? 그렇지만 이 재앙을 해결할 수 있는 방법 또한 있다. 행위의 예측 불가능성 문제를 해결하기 위해 '약속'이 필요하다. 미국의 주민들은 독립전쟁에 승리하기 전부터 상호 간의 약속으로 맺어져 있었다. 그들은 이미 "사랑하는 친구들과 이웃끼리 약속하여 자유롭게 대표자를 선출한" 국가를 발전시키고 있었던 것이다. 그래서 아렌트는 '약속'한다는 것은 예측 불가능한 미래에 섬 하나를 장만해 놓는 것이라고 비유한다. 미래를 향해 항해하다가 풍랑을 만나면 정박하여 쉴 수 있는 섬이 바로 '약속'인 것이다.

두 번째로, 행위는 완결되면 돌이킬 수 없다. 아무리 최선을 다해 '행위'한다고 해도 자신도 모르게 돌이킬 수 없는 과오를 저지를 수 있다. 이것을 무조건 징벌하는 것은 옳지 않다. 함께 공동체 건설과 발전을 위해 노력하다가 과오를 저지르게 되었다는 것이 인정되면 기꺼이 '용서'해야 한다. 로마인들의 관대함clementia은 흔히 "복종한 자는 용서하고 오만한 자와는 끝까지 싸운다"parcere subiectis et debellare superbos라는 말로 표현된다. 여기서 복종한 자는 전쟁에서 패해서 노예가 되기를 자청한 자가 아니다. 로마가 전쟁을 하는 목적은 연합 세력, 혹은 동료socii를 늘리는 것이기 때문이다. 그래서 복종한 자는 연합해서 친구나 동료가 되기로 한 자들이며, 로마는 이들을 기꺼이 용서한다는 의미로 해석해야 한다. 로마인들이 전쟁 중에 있었던 과오를 모두 잊고 용서해서 친구가 되듯 혁명 중의 과오를 잊고 새롭게 연대solidarity해야 한다는 의미이다.

마지막으로, 행위자는 익명 상태에 있다. 행위는 타인과의 관계 그물을 통해 이루어지므로 익명적일 수밖에 없다. 혁명에 참여한 무수한 사람들을 다 기억할 수는 없다. 그들은 혁명에 참여하여 죽을 줄도 모르고 싸운다. 그러다 그 누구에게도 기억되지 않은 채 사라진다. 게다가 혁명이 일어나고 나면 인민들은 잊힌 채 그들의 대표자라는 사람만 현상 공간에 나타나 '표현하고 논의하고 결정하는' 행위를 한다. 대중이 익명적이게 되면 자칫 윤리적·도덕적 책임을 방기하게 된다. 이 문제와 관련해서도 아렌트는 해결책을 제시한다. 끊임없이 서로가 "당신은 누구인가?", "당신은 왜 이 일을 하나?", "당신이 져야 할 윤리적 책임은 무엇인가?"를 되물어야 한다. 그래서 아렌트는 평의회에 주목한다. 인민들이 작은 공동체 단위로 평의회를 구성하고 서로에게 "당신은 누구인가?"라고 물을 수 있는 제도가 이것이기 때문이다.

행위가 맞이할 수 있는 재앙을 걷어냈으니 이제는 행위를 구성하는 두 가지 요소에 주목해 보자. 하나는 새로운 시작이고 다른 하나는 말이다. 행위는 새롭게 시작하기 위해 하는 것이다. 혁명을 일으켜 새로운 국가를 건설하기 위해 행위하는 것이지 일상적인 정치 활동을 위해 행위하지는 않는다. 또한 광장에 나가서 대화하거나 토론하지도 않으면서 '행위'한다고 할 수 없다. 논쟁하거나 동의, 합의, 타협하는 등의 말은 행위에 있어 핵심이다. 이것을 보면 아렌트의 혁명은 폭력도 아니고 반란도 아니며 전쟁은 더더구나 아니라는 것을 알 수 있다. 그런 것들이 수반될 수는 있지만 그것이 혁명의 본질은 아닌 것이다. 행위한다는 것은 자유롭다는 것이다. 그리고 행위한다는 것은 '나'만이 아니라 '타인'도 함께 행위한다는 것이다. '나'와 '타인'은 함께 행위함으로써 다수적 권력의 주체가 된다. 그래서 아렌트의 자유는 공화주의적이다. 더 나아가 아렌트의 자유는 세계시민적이다.

자유롭게 행위함으로써 얻어진 자유는 다수적 권력을 형성한다. 그러나 여기서 주의할 점은 권력과 권위가 다르다는 것이다. 자유로운 행위를 통해 얻어진 권력은 다시 정치적 자유를 지속적으로 유지시킨다. 그러나 권위는 그렇게 하지 못한다. 권력은 '나'와 '타인'이 공동으로 '대화'하고 심의하고 합의하거나 동의함으로써 획득될 수 있다. 평등하면서도 유대적 관계에 있는 시민들이 집단적 심의나 정책 결정에 참여함으로써 정치적 권력도 획득할 수 있다. 이런 의미에서 아렌트가 말하는 권력과 상식적인 의미에서의 권력을 구분할 필요가 있다. 권력은 근본적으로 특정 개인에 의해 독차지될 수 없다. 권력은 시민들이 공론 영역에서 함께 '약속'하고 '행위'함으로써 비로소 얻어지는 것이다.

이와 달리 권위auctoritas는 로마의 경우에서 반면교사를 찾을 수 있다. 아렌트는 로마법, 즉 '렉스'lex나 그리스법, 즉 '노모스'nomos 둘 다 권위의 초월적 근원을 필요로 하지 않았다고 설명한다. 입법 행위가 결코 신들의 도움을 필요로 하지 않았기 때문이다. 인간이 스스로 공동체를 운영하면서 필요하다면 합의 하에 입법하면 되지, 신과 같은 초월적 권위자가 전제되어야 할 필요성은 없다고 로마인들은 생각했다. 그 법들은 다른 공동체와 전쟁이 벌어지고 난 후 그 공동체와 평화롭게 공존하고 동맹체를 구성하기 위해 필요했다. 즉 '렉스'는 조약이거나 합의였으며, '렉스'를 통해 로마인들은 다른 공동체와 친구와 동료socii를 더욱 확장했다. 한마디로 정치적 권위는 인간과 인간 사회 위에 있는 수직적·초월적 근원이다. 그러므로 이것이 아렌트의 혁명 공화국에 소용될 리는 없다.

따라서 미국혁명에도 문제는 있다. 「독립선언서」 전문에는 새로운 정치체제를 위한 법에 대해서도 언급하지만 권위의 초월적 근원과 연관된 문장도 넣어 놓았기 때문이다. 토머스 제퍼슨은 "우리는 이 진리가 자명하다고 주장한다"라는 구절을 넣는다. 이 구절은 혁명 참여자들 간의 합의, 약속 등의 의미와는 거리가 멀다. 여기서 '자명함'은 그런 합의, 약속을 성립시키는 초월적인 절대자를 의미한다고 보아야 한다. 논쟁의 영역을 넘어 진리로서 설정되기 때문에, 마치 '전제적인 권력'과 같이 강압적이며 위압적이다. 아렌트가 그토록 긍정했던 미국혁명도 결국 그의 비판을 피할 수 없게 되었다.

6-4 진정한 정치 윤리를 찾아서

혁명을 통해 세운 공화국은 어떻게 운영되어야 할까? 당연히 혁명 공화국은 도덕적 정당성을 확보한 국가이어야 한다. 그렇다면 도덕적·윤리적으로 정당한 혁명 공화국은 어떻게 만들 수 있나? 아렌트는 고대 아테네에서 본보기를 찾는다. 플라톤은 국가를 도덕적으로 만듦으로써 시민들도 도덕적 존재로 만들 수 있다고 말한다. 정치적 공동체가 그 공동체 구성원의 도덕성 함양에 초점을 맞추어 운영되도록 하는 것이다. 한마디로 정치제도가 교육제도의 기능을 하도록 만들면 모든 시민을 도덕적 인간으로 만들 수 있다는 생각이다. 그런 선하고 훌륭한 인품을 가진 시민들이 모인 공동체를 플라톤은 '폴리테이아'Politeia라고 부른다.

그런데 플라톤의 구상에는 문제가 없을까? 분명히 치명적인 문제점들을 지닌다. 그 도덕성이 전혀 자발적이지 않다는 것이 가장 문제이다. 국가에 의해 강요된 시민의 도덕성을 과

연 도덕성이라고 할 수 있는지 의문이다. 생산자에게는 절제sophrosynê의 미덕을, 군인에게는 용기andreia의 미덕을, 정치가에게는 지혜phronesis의 미덕을 강제하니, 이런 국가를 혁명을 통해 건설하고자 하는 사람은 없으리라. 특히 정치가는 사유재산도 가지지 못하게 하고, 정치가 그룹 내에서 처와 자식조차 공유하도록 요구된다. 플라톤은 사적 소유가 비리와 부정부패의 온상이라고 생각한 듯하다.

그의 제자 아리스토텔레스는 어떨까? 그가 말하는 시민적 탁월성aretê은 단지 도덕적 미덕만을 의미하지 않는다. 도덕적 미덕도 갖추어야 하지만 정치적인 윤리성도 갖추어야 한다. 도덕적 미덕은 국가나 사회의 요구에 따라 도덕적 실천을 하는 것이고, 정치적 윤리성은 시민이 정치에 참여할 때 자발적이고 능동적으로 옳은 바를 '행위'하는 것이다. 그런 정치적 윤리성 중에서 가장 중요한 것은 '정치적 우정'philia politike이다. 아렌트가 강조하는 연대 내지 유대solidarity이다. (이것은 프랑스혁명의 이념에도 나온다. 자유, 평등, 박애 중에서 '박애'는 사실 '동지애'이다.) 이렇게 공동체 구성원끼리 유대가 강화되려면 당연히 이익을 공평히 나누어야 한다. 그래서 '분배'dikaion는 곧 '정의'dikaiosynê이다. 이익 나누기에서 차별하면서도 공동체적 결속을 이룰 것이라고 기대하는 것은 말이 안 된다. 이 모든 것을 광장에 나와 대화하고 토론함으로써 합의해야 한다고 아리스토텔레스, 그리고 아렌트가 강조하는 것이다.

그런데 아렌트는 아리스토텔레스에서 한 걸음 더 나아간다. 공동체의 시민으로서 단지 폴리스의 입법, 사법, 행정 업무에 참여하는 것에 그쳐선 안 된다. 공평한 분배를 받아서 다른 시민과 감정 상하지 않는 것으로는 부족하다고 아렌트는 판단한다. 더 적극적이고 능동적으로 공공적이고 정치적인 영역으로 나아가서 자유롭게 정치적 '행위'를 할 수 있어야 한다. 아리스토텔레스적인 '필리아'에 머물게 되면 자칫 생존의 필연성과 관련된 해방에 멈추어 버린다. 혁명 공화국의 시민은 본질적으로 행위자여야 한다. 차이 나는 시민끼리 자유롭게, 그리고 평등하게 정치에 참여함으로써 시민의 권력을 유지하기 위해 노력해야 한다.

아렌트의 시민 윤리에 대한 고찰은 이에 그치지 않는다. 근대로 넘어와 칸트의 정언명령에 대해 살핀다. 하지만 칸트의 정언명령이나 도덕적 미덕은 시민의 정치 윤리에 맞지 않다고 판단한다. 정언명령Kategorischer Imperativ은 "선하게 행동하라!"Handle sittlich라는 식이다. 인간 자신의 영혼 속에 있는 실천이성의 명령에 따라 무조건적으로 선한 행동을 하라는 뜻이다. 이것은 한 인간의 선한 영혼을 구제하는 데에는 도움이 될지 모르지만, 인간으로 하여금 시민의 자격으로 공론 영역에 나오게 하지는 않는다. 공론 영역에 나와서 대화하고 토론하고 합의도 이끌어내어야 하는데, 그러지는 않고 자신의 영혼 속 실천이성의 명령이나 기다리니 난감할 뿐이다. 이런 자들이 혁명 공화국에 많으면 분명 혁명은 실패로 귀결될 가능성이 높다. (그런 면에서 칸트는 자기 머릿속 실천이성만 절대적으로 신뢰하는 자기중심성에서 벗어나지 못한다. 여기서 다시 한 번 아렌트의 날카로움을 서늘하게 느낀다.)

이뿐만이 아니다. 아렌트는 공적 윤리와 사적 윤리를 분명히 구분한다. 이 말은 정치적 미덕과 비정치적 미덕, 반정치적 미덕을 구분한다는 말도 된다. 먼저 연민pity과 동정compassion은 위에서 아래로 내려다보며 불쌍히 여기는 것이다. 빈곤에 시달리는 인민을 바라보는 귀족의 시선이라고 할까? 동정은 남의 불행이나 슬픔을 자기 일처럼 아파하는 것이다. 어쨌든 연민이나 동정은 비정치적이거나 종교적인 것에 가깝다. 그런데 루소가 이 동정 개념을 정치 영역 안으로 끌어들인다. 로베스피에르는 인민에 대한 연민과 동정을 정치적으로 악용한다. 프랑스혁명은 계몽 철학가들이 빈곤에 빠진 인민에게 동정심을 품는 데에서 출발한다고 볼 수 있다.

따라서 프랑스혁명은 애초에 실패할 수밖에 없었다.

연민이나 동정과 달리 정치적 미덕은 '타인'과 거리를 둘 수 있어야 한다. 그래서 인간의 다수성을 출현시킬 수 있어야 한다. 연민이나 동정이 친밀성에 바탕을 두고 있다면, 정치적 미덕은 개개인이 차이를 자유롭게 발휘할 수 있도록 만드는 열정에 바탕을 둔다. 형제애fraternity는 어떠한가? 형제애는 특정 집단 구성원 사이의 애정으로 설명된다. 그런데 이 형제애는 언제든지 폭력으로 바뀔 수 있다. 형제끼리 시기·질투하거나 형제 외의 존재를 배척하기 위해 무자비한 폭력을 동원하게 된다. 카인이 아벨을 살해하고, 로물루스가 레무스를 살해하듯이 말이다. 아렌트는 말한다. 만약 형제애가 정치조직의 근간이라면 모든 정치조직은 근친 살해의 범죄에 기원을 두고 있다고.

이제 사랑이 정치적 미덕이 될 수 있는지 알아보자. 사랑은 동정과 같이 인간 사이에 상호작용할 수 있는 일정의 거리, 즉 중간 지대를 소멸시킨다. 동정이나 사랑은 둘 다 타인의 고통을 보느니 내가 고통을 당하겠다는 심산이다. 그래서 '자신과 다른 사람 사이에 존재하기'inter hommines esse가 전혀 안 된다. 이처럼 사적이면서 비정치적, 반정치적 미덕들은 그 나름의 가치가 있다고 평가할 수는 있겠지만, 이러한 미덕들을 정치 영역에 끌어들이게 되면 자칫 정치적 공론 영역을 손상시킬 수 있다. 그렇다고 마키아벨리처럼 정치가 증오, 악, 잔인함, 냉담함으로 채워져야 하는 것도 아니지만 말이다.

이제 남은 것은 유대solidarity이다. 유대야말로 연민, 동정, 사랑 등과 달리 공공적·정치적 미덕이 될 수 있다. 유대는 존엄성이나 위엄성을 공통적으로 지향하는 인간 사이에서나 가능하다. 존엄성이나 위엄성에 대해 관심이 없는 사람과는 결코 유대 혹은 연대할 수 없다. 또한 '유대'하는 인간은 이성적이며 일반적이다. 무슨 말이냐 하면 따뜻한 감정을 통해 대상에 접근하기보다 조금은 차갑고 날카로운 이성을 동원해서 대상에 접근한다. 그래서 오히려 계급, 민족, 인민을 넘어서 인류 전체와 유대를 맺을 수 있다.

진정한 유대를 맺으려면 너무 뜨거워서도, 너무 차가워서도 안 된다. 타인의 고통을 보고 유대가 촉발될 수는 있지만, 그렇다고 유대가 타인의 고통에 무조건 종속되는 것도 아니다. 오히려 연민이나 동정, 사랑과 비교했을 때 조금 냉담하다거나 추상적이라고 느껴질 지경이다. 특별한 것, 특수한 것, 편협한 것, 집착을 유발하는 것, 감정을 촉발시키는 것에 대해서는 경계하고 인간의 위대함, 훌륭함, 영광스러움, 존엄함 등과 같은 '이념들'에 대해서는 가까이하고자 하는 것이 유대이기 때문이다. 따라서 아렌트는 유대야말로 정치 윤리로서 가장 적합하다고 생각한다. 그가 보기에 '유대'할 수 있어야 계급, 민족, 국가를 넘어 세계시민이 될 수도 있다.

아렌트의 유대는 아리스토텔레스의 정치적 우정philia politike에서 발전시킨 개념이다. 정치적 우정은 서로의 차이, 다원성, 다양성을 바탕으로 성립하므로, 각자의 고유성이 인정된다. 이것을 사랑과 비교해 보면 극명히 그 특성이 드러난다. 사랑은 무정치적이고 반정치적이어서 사적이고 무세계적이다. 사랑에 빠진 사람들은 '세계가 자기들만을 위해 존재'한다고 착각한다. 타인과의 공존을 전혀 인정하지 않는다. 그래서 친밀한 사랑은 사적 영역만을 강화하고 공적 영역은 파괴해 버린다. 이렇게 차이성, 다양성, 다수성, 다원성 등을 인정하지 않는 곳에서는 정치 행위가 일어날 수 없다. 함께 정치 활동을 하다가 두 사람이 사랑에 빠지고 나면, 나머지 동지들은 안중에도 두지 않는 일이 일어난다.

그러나 사실 아리스토텔레스의 우정과 아렌트의 우정도 미세하게 다르다. 아리스토텔레스의 우정이 분배적 정의 실현과 연관된 우정이라면, 아렌트가 말하는 정치적 우정philia politike은 정치적 잠재성으로서의 우정이다. 공론 영역으로 나아가서 서로의 차이성과 마주할 것을 예상할 수 있는 잠재성, 그 차이성을 서로 존중할 수 있는 가능성, 타인의 차이성과 접하고 '나'의 세계관이 변경될 수 있는 가능성 말이다. 이와 달리 아리스토텔레스의 우정은 폴리스 공동체 구성원이라는 동질성에 기댄 우정이다. 구성원끼리 이익을 잘 분배해서 감정이 상하지 않도록 해서 내부 결속을 다지면 된다. 그러나 그 정도로는 폴리스 공동체를 넘어설 수 없다. 아렌트가 말한 바, 즉 민족, 계급, 국가를 넘어서 세계시민주의에까지 이르려면 정치적 잠재성을 포함한 우정이라야 한다.

아렌트의 『혁명론』을 두고 이것이 역사냐, 정치냐, 철학이냐 논란이 많다. 그러면서도 한편으로 아렌트는 정통 철학자라고 하기엔 뭔가 부족하다는 평가를 해 댄다. 물론 아렌트 본인은 그에 전혀 개의치 않는다. 남들이 자신을 뭐라 평하든 묵묵히 자신이 해야 할 과업들을 해 나간다. 아렌트의 이런 태도야말로 진정한 철학자의 면모가 아닐까? 세상의 평가에 귀 기울이지 않고 이런 태도를 견지하는 것이 철학자가 되기 위한 가장 기본적인 모습이지 않을까?

아렌트의 『혁명론』은 역사일까, 정치일까, 철학일까? 셋 다이지만 궁극적으로는 철학이다. 원래 철학을 제대로 논하기 위해서는 철학 안에 갇혀서는 안 된다. 모든 학문 분야를 넘나들어야 한다. 이 세계 전체를 놓고 연구하려 하면서 협소한, 그리고 특수한 학문 분야에만 매몰된다는 것은 불가능하다. 서양 철학사를 보면 이 점은 더욱 분명해진다. 플라톤의 『티마이오스』는 천체물리학인가? 아리스토텔레스는 왜 『동물학』을 썼나? 니체가 쓴 『비극의 탄생』은 문학인가, 철학인가?

아렌트는 『혁명론』을 통해 혁명이 일어났던 과거 역사를 서술하고자 하는 것이 아니다. 이 책은 과거에 일어났던 혁명을 거론하지만 전혀 연대기적 순서를 고려하지 않는다. 게다가 개개의 혁명이라 이름 붙은 사건 세부에 대해서도 전혀 관심을 두지 않는다. 그렇다면 이 책은 혁명을 일으켜서 정권을 획득하는 기술을 전수하고자 하는 것일까? 그렇지도 않다. 아렌트에게 혁명이란 특정의 누가 정권을 잡는 일이 아니다. 그리고 그런 정치적 기술 따위엔 전혀 관심이 없다.

아렌트는 혁명이 인간의 '새로운 시작', '탄생성', '자기와 다른 사람 사이에 존재하기', '정치적 행위', '현상 공간', '공론 영역', '해방과 자유', '약속과 용서' 등 자신의 철학 개념 전반을 보여 줄 수 있는 가장 훌륭한 사례라고 생각하여 『혁명론』을 쓴 것이다. 전체주의에 찌든 인간, 아이히만같이 '생각 없는' 인간들을 보며 소스라치게 놀란 아렌트, 인류에게는 희망이 없는 것 아닌가 하고 절망하던 아렌트가 다시 인류에게 희망을 걸어 볼 수 있게 된 것은 바로 이 혁명 때문이다. 인간은 아이히만이 될 수도 있지만, 반대로 혁명가가 될 수도 있다. 아렌트가 걱정스럽게, 그러나 실낱같은 희망도 가지며 인류에게 제시하는 책이 『혁명론』인 것이다.

6-5 논술 속 아렌트 : 과연 혁명은 성공할 수 있을까?

2009학년도 한국외대도 참으로 기발한 방법으로 한나 아렌트를 논술 문제로 출제한다. 기준이 되는 제시문에는 '변화'의 속성에 대해 설명하는 내용을 주어 놓고, 그것을 기준으로 소쉬르의 『일반언어학 강의』와 한나 아렌트의 『혁명론』을 비교·분석하라고 요구한다. 문제의 난이도는 높지 않으나, 다만 한국외대의 특성상 '변화'의 속성에 관련된 글을 '영어'로 출제했다는 것이 주목할 만하다. 게다가 소쉬르와 아렌트라니! 언어학과 혁명론이라니! 한국의 논술 문제에 익숙하지 않은 사람이라면 매우 당황할 수밖에 없다.

'변화'의 속성에 관련된 영어 제시문에는 무슨 내용이 들어 있을까? 하나의 시스템은 요소들로 구성되는데, 시스템은 견고하지만 이 시스템을 구성하는 요소들은 지속적으로 변화한다. 아무리 시스템이 견고하게 있다고 하더라도, 요소들의 지속적 변화가 누적되다 보면 갑작스러운 큰 변화를 맞이할 수밖에 없다. 탁자 위에 놓인 병은 안정적인 상태이다. 하지만 그 병의 목을 손가락으로 천천히 밀면 병은 변화를 겪는다. 그러다가 손가락을 떼면 다시 원상태로 돌아온다. 병이 변화량을 흡수해 버리기 때문이다. 그러나 그 병의 목을 지속적으로 밀다 보면 어느 순간 그 병은 쓰러진다. 임계점을 넘었기 때문이다. 이처럼 시스템도 지속적인 요소의 변화로 임계점에 도달하면 급격한 변화를 겪는다. 그래서 임계점을 기준으로 전과 후는 완전히 다른 상태이며, 임계점 전에서 후로 변하는 과정은 너무도 급격해서 돌이킬 수 없다.

이제는 소쉬르의 『일반언어학 강의』도 살펴보자. 페르디낭 드 소쉬르Ferdinand de Saussure(1857~1913)는 『일반언어학 강의』에서 언어를 하나의 체계system라고 말한다. 그리고 언어 체계는 자기 조절 능력을 가지는데, 이때 자기 조절은 유추의 방법을 동원한다. 유추를 통해 언어 체계의 낡은 요소는 새로운 요소로 대체되는 것이다. 모든 유추에는 세 항이 등장한다. 즉 'honōs'와 같이 합법적으로 계승된 한 형태, 이 합법적 형태와 경쟁해야 할 새로운 형태인 'honor', 그리고 'honōs'가 'honor'로 대체되도록 돕는 형태인 'honōrem', 'ōrātor', 'ōrātōrem' 등 세 요소가 항상 등장한다. 유추에 의한 변화가 발생하기 전에는 'honōs'는 'honōrem'과 함께 짝을 이룬다. 그러다가 어느 날 'honōs'의 자리에 'honor'가 들어선다. 'honor'는 우연히 생긴 것이 아니라 한 언어의 체계가 새롭게 마련한 공식에 의해 출현한다. 그리고 한동안은 'honōs'가 'honor'와 함께 경쟁하기도 하고 공존하기도 한다. 그러나 유추에 의해 설득력을 잃은 'honōs'는 차츰 소외되다가 아예 언어 시스템 자체에서 사라진다. 이런 방식으로 언어 시스템은 유추에 의해 끊임없이 재구조화된다.

마지막으로 한나 아렌트의 『혁명론』을 살펴보자. '혁명'revolution은 정변政變, 내란, 소요, 반란 등과는 달리 자유를 확립하려는 정치 변동이다. 혁명은 과거의 질서를 끝내고 새로운 세계를 탄생시키고자 하는 어마어마한 사건이다. 원래 혁명이란 말은 '천체 궤도의 운행'이라는 코페르니쿠스가 사용한 천문학 용어이다. 이 말을 코페르니쿠스가 쓸 때에는 별들의 회전 운동이 인간의 영향력을 벗어나서 거역할 수 없이 운행한다는 뜻으로 쓴다. 즉 우주적 운명으로 인식하고서 '레볼루션'이라는 용어를 쓴다. 그래서 이 용어는 새로움이나 격렬함보다 규칙적이고 합법칙적이며 반복적, 순환적인 것을 의미했다고 보아야 한다. 이 용어의 원래 의미대로라면 아무리 혁명이 일어나도 영원히 과거의 체제로 되돌아갈 수밖에 없다.

하지만 프랑스혁명 당시 루이 16세와 라 로슈푸코 공작의 짧은 대화는 '혁명'의 의미에 '혁명적' 변화를 일으킨다. 민중에 의한 바스티유 감옥 점거 사건을 보고, 그리고 왕실 근위병조차 이탈하여 혁명군에 가담하는 것을 보고 루이 16세는 이렇게 말한다. "이것은 반란이 아닌가?" 이런 물음에 대해 라 로슈푸코 공작은 "아닙니다. 폐하, 이것은 혁명입니다" 하고 대답한다. 코페르니쿠스나 라 로슈푸코나 둘 다 돌이킬 수 없는 불가항력적인 변화라는 의미로 '레볼루션'이라는 용어를 쓴다는 점에서는 공통되다. 하지만 코페르니쿠스는 순환성, 반복성, 운명성 등에 방점을 찍고 이 용어를 쓴다면, 라 로슈푸코는 민중의 혁명을 더 이상 왕정 체제가 감당할 수 없다는 뜻으로 이 용어를 쓴다. 한꺼번에 터져 나오는 민중의 혁명 열기를 도대체 어떻게 감당하겠느냐는 것이다.

그러니 소쉬르의 언어 시스템이나 아렌트의 혁명에는 공통점이 있기 마련이다. 둘 다 임계점 전후로 엄청난 변화가 일어난다. 낡은 단어와 새 단어가 공존하다가 어느 순간 임계점에 도달하면 낡은 단어는 사라지고 새 단어만 남는다. 혁명도 마찬가지다. 민중이 왕정 체제를 견딜 만하면 민중과 왕은 같은 체제 속에 있지만, 더 이상 견딜 수 없는 한계점에 도달하면 갑작스럽게 폭발하듯 혁명이 일어나 왕정 체제를 몰아내고 공화 체제가 들어선다.

하지만 언어 시스템과 혁명 사이에는 차이점이 더 크다. 소쉬르가 말한 바처럼 언어는 시스템이다. 그래서 언어에서의 변화는 구조가 전제된 변화이다. 새로운 단어가 출현하여 기존의 단어를 퇴출시키고 자리를 잡는 것도 전체로서의 구조 안에서 일어나는 일이다. 아무리 새로운 단어가 출현한다고 해도, 그래서 언어 시스템 안에서 변화가 있다고 하더라도 전체 구조로서의 언어는 변화하지 않는다. 새로운 단어의 출현과 교체는 전체 구조로서의 언어 시스템을 더욱 강화할 뿐이다. 하지만 혁명은 다르다. 기존의 정치권력에 의해 질서 잡힌 사회는 혁명이 일어나면 완전히 무너진다. 인민과 시민이 바로 그 정치권력에 대한 불만 때문에 혁명을 일으킨 것인데, 기존의 정치권력이 무사할 리 없다. 그래서 혁명은 국지적이지 않다. 한 국가 시스템 전체를 바꾸는 것이 혁명이다.

언어 시스템과 혁명 사이에는 또 다른 차이점도 있다. 언어 체계의 변화는 기존 질서에서 새 질서로의 이행이 유비類比, analogy적으로 이루어진다. 기존의 단어와 새 단어가 공존하다가 어느 날 새로운 공식이 만들어지고 그 새로운 공식이 새 단어를 적합한 단어라고 유비추리해서 판단한다. 그렇게 되면 새 단어만 남고 옛 단어는 사라진다. 이러한 유비가 이미 예정된 공식에 따라서 일어난다는 점에서 언어 시스템 안의 변화는 필연적이다. 하지만 혁명은 그렇지 않다. 자유를 갈구하는 민중을 기존의 정치권력은 무자비한 방법으로 억압하고 착취하며 폭력을 휘두른다. 그 억압과 착취, 폭력을 견딜 수 있으면 괜찮은데, 어느 순간 한계점에 도달하면 불가항력적으로 일어난다. 그리고 혁명은 예측 불가능하게 일어난다.

이런 점들을 보면 소쉬르와 아렌트의 세계관이 얼마나 차이가 나는지 알 수 있다. 소쉬르는 언어학자이고 아렌트는 철학자이지만, 그 둘의 세계관은 분명 대비적인 면을 보여준다. 소쉬르의 세계관에서 보면 혁명은 없다. 이 세계라는 하나의 시스템 속에서 이미 예약된 변화가 있을 뿐이다. 그리고 그 변화는 하나의 시스템을 더욱 강화하기만 한다. 하지만 아렌트의 세계관에서는 혁명은 반드시 일어난다. 언제, 어디서 일어날지 예측 불가능하지만 반드시 일어난다. 예측할 수 없는 이유는 우리가 바로 그 혁명의 주인공이기 때문이다. 그리고 자유를 향한 혁명이 일어나고 나면 기존의 시스템이 아무리 거대하다 해도 반드시 무너진다. 그래서 새로운 세계가 시작된다. 그 세계는 시스템에 의해 억압되거나 구속되는 세계가 아니다. 모두가 자유롭고 '이소노미아'하기 때문이다.

에필로그

혁명적인 논술의 시작을 위하여

한나 아렌트와의 긴 여행이 끝났다. 그러나 여행이 끝났다고 해서 그와 맺은 세계시민으로서의 연대가 끝난 것은 아니다. 오히려 아렌트와의 '동지 의식'은 더 깊고 넓어졌다. 그동안 어설프게 대충대충 알고 있던 한나 아렌트가 너무나 명확한 철학자 아렌트로 다가와, 나의 세계시민으로서의 의식을 더욱 고양시킨다. 아울러 아렌트가 걸었던 삶의 길이 어느새 나의 길이 되었다. 내 속에 벌써 '파리아'가 들어와 있다. 내 머리는 벌써 '난간 없는 사유'에 젖는다.

이 여행을 시작하기 전 나는 얼마나 많은 오해를 했던가? 그는 왜 자발적으로 '파리아'가 되려 하나? 그가 한다는 '난간 없는 사유'는 도대체 뭔가? 『전체주의의 기원』이라고 책 제목을 달아 놓고 왜 책 안에는 전체주의의 역사나 계보가 나오지 않나? 왜 인간의 본질을 말하지 않고 '인간의 조건'에 대해 말하나? 아렌트는 왜 그렇게 '노동'을 부정하나? 아이히만을 비판할 것이지, 왜 피해자인 유대인을 비판하나? 혁명이라니, 아렌트는 급진적 사회 전복을 꿈꾸는 것인가?

아렌트와의 여행이 끝난 후 이 모든 오해가 풀린다. 아렌트만큼 차갑고 날카로운 분석력을 갖춘 철학자를 찾기 힘들다. 그것이 철학이든, 역사이든, 정치이든 분야를 가리지 않고, 그는 남들이 미처 보지 못한 것을 보고 분석해 낸다. 아렌트만큼 뜨겁고도 통렬한 비판력을 갖춘 철학자를 찾기 힘들다. 그가 '난간 없는 사유'를 하겠다는 말은 진지를 두지 않고 전쟁을 하겠다는 뜻이다. 피아를 구분하지 않고 모두를 적으로 간주해 놓고 전쟁에 참여하려는 자세이다. 아렌트만큼 명쾌하게 대안을 제시하는 철학자도 드물다. 그의 『인간의 조건』과 『혁명론』은 우리가 앞으로 어떻게 살아야 '전체주의'와 '아이히만'을 물리칠 수 있는지, 그리고 세계시민 공화국을 건설할 수 있는지 명쾌한 방법을 가르쳐 준다.

논술에서 요구하는 능력은 바로 이 세 가지, 분석력, 비판력, 대안 제시력이다. 그런데 아렌트야말로 이 세 가지 능력의 '끝판왕'이다. 아렌트에게서 논술 능력을 배우지 않고서 도대체 누구로부터 논술을 배울 것인가? 게다가 아렌트는 얼마나 논술에 자주 출제되나? 해마다 아렌트가 논술 문제에 등장하는데 아렌트를 알지 않고서 어떻게 논술에 대비하나?

그러고 보면 나는 아렌트와 연대하는 사이, 동시에 논술과도 긴밀한 연대를 맺게 되었다. 아렌트와 대화하고 더 잘 알면 알수록 논술과도 연대를 맺고 더 잘 알게 되었으니 말이다. 아렌트의 '파리아'로서의 자세와 '난간 없는 사유'를 배우는 것이 좋은 논술을 할 수 있는 비결이라는 것을 알게 되었으니 말이다. 그래서 나는 좋은 논술을 하고자 하는 학생이라면 먼저 아렌트와 대화를 나누어 보라고 제의하고 싶다. 그리하여 아렌트 철학도 잘 알고 논술도 잘 하게 되기를 바란다.

아렌트는 인간이 끊임없이 새로운 시작을 할 수 있는 존재라고 말한다. 그런 아렌트의 믿음처럼 그와의 긴 대화가 끝나고 나면 여러분은 새로운 논술을 시작할 수 있으리라 믿는다. 그것이 혁명인 줄도 모르고 혁명을 일으키는 혁명가처럼, 어느새 여러분의 정신이 새로운 혁명을 맞이하게 되리라 믿는다. 그래서 혁명적으로 발전한 논술이 여러분의 손끝에서 시작되기를 간절히 소망하고 응원한다.

한나 아렌트, 짧은 연대기

1906년	독일 하노버 린덴의 유대인 가정에서 태어나다.
1919년	칸트의 『순수이성비판』과 야스퍼스의 『세계관의 심리학』을 읽는다.
1923년	유대인 차별 발언을 일삼는 교사와 싸우다 퇴학당한다.
1923년	베를린 대학에서 로마노 과르디니의 강의를 듣는다.
1924년	하이데거가 있는 마르부르크 대학에 입학한다. 내연 관계가 된다.
1925년	에드문트 후설이 있는 프라이부르크로 간다.
1926년	하이데거의 주선으로 야스퍼스에게 가서 박사 학위를 지도받는다.
1928년	박사 학위 논문 「아우구스티누스에게 있어서 사랑 개념」이 통과된다.
1929년	귄터 슈테른과 결혼한다. 그는 발터 베냐민의 사촌이다.
1933년	히틀러의 긴급조치가 내린다. 아렌트와 어머니가 체포되었다가 겨우 풀려난다. 8월에 베를린을 떠나 프라하, 제노바, 제네바를 거쳐 파리에 도착한다. 하이데거는 나치당에 가입한다. 동시에 프라이부르크 대학 총장이 된다.
1934년	파리에서 다시 발터 베냐민을 만난다. 독일인 하인리히 블뤼허와 만나 재혼한다.
1941년	어머니와 블뤼허, 아렌트는 무사히 뉴욕으로 도망친다.
1951년	『전체주의의 기원』을 출간한다.
1958년	『인간의 조건』을 출간한다. 원래는 책 제목을 '아모르 문디'로 하려 했다.
1963년	『예루살렘의 아이히만』을 출간한다.
1963년	『혁명론』을 출간한다.
1975년	심근 경색으로 사망한다.
1978년	유고 『정신의 삶』이 출간된다.

이 책에서 다룬 아렌트의 책들

한나 아렌트, 『전체주의의 기원 1, 2』, 이진우·박미애 옮김, 한길사, 2006.

한나 아렌트, 『인간의 조건』, 이진우 옮김, 한길사, 2019.

한나 아렌트, 『예루살렘의 아이히만』, 김선욱 옮김, 한길사, 2006.

한나 아렌트, 『혁명론』, 홍원표 옮김, 한길사, 2004.

이 책을 쓰며 참고한 책들

하승우·권정우, 『아렌트의 정치』, 한티재, 2015.

이 책은 아렌트를 정치철학자로 전제하고 쓰였다. 저자 하승우는 아나키즘을 지향하는데, 아나키즘과 아렌트 사이의 공통점을 발견하게 되어 이 책을 쓰게 되었단다. 그 세 가지 공통점은 "독특하고 자율적인 인간의 삶을 추구한다는 점, 자유를 위해 연대해야 한다는 점, 두 사상이 풀뿌리라는 기반에서 실현될 수 있다는 점" 등이다. 실제로 아렌트는 아나키즘과 세계시민주의, 공화주의 모두에 발을 걸치고 있는 것으로 보인다. 물론 아렌트는 아나키스트라기보다 세계시민주의자이며, 공화주의자이지만 말이다.

김선욱, 『아모르 문디에서 레스 푸블리카로』, 아포리아, 2015.

이 책은 한나 아렌트가 정치평론을 쓰는 듯 보이면서도, 어떻게 자신의 독특한 철학 세계를 펼쳐내는지 그 궤적을 따라가 볼 수 있게 한다. '아모르 문디'란 "세계에 대한 사랑"이다. 모두가 자유롭고 평등하게 정치에 참여해서 발언할 수 있는 광장이 바로 아렌트가 말하는

'세계'이다. 결국 "세계에 대한 사랑"은 '공화주의'로 귀결될 수밖에 없다는 것이 저자의 설명이다.

한나 아렌트, 『한나 아렌트의 말』, 윤철희 옮김, 마음산책, 2016.
아렌트가 자신의 정치철학을 차분하게 설명하는 인터뷰 내용이다. 죽기 전의 마지막 인터뷰라서 그런지, 아렌트 정치철학을 전체적으로 조감할 수 있다. 나이가 들어서도 정치에 적극적으로 참여하는 아렌트의 열정이 식지 않았다는 것을 여실히 느낄 수 있는 책이다.

마리 루이제 크노트, 『탈학습, 한나 아렌트의 사유방식』, 배기정·김송인 옮김, 산지니, 2016.
이 책의 목차는 독특하다. 웃음 : 급격한 기분전환, 번역 : "탁월한 우회로", 용서 : 설명할 수 없는 현실을 설명하려는 필사적인 사투, 표현 : 무대로서의 세상, 공간으로서의 텍스트. 한나 아렌트가 인간 세상을 보고 해석하는 독특한 사유 방식이 잘 나타나 있다. 독창적인 논술을 하려면 독창적인 사유를 할 수 있는 능력을 길러야 하는데, 그런 면에서 이 책에 나오는 아렌트의 사유 방법은 매우 중요한 모범이 되리라 여겨진다

리처드 J. 번스타인, 『우리는 왜 한나 아렌트를 읽는가』, 김선욱 옮김, 한길사, 2018.
리처드 번스타인은 뉴욕에서 오랫동안 아렌트와 교유했던 철학자이다. 그래서 그 누구보다 아렌트의 철학을 잘 안다. 옮긴이도 한국에 아렌트를 가장 많이 소개한 사람 중의 하나다. 그래서 여러모로 신뢰할 수 있는 책이다. 아렌트 철학의 입문서로는 가장 적당한 책이라고 여겨진다.

이진우, 『한나 아렌트의 정치 강의』, 휴머니스트, 2019.
이진우는 주로 니체 전공자로 알려졌다. 하지만 그는 의외로 한나 아렌트의 책 다수를 번역했다. 아렌트 저서를 번역하면서 이진우는 니체와 아렌트 철학의 연결 지점을 눈치 챈다. 아렌트의 전체주의가 단지 히틀러나 스탈린 체제만을 겨냥한 것이 아니라, 인간 존재의 상황 조건 자체를 문제 삼고 있다는 것을 깨달은 듯하다. 전체주의는 아직도 진행형이다. 과학기술이 발달하면 더 강력한 전체주의가 인류 사회를 덮쳐올 것이라는 점에 착안하

여 아렌트가 제시하는 대처 방법을 소개한다.

우정길·박은주·조나영, 『한나 아렌트와 교육의 지평』, 박영스토리, 2020.
아렌트 철학 개념 중 가장 중요한 것을 꼽으라면 '탄생성'이다. 인간은 생물학적으로만 탄생하는 것이 아니라, 그 후로도 끊임없이 새롭게 탄생할 수 있는 존재라는 의미이다. 이 책은 그러한 점에 착안하여 아렌트의 교육 철학을 해명해 낸다. 결국 교육의 목표는 아렌트 철학의 또 다른 중요한 개념인 '세계사랑'이 되어야 한다는 저자들의 의견은 가장 핵심적인 교육 방법론이 논술이 되어야 한다는 의미로 읽힌다.